गीताश्री

चौबीस वर्षों तक पत्रकारिता में सक्रिय रहने के बाद, जिसमें वे *आउटलुक* पत्रिका की सहायक सम्पादक व *बिंदिया* पत्रिका की सम्पादक रहीं, गीताश्री अब साहित्य लेखन में लीन हैं। इनके अब तक पाँच कहानी-संग्रह और एक उपन्यास प्रकाशित हो चुका है। 2008-09 में उन्हें पत्रकारिता का सर्वोच्च सम्मान 'रामनाथ गोयनका बेस्ट हिन्दी जर्नलिस्ट ऑफ़ द ईयर' से सम्मानित किया गया। साहित्य में योगदान के लिए बिहार सरकार का 'बिहार गौरव सम्मान' 2015, स्त्री विमर्श के लिए 2018 में 'रमणिका गुप्ता फाउंडेशन सम्मान', 2019 में 'सृजन कुंज कथा सम्मान' और मध्य प्रदेश का 'शिवना कथा सम्मान' से आपको नवाज़ा गया।

मुजफ़्फ़रपुर, बिहार में जन्मी गीताश्री अब दिल्ली में रहती हैं। इनका संपर्क : geetashri31@gmail.com

राजनटनी

(बंग-राजा और राजनटनी मीनाक्षी की प्रणय-गाथा)

गीताश्री

राजपाल

ISBN : 9789389373448

पहला संस्करण : 2020 © गीताश्री
RAJNATNI (Novel)
by Geetashree

राजपाल एण्ड सन्ज़
1590, मदरसा रोड, कश्मीरी गेट, दिल्ली-110006
फोन : 011-23869812, 23865483, 23867791
e-mail : sales@rajpalpublishing.com
www.rajpalpublishing.com
www.facebook.com/rajpalandsons

वरिष्ठ साहित्यकार उषाकिरण खान
जिन्होंने ये कथा दी
उन्हीं को समर्पित

प्रस्तावना

फ़िज़ायें रंग बदल रही थीं, घोर आतप से तप रहा था पूर्वांचल; वर्षा के लिये तरस रहा था, परंतु नदी उच्छल जल से भर रही थी। मिथिला की साँसों की गति बेहद धीमी थी। उसे बंग नरेश बल्लाल सेन ने जीत लिया था। विग्रह पाल के पतन के बाद नान्यदेव कर्णाट राजा की हुई मिथिला; उन्हीं के वंशज मल्लदेव को हरा दिया सेन ने। पाल हों या कर्णाट किसी ने ज्ञान परंपरा से छेड़छाड़ न की थी। सर्वविदित है कि यहाँ वैदिक शिक्षा का गढ़ था। उपनिषद् वेदांत, भाष्य टीकाकार विख्यात थे। सम्पूर्ण भारत से छात्र आते, गूढ़ रहस्यों की गिरह खोलने। अनुलिखित कर पोथियाँ ले जाने वाले भी आते। यथाशक्ति रुचि अनुसार पूरे आर्यावर्त दक्षिणावर्त में ज्ञान का भंडार संचित हो गया था। राजा महाराजा राज्य की भूमि जीतते हैं। उनकी संपदा के मालिक हो जाते हैं, कोष के अधिपति हो जाते हैं। तब प्रजा या विजित प्रदेश के योगक्षेम की ज़िम्मेदारी भी उनकी होती है। पाल राजाओं ने अनेक मंदिर बनवाये, सुंदर मूर्तियाँ बनवाईं, पुस्तकालयों, संग्रहालयों को राजकीय कोष से प्रचुर दान दिये। जो जहाँ था उसे उसी स्थान पर रहने दिया। परंतु विजयसेन तथा उसके यशोलब्ध पुत्र बल्लाल सेन ने यह नहीं सोचा। ज्ञान की सामग्री को अपने महल के पुस्तकालयों में रखने को वह आमादा था। ऐसा ज्ञानपिपासु कम ही देखा गया है।

मिथिला की औरतें एक गीत गाती हैं—'प्रीत कारण सेतु बान्हल सिया उदेस श्री राम यौ।'—अर्थात् राम ने सीता को पाने के उद्देश्य से सागर पर सेतु बाँधा वह मात्र प्रेम के कारण। प्रेम को इतना उदात्त माना कि असंभव को संभव कर दिखाया।

मीनाक्षी मिथिला की राजनटनी थी। रूप, गुण, ज्ञान, बुद्धि से भरपूर। ऐसी स्त्री के विषय में कहा जाता है कि हँसती तो फूल झरते, रोती तो मोती।

नृत्य करती तो मोरनी को मात देती; लास्य भंगिमा देख स्वर्ग की अप्सरा रम्भा, मेनका, शरमा जायें। बिजली-सी कौंधती इस बला पर सैकड़ों राजाओं का मुकुट धराशायी होता। परंतु यह अपने आप में अलग-सी थी। मातृभूमि के लिये हृदय में अतिशय प्रेम और जीवन के प्रति राग था। बल्लाल सेन की वीरता, संस्कृति प्रेम और सौष्ठव की कथा सुन मीनाक्षी राजनटनी न्यौछावर तो पहले से ही थी। जैसे द्वापर युग में अनिरुद्ध का चित्र देख उषा स्वयं को हार गई थी; रति जाग गईं और मदन ने शरीर ग्रहण कर लिया था, वैसे ही एक-दूसरे से बल्लाल सेन तथा मीनाक्षी राजनटनी प्रेम कर बैठे थे। परंतु अविरल उत्कट प्रेम होते हुए भी अहैतुक नहीं था। दोनों के अपने-अपने हेतु थे, जिसे पा तो गये पर वह पाना कोई पाना हुआ ? बल्लाल सेन की जीत पर राजनटनी न्योछावर हो गई। मीनाक्षी राजनटनी ने मातृभूमि का ज्ञानघट बचाने में स्वयं की बलि चढ़ा दी।

यह कथा 12वीं सदी के यशस्वी बंग राजकुमार बल्लाल सेन और मिथिला की राजनटनी मीनाक्षी के प्रेम और कर्तव्य के द्वन्द्व की कथा है।

जुलाई, 2020   — उषाकिरण खान
पटना

राजनटनी

प्रथम अध्याय

वे मरुभूमि से चल कर आए थे। कई योजन की दूरी को लाँघते हुए, कष्टों को पार करते हुए, दामन में काँटों और रेत को झेलते हुए। उन्हें थोड़ी-सी ज़मीन और फूलों की तलाश थी। अपने साथ कई किस्म के फूलों के बीज लेकर आए थे। उन्हें उगाकर फूलों से वे खुशबू भर देना चाहते थे। उन्हें इतना मालूम था कि इस संसार में उनका कोई स्थायी घर नहीं है। वे डेरा बनाते हैं, डेरा लगाते हैं, डेरा उठाते हैं। अपने साथ अस्थायी डेरा लेकर चलते हैं। उनको एक स्थायी सुकून था कि उन्हें कोई उनके डेरे से तब तक नहीं उखाड़ सकता, जब तक उनका जी न चाहे। वे चलते रहे...चलते रहे...दूरियाँ लाँघते रहे...नाचते रहे, गाते रहे...कई मौसम देखे, बारिश झेली, ग्रीष्म की लू पचा गए, पतझड़ में उदास न हुए, वसंत पर भरोसा कर लिया। काफ़िला चलता रहा...चलता रहा...

चलते-चलते, सूखे खेत-पथार देखे, पहाड़ और पठार देखे...वन देखे, नदियाँ देखीं...उन्हें किसी लौटते हुए काफ़िले ने बताया कि सुदूर पूर्व में एक देस है, जहाँ फूलों की खेती होती है। जहाँ भ्रमर गीत गाते हैं, जहाँ रंग-गुलाल हवा में घुले हैं। जहाँ लोग सीता-कथा सुनाते हैं। जहाँ दीवारों पर चित्र-कथाएँ लिखी जाती हैं। जहाँ मंत्र गूँजते हैं, जहाँ स्त्रियाँ मुक्त हैं, सवाल उठाती हैं, बहस करती हैं।

काफ़िले का पुरुष चलते-चलते अपनी स्त्री से पूछता है—

''क्यों री, सुशोभन की मैया, हम चलें उस देस, जहाँ होवे है फूलों की खेती। कुछ दिवस गुज़ार आएँ वहाँ...जो थारे मन भावे तो बस जावेंगे...''

वह बंजारन स्त्री अब बसना चाहती थी। डेरे से ऊब गई थी। उसे घर

चाहिए था। अपने पुत्र को एक स्थायी घर देना चाहती थी। नगर-नगर, डगर-डगर बहुत नापे। सारी ऋतुएँ खुले आकाश के नीचे झेलीं। अपने एकलौते पुत्र को लेकर ज्यादा भटकाव नहीं चाहती थी। पुत्र उसकी गोद में सोया हुआ था। माता ने गौर से पुत्र को निहारा। अहा...क्या रूप पाया है। भटकाव की छाया तक उसके रंग-रूप पर नहीं पड़ी है।

नन्हे-मुन्ने पुत्र का हाथ चूमते हुए कहा—

''पहले फूलों की खेती देखेंगे, फिर तय करेंगे सुशोभन के बाबा। अभी तो कई योजन दूर है। पहले हम वहाँ पहुँचें तो सही। क्या जाने, इस भीषण वर्षा में हम ढह जाएँ। पतझड़ की हवा हमें पत्ते सरीखा उड़ा ले जाए। ग्रीष्म हमें रास्ते में ही झुलसा डाले। चलेंगे तो पहुँचेंगे।''

''मैं तुम्हें फूलों तक पहुँचा कर रहूँगा...''

''फिर हम वहाँ करेंगे क्या...सोचा है... ?''

''और हम अपने काफ़िले से भी बिछड़ जाएँगे सुशोभन की मैया, क्या हम जी पाएँगे, अपने काफ़िले के बिना। अपनी पहचान के बिना। हमारा जीवन कहीं टिकने के लिए नहीं है, हमें चलते जाना है। समूची पृथ्वी हमारा ठिकाना है, घर है। बंजारों के लिए कहीं रुक जाना उचित नहीं। नदी के प्रवाह को रोकना, उसके जल को सड़ा देना है। उसे मार देना है।''

''आप इतनी चिंता क्यों कर रहे हैं सुशोभन के बाबा...हो सकता है कि काफ़िले से बिछड़ने का फ़र्क आपको पड़े। हम स्त्रियों को कोई फ़र्क नहीं पड़ेगा। हम जो एक बार जिस काफ़िले से बिछड़े, जीवन में दोबारा कहाँ मिलते हैं। आप तो अपने काफ़िले के साथ बने हुए हैं, मेरा काफ़िला, मेरे लोग, स्मरण हैं आपको ? कहाँ गए वो लोग ? किस प्रदेश में होंगे ? जीवित होंगे भी या नहीं ? क्या मुझे याद करते होंगे...सोचा है कभी ?''

''आपको अपने काफ़िले से बिछड़ने की चिंता सता रही है, मुझे अपने पुत्र को एक स्थायी जीवन देने की चिंता सता रही है।''

सुशोभन की मैया ने सोती हुई मीना को जोर से छाती से चिपका लिया।

''तुम्हें नहीं लगता...हम बस गए तो उसी जाल में फँस जाएँगे, जिसमें संसार फँसा है, हमें पेशा बदलना होगा, कोई जाति चुननी होगी, जातीय पहचान के बिना हमें कोई टिकने न देगा अधिक दिन तक।''

बंजारे के चेहरे पर चिंता की रेखाएँ गहरी होने लगी थीं। पत्नी के हठ के सामने उसके तर्क विफल होंगे, वह समझ रहा था।

उसने पत्नी के चेहरे को गौर से देखा। एक बंजारन अपना रूप बदलने पर आमादा थी। अपनी पहचान मिटाने और नयी पहचान बनाने को तैयार थी। अपना देस तलाश रही थी। उसे अपना देस चाहिए, जिसे अपनी मातृभूमि कह सके। अगर कहीं टिक गए तो क्या होगा। उसकी भेड़ों का, बकरियों का क्या होगा। सबसे बड़ा सवाल कि अपने स्वभाव और अपनी आदतों से कैसे जूझेगा। कहीं टिक कर रहने की आदत जो नहीं। जब मन ऊबा, उठ कर चल दिए। काफ़िले का प्रधान बना है। प्रधान ही सबको छोड़ कर निकल जाए, यह उचित तो न होगा। बाकी लोगों को कैसे छोड़ दे। उसने सोचा-विचारा कि काफ़िले से रात को इस मामले पर विचार-विमर्श किया जाए। अगर सब सहमत हों तो कोई अच्छा-सा गाँव चुनकर बसा जाए। देखते हैं, क्या होता है। रात्रि विश्राम पर बात होगी। वैसे भी किसी बड़े मैदान की तलाश थी, जिसके आस-पास नदी हो, खेत हों, वहाँ कुछ दिनों का डेरा डाला जाए। सब थक चुके थे।

बंजारे ने कुछ सोच कर पत्नी से पुत्र को लिया और अपनी गोद में भींच लिया। बंजारन ने बंजारे का एक हाथ गह लिया।

रात्रि विश्राम तक काफ़िले के साथ तीनों ऐसे ही चलते रहे।

बंजारन जाग चुकी थी। जब उसकी आँख खुली तो सब अपने-अपने डेरे के बाहर गीत-संगीत में डूबे थे। कुछ सयानी लड़कियाँ और औरतें नृत्य कर रही थीं। सर्द रात थी। अलाव जलाए हुए कुछ लोग आग ताप रहे थे। कुछ मंजीरे, ढोल पर थाप दे रहे थे। ढोर-डंगर समीप ही शांत पड़े हुए थे। मशालें जला कर रोशनी का प्रबंध किया गया था। वह ईंटों का चूल्हा बना कर खाना पकाने का बंदोबस्त करने लगी थी। बंजारा मिट्टी का घड़ा लेकर पानी की खोज में निकला हुआ था। बंजारन अचानक वहाँ चली गई, जहाँ नृत्य चल रहा था। दूर से ही नज़ारा लेती हुई वह भी ठुमकने लगी। उधर चूल्हा सुलगता रहा, वह विस्मृत कर गई। नृत्य से गहरा लगाव जो था। दूर से हल्के अँधेरे-उजाले में बंजारे ने अपनी बंजारन को नृत्य-मग्न देखा तो आह्लाद से भर उठा। चलो, अच्छा हुआ...अपने आप नृत्य कर रही है, ऐसे तो उसे आग्रह करना पड़ता था। कुछ देर उसके नृत्य को अपलक देखता रहा, मुग्ध होता रहा कि बंजारन नाच-

गाकर, करतब दिखाकर, परिवार का पेट तो भर ही लेगी। कला का कद्रदान तो सारा संसार ही है। कलाकारों के लिए कहाँ दिक्कत। कुछ नहीं तो राजे-महाराजे ही कद्र करते हैं। किसी-न-किसी राज में बतौर कलाकार वास हो ही जाएगा। बंजारा भी खंजड़ी लेकर उसके पास पहुँच गया। समा बँध गया। पहले से नृत्य कर रही नर्तकियों ने बंजारन को हाथ पकड़ कर आग के पास खींच लिया। ढोल, मंजीरे बज उठे। गान तेज़ हुआ, किसी राजा की प्रशस्ति गाई जा रही थी। बंजारन भूल गई कि चूल्हे पर कुछ चढ़ा रखा है। नाचते-नाचते जब याद आया तो वह नृत्य रोक कर भागी।

पीछे-पीछे बंजारा भी भागा। दोनों को भूख भी लगी थी। चूल्हे के पास बैठ बंजारे ने पूरियाँ बनाईं, भुने हुए आलू निकाल कर चोखा जैसा बना दिया था। बंजारन मोहक निगाहों से देखने लगी। कितना सहयोगी स्वामी मिला है। पुत्र भी पीछे से आकर बाबा की पीठ से चिपक गया।

और फिर भूख के मारे तीनों एक साथ खाने पर टूट पड़े।

हृदय में उछाह हो तो सूखी पूरियों में भी रस उतर आता है। स्वादहीन आलू में भी मसाले का स्वाद समा जाता है।

ये उनकी सुंदर, मोहक शाम थी।

अगले दिन क़ाफ़िला चल पड़ा था।

जिस-जिस प्रदेश से, राज से गुज़रते, वहाँ के राजा के किस्से, गीत में ढालते और गाते। उन्हें स्थानीय लोग अच्छा उपहार देते। कई बार राज दरबारों से मदद मिलती। क़ाफ़िले का जीवन अच्छा चल रहा था। एक बार डेरा डालते तो कुछ दिन ठहर जाते। क़ाफ़िले में हर तरह के लोग थे। एक वैद्य, एक ओझा, गायक, नर्तक-नर्तकियाँ। सबके पास अपने हुनर थे। जो उनके रोज़गार का माध्यम बनता था। वैद्य गंधराज, सारे रास्ते जड़ी-बूटी खोजता, सूँघता फिरता। उस रात के बाद क़ाफ़िला अगले ही दिन चल पड़ा था। पुत्र सुशोभन भी उसके साथ जंगलों में जाने लगा था। जहाँ उसे किस्म किस्म के फूल मिले। उन्हें पहचानना सीखा। उसके रंग, सौंदर्य उसे मोहने लगे थे। जंगली फूलों की हँसी उसे भाने लगी थी। गंधराज के साथ उसने भी जड़ी-बूटियों की खुशबू पहचानना सीखा। बाल्यकाल में ही ये सारी चीज़ें उसकी चेतना में पैठने लगी थीं।

～

''वर्षा ऋतु आने से पहले हम कहीं घर बना लें तो कैसा रहेगा सुशोभन के बाबा ? मुझे गंध आने लगी है। वो स्थान कहीं आस-पास है...मुझे ऐसा लगने लगा है।''

बंजारन अकुलाई। हवा को नाक में ज़ोर से भरा...जैसे कुछ सूँघ रही हो।

''तुझे तो दिव्य शक्ति प्राप्त है मेरी बंजारन...''

बंजारा हँसने लगा।

''बावरी...''

''वो देख हम कहाँ पहुँचने वाले हैं। देख रही है, दूर, वो चमकती हुई एक रेखा दिखाई दे रही है।''

''हम अनुकूल जगह देखकर बस जाएँगे। तेरी बात ही चलेगी। जो तेरा हुकुम होगा, वही होगा, भले वहाँ का राजा हमें खदेड़ दे, या कोई भूमि का टुकड़ा न दे हमें।''

''हम क्रय कर लेंगे भूमि का टुकड़ा...मैंने पहले ही कहा था, हम फूलों की खेती करेंगे...सुगंध से महमह करती रहेगी हवा, जहाँ से गुज़रेंगे, दृश्य कितना रंगीन होगा, गंधिल हवा होगी। सुशोभन को खेतीबाड़ी सिखाएँगे। हम अपना काम भी करेंगे, और फूलों का काम भी।''

बंजारन की आँखें शून्य में देख रही थीं। मानो उसे फूलों की लहलहाती घाटी दीख गई हो। दोनों हाथ फैला कर वह गोल-गोल घूमने लगी थी। बहुत लय थी उसकी देह में। तनी हुई रस्सी पर चलने का बचपन से अभ्यास जो था। नाचते-नाचते देह को जिस मुद्रा में चाहे, मोड़ लेती थी। अपनी कला से उसका मोह होते हुए भी उसे लगातार चलते रहना पसंद न था। वह कहीं टिकना चाहती थी। बंजारा उसकी इच्छा पूरी करने का प्रण कर चुका था, इसलिए उसे अनुकूल देस की तलाश थी।

वह घड़ी आ गई थी जब बंजारे को दूर से एक चमकती हुई, लंबी रेखा दिखी। उसे उम्मीद बँधी थी। काफ़िले में उत्साह का माहौल था। लंबी यात्रा के बाद उन्हें सारे रास्ते छोटे-छोटे बरसाती सरोवर और छोटे-बड़े जलाशय मिल रहे थे।

सारे बंजारे ज़ोर से चीखते, कुछ गाने लगते। कुछ नाचने लगते। कच्चे रास्तों से गुज़रते हुए वे एक घनी बस्ती में पहुँच गए थे। बंजारा चकित था

देखकर कि तीन-चार घरों के बीच में एक सरोवर था। सरोवर के चारों कोनों पर छोटे घाट, सीढ़ियाँ बनी हुई थीं। लगता था, लोग वहाँ बैठा करते होंगे। घरों के लिए पानी का स्रोत मालूम होता था। काफ़िले के लिए खुले स्थान की तलाश करता हुआ वह बस्ती से थोड़ी दूर आया ही था कि रास्ते के एक तरफ़ बड़ा-सा मन्दिर दिखा और उसके पास विशालकाय जलाशय।

मन्दिर के पास एक शिलालेख लगा हुआ था जिस पर किसी अबूझ लिपि में कुछ लिखा था। अनपढ़ बंजारा उसे पढ़ नहीं सकता था। उसने कई राजे-रजवाड़े देखे, घूमे थे। इतना समझ गया कि यहाँ के राजा ने बनवाया होगा और उनकी ही कीर्ति खुदी हुई है।

शिलालेख पर लिखा था—

श्रीमान नान्यपतिर्जेता गुण रत्न महार्णव:।

यत्कीर्ति जनितोविश्वे द्वितीय क्षीरसागर:।।

मंत्रिणा तस्य नानस्य नगरड़ागब्जभानुना।

तैनायं कारितो देव: श्रीधर: श्रीधरेण च।।

उन लिपियों पर हाथ फिरा कर सोचा, 'किसी सुविज्ञ से इनके अर्थ पूछेगा।' उसकी उत्सुकता चरम पर थी। राजा की प्रशस्ति सुनेगा तो उसके काम आएगी। उसी जगह पर मन्दिर के पहले एक बड़ा सरोवर भी देखा, जिसमें छोटी-छोटी नावें बँधी थीं। उनमें जाल जैसा कुछ लटका हुआ था। जिधर देखो, उधर पानी ही पानी। दूर विशालकाय नदी चमक रही थी। बरसात आने में कुछ मास बाकी थे। फिर भी नदी उफन रही थी।

''आह...कितना पानी!''

बंजारा खुशी के मारे चीखा, ''मिल गई, मिल गई...हम कुछ दिन यहीं डेरा डालेंगे।''

मन्दिर के आस-पास आम्रवन था, उसके आस-पास कुछ खेत खाली पड़े थे। फ़सल की कटाई के बाद खाली था खेत। उसके पास भेड़ें कम बची थीं। डेरा डालते ही भेड़ें खेत में घुस गईं। उन्हें भी बड़ी खुली जगह मिली थी चरने को। काफ़िला आम्रवन के पास ही रुक गया। सबने अपनी-अपनी जगह तलाशी और डेरा गाड़ दिया।

माघ का महीना उतरने ही वाला था। इसके बाद फागुन में सारा मंज़र

बदल जाएगा। बंजारा ऋतुओं को टटोल रहा था। जिस भूमि को चुना है, स्थायी रूप से बसने को, वहाँ किस ऋतु में प्रकृति किस रूप में मिलेगी। विशालकाय नदी, उससे जुड़ा हुआ विशालकाय जलाशय देखकर प्रफुल्लित हो उठा था। उसे यह भूमि छोटे-छोटे सरोवरों की वजह से बहुत आकर्षित कर रही थी। वह डेरे को व्यवस्थित करने के लिए सबको छोड़ नगर की तरफ़ निकल गया। उसे स्थानीय लोगों का मिज़ाज भी भाँपना था। लोग टिकने देंगे या नहीं। खेती लायक भूमि मिलेगी भी या नहीं। वह कुछ दिनों खूब भटका। बंजारे को वहाँ के राजा के बारे में जानकारी जुटानी थी, जिनकी कीर्ति, गीतों में ढाल कर बखान कर सके। जिस पर नाच तैयार कर सके। वह प्रतिदिन निकल पड़ता बस्ती की ओर। खेती और कलाकारी यही दो काम वो और उसका खानदान अच्छे से कर सकता था।

"तुम कौन देस के वासी हो, मिथिला नगरी से क्या चाहिए तुम्हें?"

"यह पंडितों की नगरी है, यहाँ पोथी-पतरा का बड़ा महत्त्व है। हमारे यहाँ की स्त्रियाँ भी बहस करती हैं बंधु, त्याग और तपस्या सबसे बढ़कर। यहाँ पंडितों का बड़ा मान है। क्या तुम पढ़े-लिखे हो अजनबी..."

बंजारा इतना तो समझ गया था कि वह भटकते हुए किसी अनूठी नगरी में पहुँच गया है, जहाँ लोग बहुत पढ़े-लिखे हैं, तभी तो पंडित जी बोल रहे कि यहाँ स्त्रियाँ भी बहस करती हैं।

'बहस तो हमारी स्त्री भी करती है पंडित जी...पढ़ी-लिखी होती तो कुछ ज्यादा ही करती। हम अनपढ़ लोग कहाँ सँभाल पाते...पढ़ी-लिखी स्त्रियों को पढ़े-लिखे लोग ही सँभाल सकते हैं। एक दिन पता करेगा कि पंडित जी ने ऐसा क्यों कहा। चोट खाए लगते हैं। किसी स्त्री ने बहस में अवश्य परास्त किया होगा।' सोचते-सोचते मन-ही-मन हँसा। मनोभाव प्रकट नहीं किया। उसे उम्मीद बँधी कि और यहाँ कला-अनुरागी मिलेंगे। उसकी कला का आदर-सम्मान होगा।

"हम कलाकार हैं बंधु, हमें आपका नगर बहुत पसंद आया। हम यहीं बसना चाहते हैं। हमें थोड़ी-सी भूमि मिल जाए, हम खेती करके अपना पेट पाल लेंगे।"

बंजारा हाथ जोड़ कर गिड़गिड़ाया।

पंडित जी ने हुँकार भरी, ''जय भोलेनाथ की...''

''उचित समय पर तुम टकराए हो बंधु। हम तुम्हें नगरसेठ की भूमि दिला सकते हैं, भूमि तुम्हारे पास रहेगी, तुम्हारी नहीं होगी। तुम उस पर जो भी फ़सल उगाओगे, उसका आधा हिस्सा नगरसेठ के पास पहुँचाओगे। उन्हें भी फ़ायदा, तुम्हें भी। चलो...आओ...''

पंडित विष्णुदत्त, बंजारे को लेकर चले अपने जजमान नगर सेठ के घर। उन्हें पुण्य का काम मिल गया था। संयोगवश एक अजनबी से नगर चौराहे पर भेंट हुई जो वहाँ उपस्थित हर व्यक्ति से कुछ-न-कुछ बात कर रहा था। उसकी भाषा अलग थी। पंडित जी का ध्यान इसलिए गया।

रास्ते में चलते-चलते पंडित जी ने पूछ लिया, ''तुम किसी दूसरे राज्य के गुप्तचर तो नहीं?''

वह हाथ जोड़कर वहीं खड़ा हो गया।

''आप मेरी गर्दन उड़ा देना। जो मैं विश्वासघात करूँ। मुझे अपने लिए एक देस की तलाश है। मैं काफ़िले में पैदा हुआ। मैं देसविहीन इन्सान हूँ। मैं और मेरी स्त्री, अपनी संततियों के लिए एक देस तलाश रहे हैं। मैं नमक खाऊँगा, वचन देता हूँ...मेरी आने वाली पीढ़ियाँ देस पर मर मिटेंगी, कभी धोखा नहीं देंगी। यही उनका देस होगा। हमारी कला भी मिथिला नगरी के काम आएगी। हम किसी देस न जाएँगे अपनी कला का प्रदर्शन करने। आने वाला समय हमारी निष्ठा को परखेगा श्रीमान।''

पंडित बहुत सयाने थे। इन्सानों की परख थी उन्हें। बंजारे का हाथ पकड़ कर ले चले। बंजारे ने सुखद हैरानी से उन्हें, उनकी हथेली को देखा। पंडित जी की देहकाया भव्य थी। गले में अलग-अलग रंगों, आभा वाली रत्नों की दो-तीन मालाएँ थीं, ललाट पर लंबा तिलक। हाथ में कोई पतली-सी पोथी थी। बंजारा उनकी भव्य छवि से प्रभावित हो उठा था। इस बात से भी प्रसन्न था कि एक अनजाने नट की सहायता हेतु वे जाने क्यों तत्पर हो उठे थे।

नगर की पतली-घुमावदार गलियों से होते हुए वे दोनों एक भव्य भवन के बाहर पहुँचे। मुख्य मार्ग से ये भवन दिखाई नहीं देता था। संकरी गलियों को पार करके इतने विशालकाय भवन की कल्पना वह नहीं कर सका था। उसे

और आश्चर्य तब हुआ जब उसने भवन के प्रांगण में छोटा-सा जलाशय देखा, जिसमें हंसों का जोड़ा तैर रहा था।

इस नगर के लोग जल से कितना लगाव रखते हैं...जहाँ देखो, वहीं सरोवर...।

वह चकित नेत्रों से चारों तरफ़ देख रहा था कि नगर सेठ के सेवक आकर उन्हें अंदर लिवा ले गए। पंडित जी के साथ एक अनजान, साँवले, थके-हारे किंतु बलिष्ठ पुरुष को देखकर नगर सेठ अचकचाए।

विशालकाय प्रकोष्ठ इत्र से महमह कर रहा था। बंजारा सुगंध से मतवाला हो गया। उसके चेहरे से सारी थकान, चिंताएँ गायब। उसी गंध से लिपटे रहना चाहता था।

पंडित जी को नगरसेठ ने ऊँचे आसन पर बिठाया और गंध में डूबा बंजारा खड़ा रहा। उसे नीचे बिछी हुई गद्दी पर बैठने का संकेत किया नगर सेठ ने। पंडित जी ने सारा हाल कह सुनाया। पंडित जी की बातों में सहायता का आग्रह था। उन्हें लगा कि कोई उनके देस में बसना चाहता है, उसे बसने में सहायता करके पुण्य मिलेगा। ये कोई साधारण बंजारा नहीं है, कलाकार है। नगर सेठ के काँइयाँ नेत्रों ने बंजारे को ठीक से परख लिया। परखते हुए नगर सेठ मुस्कुराए। घनी मूँछों के बीच उनकी मुस्कान चमकी और लुप्त हो गई। पंडित ने भी देखा और आश्वस्त हुए। उन्हें निराशा हाथ नहीं लगी। नगर सेठ की उदारता के चर्चे आम थे। वह राहगीरों की सहायता के लिए प्रख्यात थे। कई प्याऊ बनवाए थे, एक अतिथिशाला भी थी। समय-समय पर दान-पुण्य किया करते थे। राज दरबार में सबसे अधिक धन भी वही देते थे। नगर के बड़े व्यापारी थे, साथ में उनका इत्र और रंगों का कारोबार था। इसके बारे में बंजारे को उनकी बात से पता चला।

''सुगंध के बड़े अनुरागी लगते हो बंजारे...तो जाओ। बड़े जलाशय के पास जो मेरा मन्दिर है, उसके पीछे भूमि जितनी छेक सकते हो, छेक लो... वह तुम्हारी। उस पर फूलों की खेती करो। हमारी ओर से हर संभव सहायता मिलेगी। प्रारंभ के प्रथम वर्ष हम सारा खर्च वहन करेंगे, दूसरे वर्ष न हम कुछ देंगे न कुछ लेंगे। तीसरे वर्ष से आप हमारा हिस्सा देंगे। जल जितना चाहिए, जलाशय से लें। महाराज ने नगर के उपयोग के लिए बनवाया है। हमारे यहाँ जल की कमी नहीं पड़ेगी। हमें फूल चाहिए, रंग-बिरंगे फूल...गंधिल फूल...''

हर ऋतु में खिलने वाले पुष्प।

बंजारा जब वहाँ से उठा तो उसका संसार गंध से लैस था। सब कुछ बदल चुका था। सेठ ने अपने सेवकों और व्यवस्थापक को बुला कर आवश्यक निर्देश दे दिए थे। बंजारा अकेला वहाँ से चला। पंडित जी वहाँ पोथी निकाल कर सेठ के सामने कुछ बाँचने लगे थे।

और इस प्रकार नगर के उस सबसे प्राचीन मन्दिर के पीछे की भूमि बंजारे के हाथ लग गई। उसके काफ़िले के लोग आगे बढ़ गए। एक और परिवार रुक गया, बंजारे के बहुत आग्रह पर। उसकी बेटी रजनी और बंजारे के पुत्र सुशोभन साथ-साथ खेलते-कूदते थे। दोनों परिवारों में घनिष्ठता थी। काफ़िला बिछड़ गया। इन्हें एक देस मिला। फूलों की खेती प्रारंभ हो गई। बंजारा खाली समय में नगर घूमता, लोक गाथाएँ इकट्ठा करता, उसी दौरान उसे पता चल गया था कि पंडित जी ने मिथिला की स्त्रियों के पराक्रम का बखान क्यों किया था। उसे जवाब मिल चुका था। वह सारी कथाएँ एकत्र करता, उन्हें गाता, बंजारन धुन बनाती। दोनों उस पर नाचते, करतब दिखाते, स्वांग करते। उनकी कला और फूलों की धूम मच गई थी। जीवन लहलहा उठा, कला और खेती दोनों लहलहा उठे।

फूलों को खेत में लहलहाते हुए देखकर बंजारा, बंजारन को लिपटाते हुए बोला—

''आज से मैं माली, तू मालिन प्रिया।''

बंजारन के सारे अरमान पूरे हो गए थे। उसे स्थायी घर मिल गया था। भटकाव समाप्त। फूलों की पंखुड़ियाँ बंजारे के मुख पर मलते हुए बोली—

''मैं पुष्प-गंध तुम पुष्प-रंग पिया।''

~

समय बीता। सुशोभन और रजनी का विवाह हुआ। पिता का काम सुशोभन ने अच्छे से सँभाल लिया। दूसरी पीढ़ी भी फूलों की खेती करती और अपनी पारंपरिक नट कला दिखाती। मिथिला नगरी ने उन्हें अपना लिया था। फूलों का व्यापार बढ़ गया था। मिथिला के लोगों का पुष्पों के प्रति अनुराग देखकर

सुशोभन बहुत उत्साहित रहता। वह भूल चुका था कि उसके पूर्वज बंजारे थे। वह और उसकी पत्नी रजनी दोनों मिथिला के नागरिक होकर रह गए थे। उसकी परंपरा में रच-बस गए थे। रजनी कुछ ज्यादा ही मैथिल हो गई थी।

ज्येष्ठ माह में तो वह चकित रह गई जब एक दिन समूची मिथिला की औरतें एक साथ वटवृक्ष की पूजा करती दिखीं। पति की कामना के लिए उसने मरुभूमि की औरतों को व्रत करते तो देखा था। यहाँ औरतें वृक्ष की पूजा कर रही हैं। उसके चारों तरफ़ धागा लपेट रही हैं। जल और फूल चढ़ा रही हैं। बहुएँ अपनी सास को नेग दे रही हैं। वृक्ष से कितना प्रेम करती हैं औरतें। जैसे वह अपने फूलों के पौधों से करती है। इसकी अभिव्यक्ति भी गीतों में करती हैं। गीतों में ही व्रत की गाथा सुना जाती हैं।

पहली बार उसने मिथिला भाषा का गान सुना—सारी औरतें सुर में गा रही थीं—

जेठ मास अमावस सजनी गे

सभ धनी मंगल गाउ

भूषण वसन जतन कऽ सजनी गे

रचि-रचि अंग लगाउ

काजर-रेख सिनुर भल सजनी गे

पहिरथु सुबुधि सेयानि

हरखित चलल अछयबट सजनी गे

गाबति मंगल गान

घर-घर नारि हकारल सजनी गे

आदरसँ संग गेलि

आइ छिऐ बरिसति सजनी गे

तें आकुल सभ भेलि

घुमि-घुमि अछिंजल ढारल सजनी गे

बांटल अछत सुपारि

फतुरी आसिस देल सजनी गे

जीबथु दुलहा-दुलारि...

उनकी देखादेखी रजनी भी पूजा की थाली लिए वटवृक्ष के पास पहुँची।

औरतों ने आश्चर्य से देखा—

''अरे...आप नाक नहीं टीकी हैं...आइए, नाक टीक देते हैं...सुहागिन को करना चाहिए, आज के दिन।''

उनकी आस्था देखकर रजनी उन्हें मना नहीं कर पाई। अपना चेहरा आगे बढ़ा कर आँखें मूँद लीं।

एक औरत ने अपनी थाली से सिंदूर चुटकी में भरा और माँग से लेकर नाक तक लंबा टीका लगा दिया।

वहीं बैठकर उसने वट-सावित्री की पूरी कथा सुनी। कैसे सावित्री ने अपने पति के प्राण यमराज से वापस माँग लिए थे। उसी खुशी में सारी औरतें यमराज को वृक्ष के माध्यम से धन्यवाद ज्ञापित करती हैं और अपने-अपने पति की लंबी उम्र के लिए प्रार्थना करती हैं।

रजनी ने भी सुशोभन के लिए प्रार्थना की। मन में ख़याल आया— सुशोभन होता तो मेरे लिए भी लंबी उम्र की कामना करता और कहता—सभी पतियों को करना चाहिए...दोनों एक साथ जियें तो अच्छा। टीका लगाए-लगाए भाग कर घर पहुँची। दर्पण में अपना चेहरा देखकर स्वयं पर मोहित हो उठी। पीछे से सब देख रहा था सुशोभन, खूब ठहाके लगाता रहा देर तक।

''मैं भी लगाऊँ...कैसा लगेगा... ?''

''धत्त।''

रजनी को सारे रीति-रिवाज बहुत मोहते थे। उनमें रमने लगी थी। वह मिथिला के प्राचीन किस्से सुनती और विभोर होती। अपने बच्चों को सुनाने के लिए उन्हें अपनी स्मृति में संजो कर रखती जाती। उसे सबसे ज्यादा लगाव सीता से हो गया था। उनकी करुण-गाथा जब मिथिला की स्त्रियाँ रो-रो कर गातीं तो रजनी का दिल डूबने लगता था। कोई स्त्री कितना दुख सह सकती है, अपने जीवनकाल में, ये सोच-सोच कर रजनी का हृदय फटने लगता। अपने एकांत में बैठकर वह सीता-गाथा गाती और फिर वह रोती जाती। इस गाथा पर वह नृत्य नहीं कर पाती, न ही करतब दिखा पाती थी। सीता उसके रोम-रोम में बस गई थीं। वैसे ही जैसे मिथिला की स्त्रियों के रोम-रोम में, हिया में सिया बसी थी।

सुशोभन भी उस पर करतब दिखाने का दबाव नहीं डालता। उनके दिन आराम से बीत रहे थे। फिर आई तीसरी पीढ़ी।

पूनम की वह रात आई...

वह शरद पूनो की रात थी। प्रकृति चाँदनी में नहाई हुई जगमगा रही थी। हवाएँ भी रोशन थीं। नदियों में पानी से गरम-गरम भाप उठ रही थी। विशालकाय जलाशय का जल चाँदनी में चमचमा रहा था। खेतों में फूल महक रहे थे। दरवाज़े पर हरसिंगार की आखिरी खेप झर रही थी। रात रानी की महक चारों दिशाओं में फैल रही थी। प्रकृति का सौंदर्य विस्मय से भर देने वाला था। उसी रात, रजनी-सुशोभन के घर तीसरी पीढ़ी पैदा हुई। उनके घर में साक्षात् चाँदनी उतर आई जब दूध में नहाई, नीली आँखों वाली सुंदर कन्या ने जन्म लिया। आँखें क्या, मीन के आकार की आँखें थीं, मानो दो मछलियाँ आँखें बन कर चेहरे से चिपक गई हों। सुग्गे के होंठ जैसे लाल-लाल होंठ। रजनी अपनी पुत्री का रूप निहारे और न्योछावर हुई जाए।

सुशोभन बोला—

''देखा, फूलों की खेती करते हैं न...फूल उगा तेरी कोख से। तूने फूल ही जन्मा है रज्जो।''

''एक और मालिन पैदा हुई मेरे माली...''

''इसे मालिन नहीं, रानी बनाऊँगा किसी राजा की...राजकुमार ढूँढेंगे इसके लिए।''

''पुत्री जन्मी नहीं कि उसके ब्याह का स्वप्न देखने लगे मीना के बाबा, यही तो दिक्कत है कि पुत्री घर में पैदा हुई तो उसके ब्याह की चिंता में पिता गलने लगते हैं।''

रजनी परिहास भी कर रही थी और ताने भी मार रही थी।

''बाप हूँ...एक सुंदर-सी पुत्री का। चिंता मैं नहीं तो कौन करेगा रज्जो... तू उड़ा ले मेरा मज़ाक। तूने एक सुंदर-पुष्प से मेरे घर की बगिया महका दी, जा तेरे ताने पर गुस्सा नहीं करता मैं...''

''ला दे बच्ची मुझे...मैं उसे बाहर घुमा लाऊँ...''

सँभाल कर, बड़े जतन से, गरम कपड़ों में लपेट कर रजनी ने नवजात पुत्री उसकी बाँहों में थमाते हुए कहा, ''अभी नहीं, सवा महीने के बाद ही आप इसे बाहर ले जा पाएँगे। ये आपका काफ़िला नहीं है, यहाँ के सामाजिक नियमानुसार सवा महीने के बाद ही हम दोनों बाहर निकलेंगे। इसकी कुछ रस्में होंगी।

घर के बाहर स्त्रियाँ जुटने लगी थीं। मिथिला प्रदेश के रीति-रिवाज के अनुसार मीना की छठी होने वाली थी। अड़ोस-पड़ोस की स्त्रियाँ सोहर गा रही थीं।

''जुग-जुग जिअ सो दुलरिया हमनी के भाग जागल हो...जिनगी में भाग जागल हो...ललना हे...

धिया के भेलई जनमवा स जिनगी में आस जागल हो...''

रजनी और सुशोभन के लिए सोहर गायन नयी चीज़ थी। उनके काफ़िले में इतना मनोहर गायन किसी शिशु के जन्म पर सुना नहीं था। उत्सव मनाते थे, नाच-गाना करते थे। जो स्त्रियाँ गा रही थीं, उनमें बहुत मधुरता थी, मिठास घुल-घुल कर कानों में आ रही थी। उसे सुनते हुए मीना ने पलकें झपकाईं। देह में हरकतें हुईं। हाथ-पाँव हिलाए। दोनों मुग्ध भाव से पुत्री को देखते रहे।

रजनी भी सोहर गुनगुनाने लगी थी। सोहर पर रीझ उठी थी। उसने अब तक पुत्र जन्म में यहाँ स्त्रियों को सोहर गाते सुना था। पुत्री जन्म पर सोहर गाती हुई स्त्रियाँ उसे भा गईं। अब यही उसका देश था, यही लोग नाते-रिश्तेदार थे।

टोकरे में ढेर सारे पुष्प भरे, रास्ते से बताशे खरीदे और सुशोभन पंडित जी को बुलाने बस्ती में चला गया था।

~

श्रीधर पंडित की सुशोभन से खूब मित्रता थी। राजेश्वरी मन्दिर के मुख्य पुजारी के पुत्र थे और पुरोहिती का काम सीख भी रहे थे। पूजा-पाठ कराने लगे थे, पोथी बाँचना, कुंडली बनाना भी सीख चुके थे। उनकी मित्रता अपने हमउम्र सुशोभन से हो गई थी।

सुशोभन ही मन्दिर में फूल पहुँचाता था। रजनी माला गूँथती और मन्दिर के बाहर बैठकर उन्हें बेचा करती थी। अब उसके साथ नन्ही मीना यानी मीनाक्षी भी बैठने लगी थी। छोटी-सी उम्र में माला गूँथना सीख गई थी। दिन भर फूलों से खेला करती थी। फूलों की क्यारी में सुबह उठ कर सहेलियों के संग फुर्र...उड़ा करती। उन्हें सूँघती, लोढ़ती और डलिया में भर कर माँ के पास ले आती। उसकी सहेलियों को मुफ्त में खूब फूल मिल जाते। मन्दिर में सुबह

से ही भीड़ उमड़ने लगती थी। कुछ लोग जलाशय में स्नान भी करते, कुछ जल भर कर लाते, जलाशय में सीढ़ियाँ बनी हुई थीं, नीचे उतरने के लिए। श्रद्धालु सुबह ही वहाँ डुबकी लगा आते। रजनी सुबह ही मन्दिर के बाहर अपनी दूकान पर बैठ जाती। धीरे-धीरे उसकी दूकान बड़ी होने लगी थी। सुशोभन भी सहायता करता। दूकान के बाहर पीढ़े पर, मोढ़े पर पंडित लोग जुटते। नगर के कुछ विद्वान भी आते। मन्दिर के चबूतरे पर प्रतिदिन शाम को यह जुटान होता। ज्यादातर बुज़ुर्ग स्त्रियाँ और पुरुष होते। मन्दिर में सुबह-शाम रौनक रहती। रजनी, मीनाक्षी को पकड़ कर मन्दिर ले जाती, वहाँ दोनों माँ-बेटी, अपने कुसुम-खेत का पहला फूल अर्पित करतीं, फिर बेचने बैठतीं। यह रोज़ का नियम था। बस महीने में वो चार दिन वहाँ न जाती। तब मीनाक्षी पर वो चार दिन बड़े भारी पड़ते। उसके माथे काम आ पड़ता। जो प्रतिदिन करना पड़े, वो तो काम ही हुआ न। उसे तो उड़ते-फिरते रहने से मन न भरे। वो चार दिन आज्ञाकारी बालिका की तरह मन्दिर में पहला पुष्प चढ़ा आती। रजनी दूर से खड़ी देखती रहती, मंद-मंद उसकी दशा पर झुँझलाती रहती। मीनाक्षी कुढ़ती रहती कि मुझे पुजारिन बना कर छोड़ेंगी।

जैसे ही पाँचवाँ दिन आता, रजनी काली मिट्टी से बाल धोकर नहाती, जलाशय का जल छिड़कती अपने माथे पर और फूल लेकर मन्दिर के अंदर। मीनाक्षी बाहर मन्दिर के चबूतरे पर नाच करने लगती। नट वाले करतब करती। ज़ोर-ज़ोर से गाने लगती। लोगबाग आने लगते तो फिर भाग जाती। रजनी और सुशोभन यह सब देखकर हैरान रह जाते। उनकी लड़की जन्मजात नटनी निकली।

कुछ सिखाना न पड़ा। देह में लोच और लय ऐसी कि बिजली भी पानी भरे। मानो देह में अस्थियाँ न हों, फूलों की कोमल डालियाँ हों, जो मोड़े से भी नहीं टूटतीं। उसके कंठ में कोकिला का वास हो गया था। नाचती क्या, उड़ती फिरती थी। कुसुम-खेतों में दौड़ते-दौड़ते उसने नृत्य की भंगिमाएँ स्वयं ही अर्जित कर लीं। उसे कौन सिखाता। रजनी और सुशोभन को कहाँ फुरसत। सुशोभन राज दरबार में फूल पहुँचाने लगा था। वहाँ सबसे अधिक उसके पुष्पों की माँग थी। उसे श्रीधर पंडित-राज-माली कहते। उनकी आर्थिक स्थिति सुदृढ़ हो गई थी। वे नगर के संपन्न परिवारों में गिने जाने लगे थे। सुशोभन ने अपने

काम से नगर के कुछ युवाओं को जोड़ लिया था। काम बढ़ गया था। दूसरे नगरों से भी फूलों की माँग आने लगी थी। सुशोभन हर मौसम का फूल उगाता। मिथिला और आस-पास के राज्यों में विवाह की ऋतु आते ही फूलों का व्यापार चमकने लगता। तब सुशोभन को दम मारने की फुरसत नहीं मिलती। सारा दिन व्यापार में निकल जाता। रजनी घर और दूकान सँभालने में व्यस्त रहती।

और मीनाक्षी...

अपनी नट-कला में व्यस्त रहती। सबसे अधिक वही व्यस्त रहती। अपनी सहेलियों को सामने बिठा कर कला का प्रदर्शन किया करती।

यह काम भी नियमित चल रहा था।

पंडित श्रीधर ने एक दिन दूर से देखा, उसकी कला देखकर दाँतों तले उँगली दबा ली। आज तक उन्होंने ऐसी कला देखी न थी। लड़की थी या हवा। पवन वेग से हवा में उछाल भरती थी। उछलती हुई दूर तक चली जाती थी। कुलाचें भरती तो लगता जंगल में एक साथ अनेक हिरनियाँ दौड़ लगा रही हैं। दिनोंदिन और सुंदर होती चली जा रही थी। रूप-यौवन निखरता जा रहा था। देह भर रही थी।

पंडित जी, सुशोभन के पास गए।

''सुशोभन, आज मैं मीनाक्षी की कुंडली बाँचूगा। बारह साल की उम्र से पहले बच्चों की कुंडली नहीं बाँचते। बारह की पूरी हो गई न। हालाँकि मैंने देखा था सब। तुम्हें बताया नहीं। जाओ, इसकी कुंडली निकाल कर लाओ। मैं आज कुछ सत्य वचन बोलने वाला हूँ। समय आ गया है कि मित्र होने के नाते तुम्हें कुछ सत्य से अवगत करा दूँ।''

पंडित जी गंभीर थे।

सुशोभन ने बहीखाता रख दिया। रजनी को आवाज़ लगाई और कुंडली मँगवाई। लाल धागे में बँधी हुई, पीले कपड़े पर कुछ श्लोक लिखे हुए थे। पिछले बारह सालों तक उसे किसी ने खोला तक न था। श्रीधर ने साफ़ मना किया था, कोई इसे न बाँचे। जन्म के समय ही जो थोड़ा-बहुत बताना था, बता दिया।

सुशोभन को याद है—

''राजकुमारी पैदा हुई है तुम्हारे घर। इसका भाग्य राजकुमारियों जैसा है।

दूर देश का राजकुमार इसके पीछे-पीछे आएगा, इसकी बहुत प्रसिद्धि फैलेगी, नामी कलाकार बनेगी। बहुत भाग्यशाली कन्या है।''

सुशोभन और रजनी इतना सुनते ही आह्लाद में डूब गए थे। एक माली, एक बंजारे की पुत्री का भाग्य राजकुमारियों जैसा हो, और क्या चाहिए। लालन-पालन तो वैसा करेंगे। इकलौती संतान है, कोई कमी न रहने देगा। कला भी सिखा देगा, पारंपरिक नट कला तो उसके रक्त में है, सीख ही जाएगी।

मगर इससे राजकुमारी थोड़े न बन जाएगी।

सुशोभन ने कुंडली बाँचते हुए श्रीधर पंडित से पूछ ही लिया—

''आपको याद है, बारह साल पहले आपने कितने सुंदर वचन बोले थे मीनाक्षी के लिए। देखिए तो, भाग्य क्या कहता है... ?''

''मित्र, बहुत भाग्यशाली है तेरी पुत्री, नामी कलाकार बनेगी। दूर देश में इसकी प्रसिद्धि होगी। ये दूर देश की यात्रा भी करेगी...किंतु...''

''किंतु क्या मित्र ?''

''किंतु...''

''जीवनरेखा कम दिखाई पड़ती है। तुम्हें इसका विशेष ध्यान रखना चाहिए। खतरों से खेलने का शौक है इसे...सँभालो। बाकी सब उत्तम योग है। ग्रह, नक्षत्र इसके पक्ष में हैं।''

''और हाँ...एक दिन तुम्हें गर्व होगा अपनी पुत्री पर...बहुत बड़ी देशभक्त निकलेगी। देखना...इसकी कीर्ति फैलेगी...मैं बहुत कुछ देख पा रहा हूँ...''

श्रीधर पंडित ने कुंडली लपेटकर वापस रख दी। उनके चेहरे पर तरह-तरह के भाव आ-जा रहे थे। माथे पर चंदन का टीका—उस पर चिपका अक्षत सूख कर झरने लगा था। पीली धोती पहनकर वे पीतांबर हो उठते थे। सुबह-सुबह ही कुंडली बाँचा करते थे। सो पूजा से उठ कर सीधे अपने मित्र के यहाँ चले आए थे। इधर सुशोभन का ध्यान जीवनरेखा पर अटक गया था। जीवनरेखा कम कैसे...? वो जान से ज्यादा सँभाल कर रखेगा अपनी पुत्री को। रेखाएँ बदल देगा। माता राजेश्वरी उसकी प्रार्थना अवश्य सुनेंगी। कुसुम-खेत का पहला फूल रोज़ सुबह उनको ही समर्पित करता हूँ...ग्रहों को अपनी चाल बदलनी पड़ेगी।

रजनी इन दोनों का संवाद नहीं सुन पाई थी। सुशोभन को इसी बात का

संतोष हुआ। वो सुन लेती तो रोना-पीटना मच जाता। इतना रोदना पसारती कि सँभालना कठिन हो जाता। पंडित जी के ज्ञान पर कोई उँगली नहीं उठा सकता था। वे मिथ्या वचन क्यों बोलेंगे। कुंडली में सत्य ही तो लिखा होगा। वे मित्र-धर्म का निर्वाह करने स्वयं आए थे। सावधान कर गए हैं। पुत्री का विशेष ध्यान तो रखना ही चाहिए। एक तो सर्वाधिक सुंदरी है, गुणवान है और चंचल हिरणी है, तितली बनी उड़ती फिरती है। संतान आँखों के सामने रहे तो माँ-बाप चिंताविहीन रह सकते हैं। अभी तो दिन भर जाने कहाँ फिरा करती है।

''ओ मीनू....मीन्नी, मीना...मेरा बच्चा...कहाँ है...इधर आ तो ...''

सुशोभन पुकार उठे।

दूर कहीं मीना के घुँघरू खनके। उधर से उनकी पुकार का जवाब इसी तरह देती है।

मन-ही-मन ठाना सुशोभन ने...अपनी राजकुमारी को एक दिन महाराज के दरबार में ले जाएगा। कला का प्रदर्शन करवाएगा। भाग्य के साथ पुरुषार्थ जुड़ जाए तो सफलता मिलते देर नहीं लगती। वो मीनाक्षी के भाग्य में कुछ रेखाएँ जोड़ेगा, कुछ लिखे को सच कर दिखाएगा। उसे इंतज़ार था, मीनाक्षी नटनी बन जाए। नट कला में पारंगत। इस नगर में यही एक कला तो हम लेकर आए हैं। हम बंजारे।

एक बंजारन को महल भी तो मिलना चाहिए। आखिर राजकुमारियों जैसा भाग्य तो है न । तू माँज अपने को, तेरा बाबा पहुँचाएगा वहाँ तुझे। जीवनरेखा अपने आप बढ़ जाएगी मेरी बच्ची। तू एक दिन महल में स्थान पाकर रहेगी।

सुशोभन की आँखें दूर क्षितिज की तरफ़ टिक गई। सूरज डूबने से पहले आकाश को रंग रहा था अपनी लाली से। पक्षी चहचहाते हुए घर लौट रहे थे। गायें रंभा रही थीं। बची-खुची भेड़ें बाड़े की तरफ़ लौट रही थीं। वृक्ष हवा के आवेग झेलकर थक गए थे, इसीलिए पत्तियाँ हौले-हौले हिल रही थीं।

मीना दूर मन्दिर के चबूतरे पर गुलाटी भर रही थी। कुछ बुजुर्ग उसे देखकर तालियाँ बजा रहे थे।

''देवी राजेश्वरी, इस बच्ची पर कृपा बनाए रखना।''

मन्दिर का पट बंद होने ही वाला था कि सुशोभन ने अपनी प्रार्थना हवा में घोल दी।

आवाज़ लगाई...

''मीना...ओ मीना...माई बुला रही, घर आ जा...''

मीना चलती हुई नहीं, उड़ती हुई उस तक आई, जैसे पवन का झोंका हो, पिता से लिपट गई।

हवा के पाँव में घुँघरू खनकते रहे देर तक।

किशोरवय मीना कहाँ किसकी पुकार सुनने वाली। अन्हराटाढ़ी नगर में इतनी मनबढ़ू कन्या किसी ने देखी कहाँ थी। चौदह साल की हो गई थी मीना। यह उम्र मनमौजी होती है, जब कन्याएँ चीज़ों को अपने नज़रिए से देखना शुरू करती हैं। वे अपने को महत्त्व देना शुरू करती हैं और स्वयं को दूसरों से अलग मानने लगती हैं। मीना को यह आभास हो चला था कि वह सबसे अलग है, सबसे सुंदर है और सबसे गुणवान भी है। नट कला में पारंगत है और नृत्य तो ऐसे करती है जैसे तेज़ हवा के झोंके में घने वृक्षों की डालियाँ, पत्ते झूमते हैं। नृत्य की नयी-नयी मुद्राएँ स्वयं ही गढ़ने लगी थी। कहीं भी शुरू हो जाती थी। तालाब, पोखर, नदी, खेत, गाछी, कहीं भी। पूरी पृथ्वी उसके लिए रंगमंच की तरह थी और वह अकेली प्रस्तोता। दसों दिशाएँ उसे घूर-घूर कर चकित हो देखतीं। मोटी रस्सी दो पेड़ों के बीच में तान देती, उस पर नृत्य करते हुए आर-पार हो जाती। देखने वाला दाँतों तले उँगली दबा लेता। रस्सी पर लहरा-लहरा कर नाच उठती। सिर पर दो मटके रख लेती। जो कभी गिरते नहीं थे। आम की डालियों पर वानर की तरह झूल जाती, डालियों पर पैर फँसा कर नीचे लटक जाती। हाथों से नृत्य करती, देह झूलती रहती। बरगद की जटाएँ पकड़ कर पूरी गाछी पार कर जाती। गाछी उसकी खिलखिलाहट से गूँजती रहती थी। उसे ढूँढना मुश्किल न था। जहाँ होती, गा रही होती, कूक रही होती या खिलखिला रही होती। हँसी-ठिठोली वाली मीना को सारा हुनर जन्मजात मिला था। माता-पिता को कुछ सिखाना नहीं पड़ा। सुशोभन को कुसुम-खेती से फुरसत न थी, रजनी गृहस्थी में उलझी रहती। कभी-कभी अन्य नटों के साथ झुंड में गा-बजा लेती। पारंपरिक काम पूरी तरह छोड़ना उसे अच्छा नहीं लगा। अपने इस काम को अपनी पहचान

मानती थी। जबकि सुशोभन कहता, ''अब तो तू मालिन है मेरी मालिनी। नट कला के लिए पूरा दल है यहाँ। चिंता नहीं। बाप-दादाओं की परंपरा लुप्त नहीं होने पाएगी। अब तो मीना ने भी सँभाल लिया है। बस वह खेलकूद से ध्यान हटा कर नगर में प्रस्तुति देने लगे तो ठीक रहेगा। कब तक यूँ ही खेलते-कूदते अपनी कला का प्रदर्शन करती फिरेगी, तू उस पर ध्यान दे बस ।''

सुशोभन की बातें सुनकर रजनी पुकार उठती मीना को। मीना को कहाँ फुरसत। उसकी सखी, सहेलियों का पूरा दल-बल था। रंभा, पार्वती, सुग्गी, सुदेष्णा और श्यामा। इन्हीं के साथ दिन भर मस्ती से घूमा-फिरा करती थी। सारी नटखट, चंचल और शोख कन्याएँ थीं। एक साथ बड़ी हो रही थीं। सबकी प्रधान मीना थी, जो वह कहती वही होता। दल पर उसका हुकुम चलता था। उस पर किसी का हुक्म नहीं चल सकता था। उसके मन में कुछ और था। माता रजनी उससे अनभिज्ञ थीं। सिर्फ़ अपनी सबसे करीबी सखी सुग्गी से मन साझा करने लगी थी।

''सच बता...क्या करेगी तू, क्या बनेगी... ?''

''मैं तो जल्दी ही ब्याह दी जाऊँगी रे मीना...उम्र हो गई मेरी, बस मेरी माई मेरे औरत होने की प्रतीक्षा कर रही है।''

''औरत होने, माने ?''

''औरत होना मतलब क्या रे ?''

बहुत मासूमियत से मीना पूछती। सवाल पूछते समय उसकी आँखें तीर की तरह तन जातीं।

''ऊ माई कहती है, बस जल्दी से तेरी कोंपल फूटे, ब्याह लायक हो जाएगी...जाने कोंपल फूटना क्या होता है। माई आजकल मुझ पर नज़र गड़ाए रहती है, मानो कुछ ढूँढ रही हो, कुछ जानना चाहती हो...रिश्ता तो आया रखा है, मेरे औरत बनने का इंतज़ार हो रहा है...''

''तब तुम हमें छोड़ कर चली जाओगी, कहाँ... ?''

''जाने कहाँ..जहाँ हमें ब्याह दें''

''पूरब दिशा में ?''

''ना रे...पूरब देस हम ना जइबो...जानकी कुमारी गई थीं न, बहुत दुख झेली रे सखि, अंत में धरती में समा गईं..मुझे नहीं मरना रे...''

मीना आँखें, मुँह फाड़ कर सुग्गी को देखने लगी। देखने में सामान्य-सी सुग्गी, आकर्षक लगती थी। मीना अपनी सारी सहेलियों में सबसे सुंदर थी। लेकिन उसे सुग्गी बहुत भाती थी। साँवली सूरत, मगर सुग्गे जैसी तीखी, पतली नाक थी। काजल भरी आँखें थीं। बस एक ही कमी लगती कि दिन भर चमेली का तेल चुपड़ कर घूमती थी।

औरत होने के बारे में सुग्गी कुछ भी नहीं बता पाई। मीना के ध्यान में वो बात घुस गई थी। उसने सोचा, 'अपनी माई रजनी से पूछेगी। उन्हें पक्का पता होगा। माई लोग को सब बातें पता होती हैं। वे बहुत ज्ञानी होती हैं। माई से ही पूछ लेगी। यह भी पूछेगी कि ये जानकी कुमारी कौन थी और धरती में क्यों समा गई थी। मिथिलावाले उसका नाम सुनकर इतने भावुक क्यों हो जाते हैं। उसे ब्याह करके दूर देस नहीं जाना है। यहीं रहना है...अपने बाबा और माई के साथ। यही उसकी मातृभूमि है, कोई उसे अपनी भूमि से अलग नहीं कर सकता...पूछेगी माई से कि औरत का देस क्यों नहीं होता है। माई कहाँ से आई थी। किस देस से। माई कहीं से आई हो, मीना का देस तो यही है। कहीं नहीं जाएगी मीना। यहीं रह कर कला की सेवा करेगी। बड़ी नटनी बनेगी।'

नटनी मीना...। मन-ही-मन ठानती।

यही सोचते-सोचते मीना ने कुछ दिन निकाल दिए। हर बार पूछना भूल जाती। इस बीच उसने अपनी देह को गौर से देखा। देह भर रही थी। बदल रही थी। सीने में उभार दीखने लगा था। नृत्य करते समय उसे थोड़ी असहजता महसूस होने लगी थी। रजनी ने ये देखा और एक दिन उसके वक्षों को कपड़े के टुकड़े से कस दिया, चोली के अंदर। पहले-पहले तो दम घुटता, फिर उसे पहन कर देह नियंत्रण में रहने लगी तो उसे आदत हो गई। सुग्गी के वक्ष अभी पूरे नहीं उभरे थे। कहीं यही तो औरत होने की निशानी नहीं है। उसके भीतर अनेक तरह के सवाल उठने लगे। उसके वक्ष में दर्द होता, रात को छटपटा कर रजनी को आवाज़ लगाती, ''माई यहाँ दर्द हो रहा है, दबा दो...''

रजनी मुस्कुराती, फिर उसे हौले-हौले दबाती। उसे फुसफुसा कर समझाती—''यह दूधू बड़ा हो रहा है न...जब अंग बड़े होते हैं तो दर्द होता है। अस्थियाँ बड़ी होती हैं तो पैरों में दर्द होता है न, वैसे ही यहाँ चमड़ी फैलती है...''

‘‘क्या इसे ही औरत होना कहते हैं माई ?’’

‘‘नहीं रे...वो कुछ और है, बस तू होने ही वाली है...बता दूँगी, समय तो आने दे...बस कुछ भी हो, मेरे पास भाग कर आना। पिता के पास न जाना। मैं औरत हूँ न, माई हूँ तेरी...मुझे बताना..ठीक है...सो जा मेरी राजकुमारी...राज कुँवर जी आएँगे...रानी को ले जाएँगे...’’

‘‘ठीक है माई...’’

राजकुमारी सुख सपनों में खो जाती। सपने खिले-खिले देखतीं...फूलों को चटकते, मुरझाते, उनके रंग उड़ते, अश्वों की हिनहिनाहटें और टापें सुनाई देतीं, फिर तलवारों की टंकार, चीख-पुकार और फिर धुँध में विलीन होते अश्व...और कोई अनजान चेहरा...

सामने विशालकाय नदी, उफनती हुई....

घबरा कर मीना की नींद खुल जाती। माई से चिपट कर सो जाती। रजनी महसूस करने लगी थी कि पुत्री जवान होने वाली है। बचपन विदा होने वाला है, किसी भी दिन औरत बन सकती है, संपूर्ण औरत। दैहिक रूप से औरत। औरतों की देह जल्दी बड़ी होती है, मन तो वही बच्चा रहता है।

फिर क्या होगा...क्या करेंगे हम...मीना का सपना क्या है, वो दूसरी लड़कियों की तरह नहीं है। अच्छा, पहले वो अवसर तो आए, फिर समझेगी।

उधर सुशोभन सोचता, ‘एक दिन पुत्री को राज दरबार में कला दिखाने का आमंत्रण आ जाए।’ श्रीधर पंडित से अपनी इच्छा जता दी थी। उन्हें लगातार निःशुल्क फूलों की आपूर्ति करता। मीना भी कला में पारंगत हो गई थी। बस एक दिन मिथिला नरेश राजा गंगदेव जी देख लें।

~

राजा गंगदेव जी के शासनकाल में मिथिला खूब खुशहाल नगरी थी। धन-धान्य से भरपूर, प्राकृतिक संपदा भी प्रचुर। नगर एवं आस-पास के गाँवों में तालाबों की भरमार थी। जल-संपदा की कभी कमी नहीं पड़ती थी। एक विशालकाय नदी नगर को छूती हुई दक्षिण की तरफ़ निकल जाती है। नदी कई गाँवों को जीवनदान देती चलती है। उनके पिता गंगदेव ने एक विशालकाय जलाशय

खुदवाया था, जिसका पानी उसी नदी से आता था। जलाशय का नाम गंगा-सागर रखा गया था। नगरवासी उसे बहुत पवित्र सरोवर मानते थे। प्राचीन राजेश्वरी मन्दिर के समीप होने से उसका धार्मिक महत्त्व और बढ़ गया था। गंगदेव अच्छे प्रशासक थे। नदी के किनारे कई गाँव बसाए, बाहर से आए हुए कई प्रवासी राहगीर वहाँ बस गए थे। एक गाँव का नाम उन्होंने अपने नाम पर रखा था—नान्यपुर। उनके साम्राज्य में जितने भी गाँव, नगर पड़ते थे, सबको वह नदी छूती हुई निकलती थी। इसीलिए जल-संकट उनके राज्य को कभी नहीं झेलना पड़ा। उन्होंने कई बरसाती तालाब खुदवाए ताकि उनमें बरसात का पानी जमा किया जा सके और जिसमें माछ और मखान की खेती की जा सके। मिथिला के निवासी इन दोनों को चाव से खाते थे। उनके तालाबों में खूब मछलियाँ पाली जाती थीं और चैत से लेकर बरसात के आखिरी दिनों में मखान तालाब से निकाले जाते थे।

मीना के पूर्वज ने इतनी सुंदर भूमि देखी, राजधानी अन्हराठाढ़ी देखकर रीझे, और ये देखकर बहुत आश्वस्त हुए कि यहाँ के पंडित और नगर सेठ कला की बहुत कद्र करते हैं, ये देखकर वहीं स्थायी रूप से बस गये। तीसरी पीढ़ी वहाँ इतनी घुल-मिल गई थी कि नटनी होने के बावजूद मीना को कोई बाहरी नहीं मानता था। उसके तो मिथिला में प्राण बसते थे। उसके रक्त में मिथिला-प्रेम बसा हुआ था। मन-ही-मन इस प्रेम को और गहरे बसाती जाती। ज्यों-ज्यों बड़ी होती गई, अपनी जन्मभूमि के प्रेम में डूबती गई। मन में किशोरावस्था से ही बात बैठ गई थी कि मिथिला की पुत्री है, मिथिला कुमारी है। इस बोध ने उसे भीतर से आत्म सजग बना दिया था। रजनी गौर कर रही थी कि औरत बनने के बाद मीना गंभीर होने लगी थी।

चैत का महीना था। गाछी में कोयल कूक रही थी। आम में बौर आ गए थे। मीना और उसकी सहेलियाँ दो ही स्थानों पर खेलतीं, या तो आम्रवन में या कुसुम-खेत में। चैत के महीने में कुछ फूल मुरझा जाते, कुछ नये खिलते। उनके बीच वह कूदती-फाँदती। तितलियाँ पकड़ती, उनके रंग चुटकियों पर छूट जाते, उन्हें देख-देख मस्त होती। या फिर आम्रवन में कोयल को चिढ़ाती। कोयल की कूक सुनकर सारी सहेलियाँ बोलतीं—कूऊ...उधर से कोयल बोलती...फिर

इधर से मीना बोलती...यह कौतुक दोतरफ़ा चलता रहता। पूरा आम्रवन कोयल की कूक से भर जाता। वन का रखवाला वन के एक छोर पर बैठा समझ जाता कि नटखट लड़कियाँ वन में क्रीड़ा कर रही हैं।

उस दिन मीना तालाब में तैरने का मन बना रही थी। सारी सहेलियाँ अपने कपड़े लेकर आई थीं। सुबह से मीना के पेट में मीठा-मीठा दर्द हो रहा था। उसने खेलने के चक्कर में उसे अनदेखा कर दिया। माई को कहती तो वे कोई काढ़ा पिला देती। इस डर से वो कई बार छोटी-मोटी चोट छुपा जाती। पैरों में ठोकर लगती, रक्त निकलता तो पानी से धोकर लहँगे से ढँक लेती। माई की डाँट फिर दुलार और फिर काढ़ा।

शुरू-शुरू में रस्सी पर चलने का अभ्यास करते समय कितनी बार चोट लगा बैठी थी। हर बार छुपा ले जाती। पेट में दर्द के बारे में बिना बताए वह तैरने के लिए उतावली हो उठी थी। सारी लड़कियाँ छपाछप कूद रही थीं। तालाब के दूसरे छोर पर मखान के फूल खिले हुए थे। उसके हरे-हरे काँटेदार पत्ते पानी की सतह पर तैर रहे थे। लड़कियों को पता था कि उस तरफ़ नहीं जाना, नहीं तो मखान की खेती नष्ट हो जाएगी। इसलिए वे इसी किनारे जल-क्रीड़ा कर रही थीं। किनारे पर एक ठूँठ था, उस पर चढ़ कर वे तालाब में कूद जाती छपाक से। जल में तरह-तरह की मछलियाँ टकरातीं, बड़ी-छोटी सब तरह की। वे मछलियों के संग किलोल करने लगतीं। मीना को मछली हर तरह से पसंद, खाने से लेकर खेलने तक के लिए। बरसात में तो मछलियाँ आसमान से बरसती देखीं। भरे-भरे बादल जब बरसते तो उनकी बूँदों के साथ मछलियाँ भी भूमि पर गिरतीं। मीना उन्हें उठा लाती, जल-पात्र में रखती और उनके संग कौतुक करती। तालाब में तो असंख्य मछलियाँ थीं। जो उनके साथ तैरतीं और गायब हो जातीं।

अचानक मीना चीखी। तालाब के तल को छूकर निकली थी। सारी सहेलियाँ डर गईं।

''क्या हुआ..क्या हुआ... ?'' गीली आवाज़ें उभरने लगीं। मीना के पैरों से रक्त निकल रहा था।

''मुझे बड़ी मछली ने काट लिया...काट लिया..., सिंघी मछली ने डंक मारा...माई...माई..माई के पास ले चलो...''

जोर से रो पड़ी। सहेलियों ने देखा, रक्त पानी में तेज़ी से घुल रहा था।

आस-पास का पानी लाल हो गया था। पैरों पर कहीं ज़ख्म दीखे नहीं। मीना ने संकेत किया—

''अंदर काटा है, यहाँ काटा है...''

सहेलियों ने उसे किसी तरह सँभाल कर उसकी माई तक पहुँचा दिया। रजनी घबरा गई। अच्छी-खासी तालाब में नहाने गई थी, घायल होकर लौटी। उसकी खातिरदारी में लग गई। सहेलियाँ अपने-अपने घरों को लौट गईं। रजनी ने पूरी देह देखी, कहीं ज़ख्म नहीं थे।

अचानक जाँघों के बीच से रक्त निकला, पैरों पर एक लकीर-सी खींच गई। रजनी झट से समझ गई। उसने इत्मीनान की साँस ली। मीना को चुप और शांत रहने का संकेत किया जो चीख-चीख कर आसमान सिर पर उठा रही थी।

पूरी देह साफ़ की। लहँगे बदले। साफ़ कपड़े की मोटी तह बनाई और जाँघों के बीच रख दिया। मीना आश्चर्य से देख रही थी।

''वहीं पर काँटा है माई....''

''तुझे मछली ने नहीं काटा है री, तू औरत बन गई आज से...मेरी तरह... समझी। हर लड़की को एक दिन ये होता है। हर महीने आता है, इसे महीना कहते हैं...तुझे महीना आया हुआ है...बस तिथि याद कर ले, हर महीने इसी तिथि के आगे-पीछे आया करेगा महीना।''

''महीना...''

''साल के बारह महीने तो सुने थे, चैत, बैशाख, जेठ, आषाढ़, सावन-भादो...ये कौन-सा महीना है माई...''

''ये औरत का महीना होता है, हर महीने पवित्र होती हैं औरत...''

''तुम भी हर महीने पवित्र होती हो माई... ?''

''हाँ री, मैं भी। हर औरत होती है।''

''तो फिर तुम मुझे चुप क्यों करा रही हो। क्या ये छुपाने की बात है ?''

''हाँ, बाबा को मत बताना...ये मर्दों को नहीं बताते...लाज की बात होती है।''

''अपनी सहेलियों को भी नहीं... ?''

''उन्हें बता सकती हो, हम औरतें तो आपस में हर गोपन बात कह-सुन लेती हैं, इसे मर्दों को नहीं बतातीं..ज़रूरत भी क्या है, जब ज़रूरत होती है तो

बताते हैं। तू भी अपने स्वामी को बताना...अपने राजकुमार को बताना...''

रजनी उसे समझाते हुए हँस रही थी। उसकी पुत्री रजस्वला हो गई थी। विवाह योग्य कन्या की माई हो गई थी वो। अलग तरह की चिंता उसे करनी होगी। बच्ची नहीं रही कि दिन भर इधर-उधर घूमे। अब उसकी देह बदल जाएगी। उसे सावधान रहना पड़ेगा।

मीना बिस्तर पर थक कर सो गई थी। उसके पेट में असह्य दर्द शुरू हो गया था। रजनी सोच ही रही थी कि कोई काढ़ा बना कर पिलाए कि तभी दूसरे आँगन की सुक्खी चाची दरवाज़े पर आकर खड़ी हो गईं।

रजनी ने उन्हें सारा हाल कह सुनाया।

सुक्खी चाची सब सुनकर बोलीं, ''रजनी, तुम लोग अब मिथिलावासी हो। यहाँ के रिवाज के अनुसार कुछ विधि-विधान करना पड़ेगा। मैं तुम्हें सब बताऊँगी। जब तुम्हारी धिया (पुत्री) जागे तो बताना।''

सुक्खी चाची बस्ती में सारे विधि-विधान करवाने के लिए प्रसिद्ध थीं। उन्हें परंपरा का बहुत ज्ञान था। पढ़ी-लिखी नहीं थीं, मगर समूची जानकी-कथा मुँहजुबानी सुना सकती थीं। लोकगीतों की वे जान थीं। बिना उनके कोई गीत संस्कार संपन्न ही नहीं होता था।

रजनी ने गरम पानी का सेंक मीना के पेट पर दिया, काढ़ा पिलाया और जब तक जगी नहीं, उसका पेट सहलाती रही।

मन में तरह-तरह की आशंका कि जाने सुक्खी चाची क्या विधि-विधान करवाएँ। मीना सहयोग करेगी भी या नहीं। क्या पता, उस हालत में बच्ची हो या न हो।

उस दिन वह सुक्खी चाची से बचती रही। रात को सुशोभन आया, मीना की हालत देख घबरा गया। रजनी मंद-मंद मुस्कुरा उठी।

''चिंता मत करिए, मीना के बाबा, पुत्री अब सयानी हो गई है। उसके लिए अब आप राजकुमार ढूँढ सकते हैं...ब्याह लायक हो गई है आपकी लाडली...''

सुशोभन समझ गया। पुत्री के माथे पर स्नेह का हाथ फेरकर दूसरे कमरे में चला गया। उसे रजनी की अक्ल पर हँसी आई। अभी तो मीना चौदह वर्ष की ही हुई है। माना कि यहाँ लड़कियों को जल्दी ब्याह देते हैं। मगर हम हैं

तो नट जाति के लोग। मिथिला के माली हैं तो क्या। हम देशभक्त हैं, मगर अपनी पहचान बचाए रखेंगे। नट कला ज़िंदा रहेगी। मीना के सपने पूरे होंगे। वह राज्य की सबसे प्रसिद्ध नटनी बनेगी। उसकी कला की धूम चारों दिशाओं में मचेगी। एक दिन राज दरबार में पहुँचेगी। सुशोभन सोचता, 'देश कोई हो, अपनी पहचान बचाए रखना ज़रूरी होता है। यह तभी बचेगी, जब अपनी कला, संस्कृति बचा कर रखेगा।' उसने इसीलिए अपनी या परिवार की वेशभूषा न बदलने दी। रजनी अवश्य सुक्खी चाची की तरह धोती बाँध लेती। मीना तो उसी तरह बंजारे लहँगे पहनती। सुशोभन अपनी पगड़ी हमेशा पहने रहता। मिथिला का पाग भी उसे पसंद था। नगर के उत्सवों में उसे पहन लेता। उसे शान की तरह लगती पगड़ी और पाग। अपनी पहचान को लेकर वो सजग रहता।

सुबह-सुबह सुक्खी चाची धमक गईं। सुशोभन देखता रह गया। रजनी और मीना को लेकर वे आँगन के बाहर चली गईं। सुक्खी चाची का आँगन अरहर के झाड़ों से घिरा हुआ था। उसे रस्सी से मज़बूती से बाँधा गया था। सुक्खी चाची के हाथ में लोहे का चमचमाता छुरा था। मीना और रजनी दोनों डर गई थीं।

सुक्खी चाची ने मीना के हाथ में छुरा देते हुए अरहर की झाड़ियों की तरफ़ संकेत किया। रस्सी के बंधन को पाँच बार काटने को बोला। मीना ने चुपचाप वही किया। फिर चाची रजनी के कान में कुछ फुसफुसाईं। रजनी ने सहमति में सिर हिलाया।

जाते-जाते पलटीं, ''और हाँ, मीना, रसोई में मत जाना। चार दिन तू अशुद्ध रहेगी। चौथे दिन सिर धो लेना। फिर रसोई में प्रवेश कर सकेगी। नियम से पालन करना।''

रजनी ने पीछे से हाथ जोड़ लिया। वह स्वयं ही इस तरह के नियम का कहाँ पालन कर पाती है। रसोई में न जाए तो खाना कौन पकाएगा। बस उन दिनों मन्दिर की सीढ़ियाँ नहीं चढ़ती, पूजा नहीं करती है।

मीना पर इस तरह का दबाव नहीं डालना चाहती कि वह पालन करे ही न। सुक्खी चाची के कहने पर दो रस्म और हुईं। पानी के हौदे से लोटे में पाँच बार जल भर कर रजनी लाती और माथे से मीना को नहला देती। मीना चीखती। सुबह-सुबह शीतल हवा चल रही थी। इसके बाद आखिरी रस्म हुई। रजनी को समझा

कर सुक्खी चाची चली गई थीं। रक्त से भीगे कपड़े को मिट्टी में गड्ढा खोद कर दबा दिया गया। पाँच बार गड्ढे की परिक्रमा करके मीना और रजनी घर लौट आए।

मीना को ये सब बहुत अटपटा और उबाऊ लग रहा था। मगर सुक्खी चाची की धाक इतनी थी कि कोई उन्हें मना नहीं कर सकता था।

घर आकर मीना बिस्तर पर गिर पड़ी। चार दिन तक उसकी हालत खराब रही। वह इस तरह अपने औरत होने को कोसती रही। मन-ही-मन ईश्वर को सुनाती रही। रजनी से झगड़ती कि ईश्वर ने हमारे साथ ऐसा क्यों किया। हम तो हर महीने कुछ नहीं कर पाएँगे। इतना रक्त बह जाएगा, हम तो कुछ काम नहीं कर पाएँगे। जीवन भर झेलना पड़ेगा।

रजनी ने मुस्कुराते हुए उसे दिलासा दिया, ''चिंता मत कर बच्चे, पचास पार ये बंद होगा, अपने आप। उसके पहले तभी रुकेगा, जब तुम माता बनोगी। जब तुम पेट में थीं, तब नौ महीने तक रक्तस्राव बंद था। इसका बंद होना तब अच्छा लगा था कि तुम आने वाली थीं। हमें कोख मिली है मेरे बच्चे, तो झेलना पड़ेगा। हम अपने जीवन से दूसरा जीवन पैदा करती हैं। सोच-समझ कर ईश्वर ने हमें यह रक्तपात दिया था।''

मीना ने मन-ही-मन सोचा, 'बहुत हिंसक और दुखदायी ये रक्तपात।'

फिर ख़याल बदला, 'जीवन से दूसरा जीवन...' अपने पेट पर हाथ फेरा...और लजा गई।

'छी...क्या सोचने लगी...।'

''देखा जाएगा। ये औरत बनना भी न, बहुत दुखदायी है माई। हम कलाकार बनेंगे...नाचेंगे, गायेंगे...पहले मेरी कला, बाद में देखेंगे क्या बनना है...ठीक है। कला को जीवन देना है माई...कला को...''

''मैं कहे देती हूँ...मुझे कोई ईश्वर नहीं रोक सकता। उन्हें मेरा नाच देखने धरती पर आना ही होगा...''

~

उस दिन सुशोभन और रजनी दोनों चकित रह गए जब मीना ने उन्हें अपनी नृत्य-नाटिका दिखाई। दोनों नट-नटनी तो आश्चर्य में गोते लगाते रहे। पढ़े-

लिखों की नगरी में नटों का समुदाय अनपढ़ रहा। ज़्यादातर नट घूम-घूम कर करतब दिखाते, या लोहा-लक्कड़ बेचते। किसी तरह उनका जीवनयापन होता। सुशोभन के दादा जैसी चतुराई किसी ने न दिखाई। नट होते हुए भी वे माली बन गए थे। अपने खानदान को फूलों की सौगात दे गए थे। नटों का समुदाय धीरे-धीरे फैल रहा था। उसमें स्थानीय पामरियाँ लोग भी घुल-मिल गए थे। उनका भी यही धंधा था। नाच-गा कर मुद्राएँ कमाना मुख्य पेशा था। नट थोड़े उनसे अलग थे, क्योंकि वे करतब दिखाते थे। ऐसे-ऐसे करतब कि लोग चमत्कृत होकर बस देखते रह जाएँ। नट कला चहुँओर फैल रही थी। लोगों के मनोरंजन का यही एकमात्र साधन था। मीना को तो बचपन से ही धुनकी लगी थी।

उसे आस-पास के कई गाँवों से बुलावा आने लगा था। उसके पास नट जाति के पारंपरिक गीत थे, नृत्य भी। मगर वह कुछ नया करना चाहती थी। कुछ ऐसा जो मिथिला की परंपरा से जुड़ता हो। वह घूम-घूम कर लोकगीत, लोक गाथाएँ इकट्ठा कर चुकी थी। सुक्खी काकी सबसे बड़ी सहयोगी निकलीं। नट समुदाय के पास अपने सारे वाद्य यंत्र थे। मीना ने सबको एकजुट कर लिया था। नटों के कई समूह थे, जो अलग-अलग दिशाओं में करतब दिखाने जाते थे। मीना ने अपने लिए सबसे बेहतर कलाकार चुने। सब मिलकर करतब दिखाते तो समाँ बँध जाता।

उस दिन मीना ने सीता-कथा पर अभिनय-नृत्य किया। एकदम अनूठा प्रसंग उठाया। पंडित श्रीधर भी प्रथम दर्शक बने।

राजा जनक अपने महल में उदास बैठे हैं, अपनी रानी के साथ। दूर से सिया सुकुमारी उन्हें देखती हैं। अपने पिताश्री को उदास, हताश देखकर वे भी करुणा और चिंता से भर उठती हैं। वह चुपके से उन दोनों की वार्ता सुनने लगती हैं। जनक कहते हैं, ''हमारा खज़ाना खाली हो गया है रानी जी। जब राज्य में सूखा पड़ा था तब हमने बहुत धनकोष खर्च किए। उसके पश्चात् भी हमने जन कल्याण में धन लगा दिया। सीता हमारी पुत्री है, विवाह योग्य हो गई है। किसी-न-किसी दूरस्थ राजकुमार से ही उनका ब्याह होगा। हमारी चिंता ये है कि ब्याह में उन्हें क्या भेंट देंगे ? हमारे पास तो पर्याप्त कोष नहीं है। और बचा-खुचा धन तो प्रजा के हित के लिए है। राजा का खज़ाना उसका निजी नहीं होता है, प्रजा का अधिकार होता है। मैं अपनी पुत्री को कैसे सारा धन दे दूँ। इतना

स्वार्थी नहीं हो सकता मैं।''

''मुझे रात-दिन यह चिंता खाए जा रही है...रानी जी...आप कोई मार्ग सुझा सकती हैं तो सुझाएँ।''

रानी जी और गहरी चिंता में डूब जाती हैं। राजा का हाथ थाम कर मौन बैठी रह जाती हैं। उन्हें तो एक नहीं, चार पुत्रियों के ब्याह की चिंता होने लगी थी।

सिया सुकुमारी ने सारा वार्तालाप सुना।

मन-ही-मन बोली, ''तनिक चिंता न करो पिताश्री। सिय सुकुमारी पर विश्वास करो। पृथ्वी और आकाश जब तक संग मेरे, चिंता किस बात की।''

फिर सांध्यकाल अपनी सखियों संग वन को चली सिया। उनकी सारी सखियाँ ठिठोली करती जा रही थीं।

वन उनकी खिलखिलाहटों से गूँज रहा था। स्याह अँधेरा, वन में घिर आया था। सिया सुकुमारी एक स्थान पर जाकर रुक गईं। जहाँ रुकी, वहाँ भूमि से प्रकाश फूट रहा था। भूमि में पतला छेद था, जिससे रंगीन प्रकाश फूट कर निकल रहा था। सिया समेत सारी सखियों ने देखा, प्रकाश और तीव्र होता चला जा रहा था। ऐसा प्रतीत होता था कि धरती फट जाएगी। सिया सुकुमारी निडर खड़ी रहीं। सखियाँ डर कर भागीं। सिया को भी पुकारा। सिया न डिगी, वहाँ से टस-से-मस न हुई। कुछ ही क्षण में सिया ने अपना दायाँ पैर उस स्थान पर ज़ोर से पटका। उस चोट से पूरा वन हिल गया। धरती काँप उठी। और देखते-देखते धरती थोड़ी फटी, भीतर से प्रकाश पर्वत ऊपर उठने लगा। हवाएँ स्तब्ध होकर चुप हुईं। वृक्ष हिलने बंद हुए। सखियाँ दूर से इस अद्भुत दृश्य को देखने लगीं। उनकी आँखें चौंधिया गई थीं। उस प्रकाश पर्वत से जो रंगीन किरणें फूटीं, वो आँखें चौंधिया देने के लिए पर्याप्त थीं।

वह पर्वत स्वर्ण मुद्राओं, हीरे-मोती, माणिक्य समेत अनेक प्रकार के आभूषणों से भरा हुआ था। उन्हीं से यह प्रकाश फूट रहा था जिससे पूरा वन प्रकाशवान हो उठा था। चिड़ियाँ जाग उठीं घोंसलो में, मानो दिन निकल आया हो।

सखियाँ चकित, मंत्र-मुग्ध सी वहाँ लौटीं। सिया सुकुमारी अविचलित खड़ी मुस्कुरा रही थीं। ये समाचार महल तक पहुँचा। वे सैनिक लेकर भागे-

भागे वन को आए। उधर रानी परेशान थी कि अँधेरा हो गया था और सिया सुकुमारी, सखियों संग क्रीड़ा-कौतुक कर लौटी न थीं। राजा ने देखा, रानी ने देखा, सैनिकों ने देखा, प्रजा ने देखा...

राजा जनक के मुख से बोल फूटे, ''जय हो धरती मइया की, आपने अपनी पुत्री को अमूल्य उपहार दिया है।''

सिया सुकुमारी, माता के करीब आईं, ''माते, मैंने आपकी चिंता दूर कर दी। आप चारों पुत्रियों को ये भेंट देंगी तो भी समाप्त न होगा।''

बाद में ...

सिया सुकुमारी एवं उनकी बहनों के ब्याह में पूरा पर्वत उठा कर अयोध्या उपहार स्वरूप भेज दिया गया। जहाँ इसे मणि-पर्वत कहते हैं। इसे धरने का स्थान कम पड़ गया वहाँ के महल में। इसलिए इस उपहार को पर्वत रूप में वहाँ रखना पड़ा।

बोलो सिया सुकुमारी की जय...उनकी महिमा अपरम्पार...

सिया जी ने किया

स्वयं अपनी भेंट का उपचार,

लिया माता-पिता को

चिंता से उबार...

बोलो मिथिला कुमारी की जय...

मीना नाचती-गाती और भाँति-भाँति की भंगिमाएँ बनाती। ज़ोर-ज़ोर से पैर पटकती...हुँकारें भरती...कभी सिया बनती, कभी राजा, कभी रानी...

श्रीधर पंडित उसकी प्रस्तुति को अपलक देखते रह गए। मन्दिर के चबूतरे पर यह सब चल रहा था। मीना इस खेला को लेकर गाँव-गाँव जाने वाली थी। दलबल के साथ। जब मीना थमी तो वहाँ अपार जनसमुदाय एकत्र हो गया था। करतल ध्वनि से पूरा वातारण गूँज उठा था। सुशोभन की छाती चौड़ी हो गई थी। उसने मन्दिर के लिए रखे फूल उठाए और अपनी पुत्री और उसके वादन दल की तरफ़ बरसा दिए। उसके बाद जिसके पास जो था, उसने वो भेंट किया। श्रीधर पंडित उठे, माथा छूकर आशीष दिया और बोले—

''समय निकट है पुत्री...तुम पर अतिशीघ्र राजतंत्र को भी गर्व करना पड़ेगा। तुम प्रसिद्धि का मणि-पर्वत बनोगी।''

मीना ने उनके पैर छू लिए। सुशोभन का दिल काँपा। वो श्रीधर पंडित की वो बात भूला न था जिसमें जीवनरेखा कम होने की बात कही थी। फ़िलहाल उन्हें मीना की योग्यता पर विश्वास जम गया था कि एक दिन उसके सपने पूरे होंगे। वह राज दरबार में अवश्य बुलाई जाएगी।

मीना की प्रसिद्धि दूर-दूर तक फैलने लगी। समूचे मिथिला क्षेत्र में मीना नटनी जैसी कोई नहीं। सौंदर्य की मूरत, नृत्य की देवी, सुर कोकिल...क्या-क्या न नाम देते लोग। जिस गाँव, बस्ती, नगर में कला प्रदर्शन करती, लोग वाह-वाह कर उठते। उस पर मर मिटने वालों की भी भीड़ इकट्ठी होने लगी थी। सुशोभन को वे लोग घेरने लगे थे। नगर सेठ के पुत्र आसक्त हो उठे थे। उनके प्रस्ताव पर प्रस्ताव आ रहे थे। किंतु सुशोभन का स्वप्न कुछ और था। वह हड़बड़ा कर कोई ऐसा कदम नहीं उठाना चाहता था, जिससे मीना के स्वप्न भंग हों। वो जहाँ तक उड़ सकती थी, उसे आकाश दिया। वह नट कला को उच्च स्तर पर पहुँचाने में लगी थी, उसे सम्मान दिलाने में लगी थी। अभी जो प्रस्ताव आ रहे थे वो सब मीना के सौंदर्य पर रीझे हुए लोग थे। उनके लिए मीना की कला अस्थायी चीज़ थी। ब्याह के बाद मीना एक सामान्य गृहिणी बनकर जीवन काट देगी। और नट समुदाय से भी कोई संबंध न रखेगी। इस तरह तो वह अपनी सामुदायिक पहचान खो बैठेगी। यह पाप अपने सिर न लेगा। पहले से ही लोग उसे मालिन-पुत्री कहते हैं। माली तो उसका व्यवसाय है, कुसुम-खेतिहर है, वो, मूल कर्म और पहचान तो नट कला है। अब जो भी करना होगा, मीना तय करेगी। वैसे भी वह कहाँ सुनने वाली है किसी की।

सच्चे कलाकार अपनी धुन में रहते, जीते-मरते हैं। किसी की कहाँ सुनते हैं। उनकी कला से ऊपर सिर्फ़ उनका देस होता है बस। कुछ भी हो जाए, कलाकार अपनी कला नहीं त्यागते, जब तक उनका देस दाँव पर न लगे। मीना सच्ची कलाकार है। धुन की पक्की। ज़ाहिर है, उसके स्वप्न भी बड़े होंगे। वह उसका सुस्वप्न-भंग नहीं करेगा।

सुशोभन ने बहुत सोचा-विचारा और ऐसे प्रस्तावों को हाथ जोड़कर विनम्रता से मना कर देता। मीना ज्यादातर यात्राओं में रहने लगी थी। उसका काफ़िला चलता रहता। सुशोभन और रजनी उसका महीनों इंतज़ार करते। मीना फिर से बंजारन बन गई थी। मिथिला की बंजारन। बंजारन की प्रसिद्धि माता-

पिता तक आ ही जाती। कोई-न-कोई पहुँचा देता। रजनी चिंता में घुलने लगती।

उसकी पुत्री तो मनबसिया हो चुकी थी। सबके मन में बसने लगी थी। न जाने कितनों की स्वप्न-स्त्री बन चुकी थी। लेकिन मीना तो मोरनी थी। कला में मदमस्त। गजगामिनी कम, गजदामिनी ज्यादा लगती।

अपने लिए फूल खुद ही तोड़ती, माला गूँथती, उन्हें पहनती, पूरी देह फूलों से भरकर सज्जित हो जाती और करतब दिखाती तो चारों तरफ़ फूलों की खुशबू फैलने लगती। उसके घुँघरू हवा का रुख बदल देते। वह हवा की तरह लहराती, चिड़िया की तरह उड़ती, बुलबुल की तरह गाती, कोयल की तरह कूकती, हिरणी की तरह कुलाँचे भरती। उसकी नीली आँखें सबको चकाचौंध से भर देतीं। लाल डोरे ऐसे मानो फूलों से रंग लेकर तितलियों ने रंग वहाँ जमा कर दिए हों।

~

मीना अब पूरी तरह नटनी बन चुकी थी और यही कहलाना पसंद करती थी। ताज़ा पड़ाव उसका बड़ी-सी नदी के किनारे एक गाँव में था। नानौर एवं भामा गाँव। दोनों गाँव आस-पास ही थे। मीना ने एक अभिनव प्रयोग शुरू किया था। जिस गाँव जाती, वहाँ की लोक गाथा जुटाती ताकि सिया-गान से पहले वहाँ के लोगों को सुना कर उन्हें बाँध सके। नानौर गाँव नया-नया बसा हुआ लगता था। भामा गाँव काफ़ी पुराना लगता था। नानौर गाँववालों ने बताया कि वर्तमान राजा गंगदेव ने अपने नाम पर ये गाँव बसाया है। मीना ने गंगदेव के लिए एक गीत बनाया और उसे सबके सामने प्रस्तुत किया। वहाँ दर्शकों में गंगदेव का दरबारी सौमित्र मिसिर बैठा था। उसने मीना नटनी का नृत्य देखा और मोहित हो गया। मन-ही-मन प्रण किया कि इस वनफूल को धूल से उठा कर दरबार में पहुँचा देगा। इसे तो वहाँ होना चाहिए। ये कहाँ वन-वन भटकती फिर रही है। मीना उसके मनोभाव से अनभिज्ञ वहाँ से भामा गाँव के लिए चली। सौमित्र भी साथ-साथ चला। मीना को बोला, ''हमें आपका और भी प्रदर्शन देखना है।''

वो मना क्यों करती भला। काफ़िले के साथ चले सब। सौमित्र ने राजकीय रथ पर काफ़िले को चलने का आग्रह किया। मीना ने मना कर दिया। फिर राज

दरबारी सौमित्र के पास कोई और रास्ता नहीं बचा था कि वे मीना के संग चले। उसकी निकटता पानी है तो उसके काफ़िले के संग चलना होगा। सब चल पड़े। भामा गाँव पहुँचने से पहले सौमित्र ने ही बताया कि उस गाँव का नाम भामा, दो सौ साल पहले मिथिला की एक त्यागमयी स्त्री भामती के नाम पर पड़ा था। उनका किस्सा सुनकर मीना भौंचक रह गई। ऐसा त्याग कभी न सुना था। अब तक सिया सुकुमारी का दुख गाते-गाते रोती जाती थी। एक और नया दुख। वह श्रद्धा से भामा गाँव के सामने झुक गई।

उसने रास्ते में ही एक गीत तैयार किया—

सिया सुकुमारी जइसन भामा नारी

मिथिला की दूनो प्यारी

दूनो ने भोगा बनवास सघन

कैसे गाऊँ मैं कथा होके मगन

एक ने किया वन में वास

दूसरी ने भोगा गृह में वनवास

सौमित्र, भामा गाँव से वापस राजधानी लौट गया। मन-ही-मन बोलता हुआ चला—

'तुम क्या जानो सुंदरी...हम तुम्हें नहीं भोगने देंगे बनवास। कुछ दिनों की बात है। फिर तो यह फूल राज-उद्यान में खिलेगा। महकेगा। काफ़िला भूल जाओगी। हम सदा होंगे साथ।'

उसके मन से अनभिज्ञ मीना ने उसी से अपने पिता को संदेशा भेजा कि गाँव में महिलाओं का मेला लगने तक लौट आएगी। एक अत्यंत प्राचीन मन्दिर शिव मन्दिर के पास ही मिथिला की स्त्रियों का मेला लगता था। औरतें ही औरतें, पुरुष कोई नहीं। खरीद-बिक्री सबमें औरतें। मेला घूमती भी औरतें। उसमें नाच-गाने, खेला, करतब सब होते। संपूर्ण मिथिला की औरतें दूर-दूर से आतीं। बिछुड़ी हुई बहनें मिलतीं, माताएँ अपनी पुत्रियों से मिलतीं। अद्भुत दृश्य होता। दो औरतें गले लगकर रोती मिल जातीं। वे खुशी में रोतीं, विलाप करके। वे या तो बहनें होतीं या माँ-बेटी। सखियाँ मिलतीं आपस में और झूले झूलतीं। मेले की रौनक का बखान मीना शब्दों में नहीं कर पाती थी। उसे उस मेले में इस बार फिर से अपना नया खेला दिखाना था। अपने भ्रमण के दौरान जो उसने

नये-नये खेला बनाए, उन सबका प्रदर्शन करना चाहती थी। उसे प्रतीक्षा थी मेले की। उसने तय किया कि अब लंबे समय के लिए नहीं निकला करेगी, रोज़ किसी एक गाँव में जाएगी, या बस्ती में, शाम तक घर लौट आएगी। दस दिन बहुत होते हैं घर से दूर। उसे भी अपने घर की, कुसुम-खेतों की, बड़े जलाशय की याद आने लगी थी। उत्साह में भरकर घर से निकल तो पड़ी थी लेकिन उसका घरेलू मन, बंजारा न हो सका। इस बंजारन को भी रात्रि विश्राम के लिए एक घर चाहिए था। मेले में कुछ ही दिन शेष थे। वापसी के बारे में सोच कर उसका मन प्रसन्न हो उठा।

और वह दिन आया, जब उसका छोटा-सा काफ़िला नाचता-गाता घर वापसी के लिए चल पड़ा। सुशोभन और रजनी उसके स्वागत की तैयारी में लगे हुए थे। सोचा था कि रात्रि को सारे बंजारों को रात्रि भोज खिलाएगा। तालाब से मछली के लिए लोटन मल्लाह को अग्रिम बोल चुका था। खेत से खूब सारे गेंदे के फूल लेकर घर-बार सजा रहा था। उसकी पुत्री मिथिला के कुछ हिस्सों में धूम मचा कर लौट रही थी। कोई-न-कोई राहगीर या कोई संदेशवाहक उस तक समाचार पहुँचा ही देता। मीना को खूब प्रशंसा मिल रही थी। लोगबाग उससे स्नेह करने लगे थे। वह उनके अंचल के गान गाती थी। उनकी रस्मों पर खेला दिखाती थी। वे उसे फिर आने का आमंत्रण देते थे। सुशोभन पुत्री की सफलता और उपलब्धि से अत्यंत प्रसन्न था।

उधर मन्दिर के पास शरद मेले की तैयारियाँ प्रारंभ हो गई थीं। नगर में चहल-पहल बढ़ गई थी। दूर-दराज के व्यापारी आने लगे थे, उनके साथ उनकी औरतें होतीं जो मेले में अपनी दूकानें सजाने वाली थीं। मर्द उनके सहयोग के लिए साथ आए थे।

सुशोभन बाहर बैठा काफ़िले की राह ताक रहा था। मन में भिन्न-भिन्न प्रकार की बातें उठ रही थीं। लोग पुत्र के यश से प्रसन्न होते हैं, जब पुत्रियाँ मीना जैसी प्रतिभाशाली हों तो पुत्र की आकांक्षा क्यों। जो भी आता है, मीना के बाबा ही पुकारता है। रजनी को मीना की माता। एक समय बाद माता-पिता अपनी पहचान अपने बच्चों में लोप कर देते हैं।

मीना ने उन्हें नयी पहचान दी। नटनी मीना के बाबा...

सोच ही रहे थे कि उसमें खलल डालती हुई एक आवाज़ आई—

''क्यों संगाती सुशोभन माली जी...क्या कर रहे हैं? एक खुशखबरी लाया हूँ...मुँह मीठा करवाइए...दिन बदलने वाले हैं...''

पंडित श्रीधर और उनके साथ एक भद्र पुरुष साथ चले आए थे। आते ही जो उन्होंने समाचार सुनाया, इसे सुन कर सुशोभन और रजनी के तो पंख लग गए। उनके पैर ज़मीन पर न पड़े। वे असीम गगन में विचरण करने लगे थे। उनका संसार बदल गया था।

पंडित श्रीधर ने उन्हें झकझोरा।

''मित्र, इनसे परिचय करो। ये हैं राज दरबार के एक योग्य रत्न सौमित्र मिसिर। दरबार का मनोरंजन विभाग यही देखते हैं। नये नगरों का निर्माण भी इन्हीं के ज़िम्मे है...''

पंडित जी बोलते जा रहे थे। प्रसन्नता के अतिरेक में सुशोभन, पंडित जी के गले लग गया। रजनी अपना लहँगा समेटती हुई वहाँ से पड़ोसियों के यहाँ समाचार सुनाने भाग गई।

थोड़ी देर में वहाँ का वातावरण बदल गया था। खाट पर दोनों अतिथि बैठ गए थे। रजनी गुड़, बताशे और पानी लेकर वहाँ पहुँची, साथ में कई औरतें थीं।

मीना का छोटा-सा दल वहाँ पहुँच चुका था। समाचार दूर से ही उन तक पहुँच चुका था। वे दूर से ही प्रसन्नता के मारे धूल उड़ाते चले आ रहे थे। कोई झाल बजाने लगा था, कोई झंझरी तो कोई थाप देने लगा था। दल की दो सहायक नटी सुग्गी और रंभा तो ठुमकती हुई पहुँचीं।

शांत थी तो केवल मीना। उसने अपने चेहरे से कोई भाव प्रकट न होने दिया। मन-ही-मन प्रसन्नता की लहरें उठ रही थीं। पिता का सपना साकार हो गया था। वे राज दरबार में उसके कला प्रदर्शन का स्वप्न देखते थे। वह दिन आ गया था। राज दरबार में उसके कला प्रदर्शन करने का आमंत्रण लेकर सौमित्र मिसिर उसके घर तक पहुँच चुके थे। पंडित श्रीधर की आँखें भी प्रसन्नता से चमक रही थीं। वे बहुत गद्गद थे कि मित्र को किया गया वचन पूरा किया।

मीना ने राज दरबार का आमंत्रण स्वीकार कर लिया। मन के भीतर कोई भय खदबदाने लगा था। राजदरबार का भय, जाने क्या हो। राजाओं को लेकर दिमाग में दस तरह की शंकाएँ थीं, किस्से सुने थे। पसंद न आने पर सज़ा तक मिलती है। पसंद आए तो उपहारों से लाद देते हैं।

बड़े मंच पर, ऊँची पसंद वाले दर्शकों के सामने प्रस्तुति से पहले कलाकार का हृदय काँपता है।

कोई बात नहीं, एक बार की बात है। अब तक पाँव धूल में थिरकते थे, अब चिकनी, चमकीली भूमि पर। कौन-सा बार-बार वहाँ नाचना है। नट-कला दरबारों के लायक तो होती ही नहीं। राजा फिर थोड़े न बुलाएँगे।

''हुँह...जो होगा देखा जाएगा। मैं कलाकार हूँ, मुक्त आत्मा, स्वच्छंद जीव, कोई दरबारी नहीं कि आज्ञा का पालन करना आवश्यक।''

मन-ही-मन अनेक प्रकार के प्रण करती हुई मीना को कोई भाँप न सका। वह धूल का फूल थी, महलों में खिलने को तैयार न थी।

द्वितीय अध्याय

मिथिला राज्य से दूर, गंगा के उस पार एक राज्य में वर्षों से स्वप्न भंग का मातम छाया हुआ था। बंग देश के राजा विजयसेन की राजनीतिक महत्त्वाकांक्षा चूर-चूर हो चुकी थी। वे आस-पास के राज्यों को विजित कर चुके थे, किंतु मिथिला से पराजित होकर लौटे थे। वे मिथिला को भी जीत कर बंगाल के साथ एकसूत्रता में बाँधने के आकांक्षी थे।

इस बात को कई बरस बीत गए थे। कलिंग और मगध विजित किया जा चुका था। बंगाल की सीमाओं का विस्तार हो गया था। राजा विजयसेन की राज-काज में पहली-सी रुचि नहीं रह गई है, ये जानकर पूरा बंग-प्रदेश उदास हो गया। पेड़-पौधे, जंगल, नदियाँ, किले, दोमहले सब उदास। तीन प्रांत जीतने वाले राजा ने मिथिला को पराजित नहीं किया। अपनी हार से बुरी तरह आहत राजा कई सालों तक उदास रहे। दरबार में सामान्य काम-काज होता, राजा के चेहरे से पराजय की छाया मिटती न थी। दिल में कुछ-कुछ कसकता रहता था। पराजय बोध भीतर-ही-भीतर कुतरता रहता है। फाँस बन कर वो वस्तु हृदय में धँसी रहती है।

मिथिला राज के वैभव के बारे में इतनी गाथाएँ, इतनी प्रशस्तियाँ सुन चुके थे कि मगध और कलिंग राज्य के बाद यही राज्य बच गया था जिसके प्रति उनका मोह बाकी था। इस राज्य के प्रति उनके रुझान का कारण अपने साम्राज्य का विस्तार करना नहीं था। दरबार में जितने भी लोक कलाकार आते, लोक उत्सवों में जितने भी नाट्य और वादन मंडलियाँ आतीं, वे मिथिला के पराक्रम और पंडिताई के किस्से गातीं। राम-सीता से लेकर वर्तमान समय तक की, उसके वैभव की गाथा। बाहरी वैभव से अधिक विजयसेन को मिथिला का ज्ञान वैभव और उनकी पोथियाँ खींचतीं। वे मिथिला राज्य के विद्वानों के बारे

में, उनकी पोथियों के बारे में बहुत प्रशंसा सुन चुके थे।

दूरदराज और मिथिला से आने वाले लोक कलाकारों ने बताया था कि मिथिला की भूमि विद्वानों की भूमि है। वहाँ पुस्तकों और पांडुलिपियों का अपार भंडार है। वहाँ विद्वान बसते हैं। वहाँ की स्त्रियाँ पुरुषों से बहस करती हैं, उन्हें पराजित करती हैं। ब्रह्मवादिनी स्त्रियों का देश है। वहाँ पंडितों का बड़ा आदर सम्मान होता है। वहाँ के राजा, अपनी प्रजा के साथ भेदभाव नहीं करते। इस जानकारी पर विजयसेन रीझ उठते। पुस्तक प्रेमी, संस्कृत के विद्वान राजा विजयसेन की अंतिम अभिलाषा मिथिला विजय की बच गई थी। वृद्ध होने को आए थे। उन्हें अब तक स्मरण है कि मिथिला से युद्ध लड़ते समय एक ही नगर तक उनकी सेना टिकी। कर्णाटवंशीय राजा, राजा गंगदेव ने भीठभगवानपुर नगर से ही उन्हें पराजित करके लौटा दिया था। यहाँ से आगे वे बढ़ ही नहीं सके। अपनी पराजय पर चकित भी हुए कि विद्वानों की नगरी युद्ध-कौशल में भी निपुण होती है। युद्ध तो वीरों का काम है। विद्वान तो पढ़ने-लिखने वाले, विनम्र स्वभाव के लोग होते हैं। जैसी प्रजा, वैसा राजा। यथा राजा-तथा प्रजा। वैसी सेना। सब एक ही समाज के लोग। कुछ कम ही आँक लिया था विजयसेन ने। विलास में डूबे पाल वंश को पराजित करके मगध को नियंत्रण में करने के बाद कोई विजय उन्हें असंभव नहीं लगती थी। छोटे-मोटे राज्यों को तो वे चुटकी बजा कर अधीन कर लेते थे।

ये मिथिला नगरी तो अजगुत निकली। जितने मीठे बोल वहाँ के, उतने तीखे बाण।

आखिर इसका तोड़ कैसे हो। यही सोचते रहते रात-दिन।

अंत:पुर में मायूस बैठे राजा को देखकर एक दिन रानी ने समझाया—

‘‘पाल शासकों को पराजित करने वाले महाराज के मुख पर उदासी बिलकुल शोभा नहीं देती। यह विषाद का समय नहीं है, हमें आज्ञा दें कि हम यज्ञ की घोषणा करें। हमारी इच्छा है कि आप जैसे पराक्रमी महाराजा के लिए एक ऐसे यज्ञ का आयोजन हो, जिसमें सभी राज्यों के प्रतिनिधि शामिल हों। आपकी ख्याति दिग-दिगंत तक पहुँचेगी।’’

रानी की बड़ी-बड़ी कजरारी आँखें चमक रही थीं। घने, लंबे केशों का जूड़ा, उस पर खोंसा हुआ रेशमी आँचल उन पर शोभ रहा था। वे दक्षिण राज्य

के राजपरिवार से ताल्लुक रखती थीं। वे श्यामवर्ण सुंदरी थीं, जिन्हें सोने के गहने बहुत पसंद थे। वे राज-काज में बहुत दखल नहीं देती थीं, किंतु पिता-पुत्र के बीच सेतु का काम अवश्य करती थीं। सेन राजाओं के यहाँ सारी स्त्रियाँ दक्षिण के राजपरिवारों से आती थीं। इसलिए उधर चढ़ाई करना या उसे पराजित करने की महत्त्वाकांक्षा नहीं थी। उधर तो सेन परिवार के राजा दिल हार आते थे। वैवाहिक संबंध बनाते ही वे एक तरह से मित्र-संबंधी-राज्य हो जाते थे। आवश्यकता पड़ने पर युद्ध में एक-दूसरे के साथ सैन्य सहयोग भी करते थे। रानी अत्यंत मधुर स्वभाव की थीं। अपने राजा पति की महत्त्वाकांक्षा को बखूबी समझती थीं। राजाओं की आकांक्षा राज करने से अधिक राज्य की सीमाओं का विस्तार करने की होती है। रानी राज-काज में हस्तक्षेप नहीं करती थीं। उनकी रुचि पूजा-पाठ में ज्यादा थी। उन्हें अपनी सीमाओं और मर्यादा का पता था। राजमहल में वैसे भी पूजा-पाठ का वातावरण था। रानी का प्रस्ताव सुनकर विजयसेन बहुत उत्साहित नहीं हुए। चित्त अशांत हो तो कोई भी वस्तु बहला नहीं सकती। मिथिला को लेकर उनके कई स्वप्न भंग हुए जिसमें राज्य विस्तार से लेकर बंग प्रदेश में विशालकाय ग्रंथागार बनाना भी शामिल था। उन्होंने सुना था कि मिथिला में अनेक महत्त्वपूर्ण, दुर्लभ पांडुलिपियाँ हैं। वे अपने साथ उन्हें लाना चाहते थे। मिथिला को बिना अधीन किए, यह कार्य संभव नहीं था।

जब भी इस बारे में सोचते, उदास हो जाते। उदास स्वर में ही रानी को जवाब दिया—

''यज्ञ की क्या आवश्यकता आन पड़ी। आप पंडितों को बुलाकर एक भोज का आयोजन कर लें। उनका सत्कार करें, दान-दक्षिणा देकर विदा करें। अभी मेरी मनोदशा उत्सव में डूबने की नहीं हो रही है। आप समझिए महारानी जी...''

रानी उनकी मनोदशा समझ रही थीं। वे महाराज को कोई बड़ा उपहार देना चाहती थीं। बिना उन्हें बताए। पति की बात सुनकर वे मुस्कुराकर चुप हो गईं। विजयसेन विशालकाय शैया पर आँखें मूँद कर कुछ चिंतन करना चाहते थे। रानी ने शयनकक्ष से बाहर खड़ी परिचारिकाओं को बुलाया और शयन कक्ष के भारी परदे गिराने का आदेश दिया। स्वयं उठ कर बाहर चली गईं। उन्हें अपने युवा पुत्र बल्लाल सेन से कुछ आवश्यक मंत्रणा करनी थी।

बल्लाल युवा हो रहे थे। पिता और माता का मिलाजुला सौंदर्य लेकर वे मोहक व्यक्तित्व के स्वामी बन गए थे। बहुत हद तक वे अपने पिता की तरह ही स्वप्न भी देखते थे। बल्कि पिता से अधिक पैर फैलाना चाहते थे। वे पिता की पराजय और स्वप्न भंग के बारे में जानते थे। उन्हें प्रतीक्षा थी कि उचित समय आने पर उचित कदम उठाया जा सकता है। वे युवराज थे। उन्हें पिताश्री के आदेश की प्रतीक्षा रहती थी।

जब राजमाता पहुँचीं तो वे अपने बाल सखा पंडित गोपाल भट्ट के साथ बैठकर कुछ गंभीर मंत्रणा कर रहे थे। रानी अपने पुत्र तक पहुँचने से पहले उसके विशालकाय ग्रंथागार से गुज़रतीं। भोग-विलास में डूबे रहने वाली आयु में उनका पुत्र ग्रंथों में डूबा रहता है। पांडुलिपियाँ एकत्र करता है। कुछ-न-कुछ लिखता रहता है। राजा बनने से अधिक उसमें लेखक बनने के लक्षण दिखते थे। शस्त्रशिक्षा दी जा चुकी थी। वे तलवार-युद्ध में पारंगत हो चुके थे। किंतु उनका हृदय ग्रंथों के पाठ में ज्यादा लगता। वे वेदों का पुनर्पाठ करना चाहते थे। उसकी अपने ढंग से मीमांसा करना चाहते थे। अपने जीवनकाल में कुछ किताबें भी लिखना चाहते थे। उसकी तैयारी हो चुकी थी।

जब राजमाता उनके पास पहुँचीं तो वे एक पोथी लिखने में व्यस्त थे। गोपाल भट्ट से बीच-बीच में कुछ परामर्श कर लेते थे।

वहाँ आस-पास धूप-बत्ती की सुगंध फैली हुई थी। बल्लाल नियमित पूजा-पाठ करते, ब्राह्मणों के प्रति उनके मन में बहुत सम्मान था। चारों वेद ऊँचे आसन पर रखे हुए थे। कुछ और पोथियाँ बिखरी हुई थीं। समूचा वातावरण किसी पाठशाला की तरह पवित्र था। मन्दिर की तरह सुगंधित था।

रानी को हैरानी नहीं हुई। बिलकुल पिता का स्वभाव पाया है। बेटा, बाप से बढ़कर निकला। विजयसेन की लिखने में रुचि नहीं है। पढ़ने और पोथियाँ एकत्र करने में प्रबल रुचि है। वे अपने दरबार में पंडितों को, विद्वानों को बुलाकर वेदों पर विमर्श करते थे। उनका यथोचित सम्मान करके, उपहार इत्यादि देते थे। पूजा-पाठ नियमित होते।

बल्लाल सेन तो उनसे भी आगे निकलते दिखाई पड़ते थे। राज-काज सुचारू रूप से चल रहा था। प्रजा बहुत प्रसन्न थी। रानी को दो चिंताएँ घुन की तरह खाए जा रही थीं। किसी प्रकार विजयसेन के चेहरे से उदासी हटे, मिथिला विजित

हो, विशालकाय ग्रंथागार बने और बल्लाल सेन राज-पाट सँभाल ले। दक्षिण भारत के चालुक्य वंश की राजकुमारी रामा से शादी करे तो वे सुख से मर सकेंगी।

मन-ही-मन कई सारी बातें लेकर वे बल्लाल के पास पहुँची थीं। एक रानी, एक माता दोनों की भूमिका में आज उन्हें पुत्र से, एक युवराज से दोटूक वार्ता करनी थी।

बल्लाल सेन अपने आसन पर बैठे कुछ लिखने में तल्लीन थे—

एक श्लोक लिखकर पूरा किया—

याज्ञवल्क्य—

तपस्तप्त्वासृजद ब्रम्हा ब्राह्मणान देवगुप्तये
तृप्त्यर्थं पितृदेवानां धर्मसंरक्षणाय च।।9।।

''युवराज...''

''हमें आपसे कुछ वार्ता करनी है, अति आवश्यक वार्ता, आप हमें समय दें।''

बल्लाल ने सिर नहीं उठाया। श्लोक अधूरा था। वे यम और याज्ञवल्क्य का संवाद लिख रहे थे। मध्य में नहीं छोड़ सकते थे चाहे सामने कोई आकर खड़ा हो जाए।

गोपाल भट्ट रानी को समक्ष पाकर आसन से उठ खड़े हुए। बल्लाल ने उसी तरह झुके हुए अगला श्लोक पूरा किया—

यम-

ब्राह्मणा देवता लोके ब्राह्मणा दिवि देवता:
त्रैलोक्ये ब्राह्मण: श्रेष्ठा ब्राह्मणा: सर्वकारणम।।10।।

युवराज ने सिर ऊपर उठाया। लिखना बंद किया और आसन से उठ खड़े हुए। राजमाता स्वयं पधारी हैं, तो अवश्य कोई बड़ी बात होगी। साथ में दासियाँ भी नहीं थीं। उन्हें पीछे ही छोड़ आई थीं।

''मुझे आपसे दो बातें करनी हैं। ध्यान से सुनेंगे, आग्रह है, पुत्र धर्म का पालन करने का प्रयत्न करेंगे। हमें मालूम है कि आपको राज-काज से अधिक लेखन में रुचि है। आप धार्मिकता में विश्वास रखते हैं। हम आप पर कुछ थोपना नहीं चाहते। हमारे इकलौते पुत्र होने और राज्य के युवराज होने के नाते आप पर कुछ महती दायित्व भी है।''

रानी गंभीर थीं, किंतु उनके चेहरे से वात्सल्य भाव प्रकट हो रहा था। अपने पढ़ाकू, विद्वान पुत्र पर उन्हें गर्व भी होता था।

''आप स्वयं क्यों आईं रानी माँ, मुझे बुलवा लेतीं। मैं उपस्थित हो जाता। पिताश्री से भी भेंट हो जाती।''

''आदेश करें...''

युवराज हाथ जोड़ कर अभिवादन में झुक गए थे।

''हमें आपसे यही उम्मीद है। मैं कुछ योजना बना चुकी हूँ, आपका सहयोग चाहिए। बल्कि मैं चाहती हूँ, आप आगे बढ़कर उस आयोजन का नेतृत्व करें।''

रानी कुछ पल रुकीं।

फिर अपनी इच्छा प्रकट कर दी—

''महाराज बहुत दुखी हैं, लंबे समय से उदास चल रहे हैं। जैसा कि आपको ज्ञात होगा, वे बंग-प्रदेश का विस्तार करना चाहते हैं, अपने पराक्रम के बल पर कई राज्यों को जीत कर हमारे राज्य से मिला कर अब वे महाराजाधिराज हो गए हैं। हमारा दायित्व है कि हमें तत्काल एक यज्ञ का आयोजन करना चाहिए और उसके उपलक्ष्य में लोक-उत्सव का भी आयोजन कर सकते हैं। इसमें दूसरे राज्यों के लोक कलाकारों को हम आमंत्रण भेजेंगे। महाराज को अच्छा लगेगा। आपकी भी रुचि धार्मिक कार्यों में है सो इस दोहरे आयोजन का भार आप सँभालें। मैं आपके साथ हूँ।''

''जी, जैसी इच्छा। ये दोनों कार्य संपन्न कराके मुझे अतीव प्रसन्नता होगी। मैं आज ही पंडित-पुरोहितों को बुलवा कर मुहूर्त निकलवाता हूँ। आप हमारे साथ हर बैठक में शामिल रहिए, ताकि आप अवगत होती रहें...''

रानी बीच में रोक कर बोलीं—

''यह कनकतुला पुरुष महादान यज्ञ होगा। इस अवसर पर महाराज को परमेश्वर, परम भट्टारक महाराजाधिराज की उपाधि दी जाएगी। आप राज्य के महाकवि श्रीहर्ष से महाराज के लिए प्रशस्ति पत्र लिखवाएँ।''

युवराज ने प्रसन्नता प्रकट की, कर्मकांड में उनका बड़ा मन रमता था। एक और अवसर मिला उनको। इस अवसर पर बड़े-बड़े पंडितों से कुछ सीखने-समझने को मिलेगा। यम और याज्ञवल्क्य संवाद को आगे बढ़ाने में मदद मिल

सकती है। बल्लाल के जीवन का एक उद्देश्य और था कि वे जातीय विभाजन को बढ़ावा दे सकें और कुलीना, यानी कुलीनवाद (आभिजात्य बोध) को स्थापित कर सकें। वे जातीय व्यवस्था को मानते थे। इस पर वे अभी काम कर ही रहे थे। राजा बनने के बाद उनके कुछ लक्ष्यों में से एक ये भी था— जातीय कुलीनता को बढ़ावा देना। जिसमें ब्राह्मण, क्षत्रिय और कायस्थों को उच्च स्थान प्राप्त होगा। वे पिछड़ी जातियाँ, जिन्हें वे नीच जाति मानते थे, उससे वैवाहिक संबंधों के बनाये जाने के पक्षधर थे। उनकी पुत्रियों से विवाह किया जा सकता था, उनके पुत्रों से अपनी रोटी-बेटी का रिश्ता नहीं बनाया जा सकता था। वे राजा बनते ही इसे सख्ती से लागू करने वाले थे। इस काम को वे समाज सुधार के तौर पर देखते थे, जिसमें वर्ण-व्यवस्था बनी रहे, जातियों का, वर्णों का घालमेल न हो। वे मानते थे कि स्त्रियों की कोई जाति नहीं होती, वे जिस जाति से संबंध बनाती हैं, उनकी हो जाती हैं।

बल्लाल शिव के उपासक थे। उनके पिता महाराजा विजयसेन भी शैव मतावलंबी थे। पिता से ही यह परंपरा उन्हें मिली थी। धार्मिकता उन्हें विरासत में मिली थी जिसका आगे पोषण करना, उसे और प्रखर बनाने की उनकी मंशा थी। इसीलिए रानी माँ से यज्ञ की बात सुनकर उन्हें अतीव प्रसन्नता हुई। मानो मन के लायक काम मिल गया हो। वे अति उत्साह से इस कार्य में लग गए। स्वर्णकारों को बुला कर सोने की गाय बनाने का आदेश दिया गया। वे यज्ञ में, सचमुच की गायों के अलावा सोने की गाय भी दान करना चाहते थे। यज्ञ की तैयारियाँ प्रारंभ हो गईं। राज्य भर में लोक कलाकारों के लिए आमंत्रण की मुनादी पिटवा दी गई। हरकारे भी भेजे गए। विशेष दूत आमंत्रण लेकर मिथिला राज्य भी पहुँचा था। वहाँ के लोक कलाकारों को लोक उत्सव में कला के प्रदर्शन का आमंत्रण पहुँचा था। बंग-प्रदेश उत्सव में डूब गया था।

~

बल्लाल सेन अपने राज्य में घूम-घूम कर उत्सव की तैयारियाँ देख रहे थे। उनके साथ हर समय उनका लेखक-मित्र गोपाल भट्ट होता। वो साये की तरह उनके साथ रहता। यहाँ तक कि राजा विजयसेन ने एक दिन गोपनीय बात करने के लिए बुलावा भेजा तब भी गोपाल साये की तरह साथ था।

विजयसेन ने घूर कर गोपाल को देखा था। बल्लाल ने सफ़ाई दी—
''महाराज, क्षमा करें, मैं चाहता हूँ, हमारा इतिहास लिखा जाए। कोई भी महत्त्वपूर्ण बात, घटना, निर्णय छूट न जाए। हमारे काम-काज, हमारी सोच सब दर्ज हो इतिहास में। मैं चाहता हूँ—सब लिखा जाए। आपने कई महत्त्वपूर्ण काम किए हैं। आपकी विजयपताका फहरा रही है—बंग, राढ़, बारेंद्र, बागड़ि...हर भाग में..''

''इसमें मिथिला कहाँ है पुत्र ?''

विजयसेन की गंभीर आवाज़ भी लरज गई थी। ''मुझे प्रसन्नता होती अगर आप आखिरी शब्द बोलते—मिथिला। मिथिला विजय मेरी आखिरी इच्छा है।''

बल्लाल ने उनका हाथ पकड़ लिया।

पिता की इच्छा आँखों में जल-बुझ रही थी। उनकी गहरी पीड़ा छुप नहीं पा रही थी। पीड़ाएँ छुपना ही तो नहीं जानतीं, आँखें और जुबान सब उजागर कर देती हैं। पीड़ा की अपनी भाषा, लिपि होती है जो मौन में भी बोलती है। बल्लाल पहले भी इस पीड़ा को उनके मौन में सुनता-देखता आ रहा था। कुछ कर नहीं सकता था, जब तक पिता-महाराज न कहें कुछ। वैसे राजा अपने जीवनकाल में अनेक बार हारते-जीतते हैं। कोई इतनी पीड़ा लेकर नहीं जीता। विजयसेन ने तो मिथिला को अपनी प्रतिष्ठा का विषय बना लिया है। मन में खीझ भी उत्पन्न हुई कि ऐसा क्या धरा है मिथिला में। एक बार हार गए तो क्या। हमें पूरी तैयारी करके फिर से चढ़ाई करनी चाहिए थी। हम तो उनसे ज्यादा ताकतवर हैं, हमारी रणनीति सही होनी चाहिए।

बल्लाल कुछ पल के लिए मौन हो गए थे। उन्हें मौन देखकर विजयसेन चिंतित हुए। कहीं उनका लेखक-धार्मिक पुत्र युद्ध के विरुद्ध न बोले। कहीं अहिंसा का मार्ग न अपना ले।

लेखक गोपाल दूर खड़ा सब सुन रहा था और उन्हें दिल-दिमाग में नोट करता जा रहा था।

''क्या हुआ पुत्र, आप शांत क्यों हो गए, क्या हमने कुछ ज्यादा बड़ी इच्छ जता दी ?''

''पिताश्री...''

बल्लाल कुछ कहने को हुए, महाराजा ने रोक दिया।

''आपसे आग्रह है, आदेश भी, आप मिथिला राज्य के बारे में सूचनाएँ प्राप्त करें। क्योंकि हमारे लिए वो आवश्यक है। मुझसे ज्यादा आपके लिए आवश्यक है।''

विजयसेन ने आखिरी दांव फेंका। तीर निशाने पर जा लगा।

''आप भी मेरी तरह विशालकाय ग्रंथागार बनाने का स्वप्न देखते हैं न। आपको विद्वानों, पंडितों, पुरोहितों की संगति अत्यंत पसंद है। आपको पोथियाँ चाहिए, पांडुलिपियाँ चाहिए।''

''जी पिताश्री।''

''इसके लिए आपको मिथिला चाहिए...जाइए, अपने गुप्तचरों से सूचनाएँ एकत्र करिए। मिथिला के लोक कलाकार आएँगे, उनसे पूछिए। मुझे उम्मीद है कि वे आएँगे आपके यहाँ, मगर प्रशस्ति गाएँगे अपनी माटी की...देखिएगा आप...उनके पास सांस्कृतिक संपदा इतनी है, उसके वैभव पर वे गर्व करते नहीं थकते। उनकी बोली-वाणी में जो मिठास है, उसका थोड़ा-सा अंश हमारे प्रदेश की भाषा में आया है। उनके यहाँ अनेक नदियाँ हैं, जलाशय हैं, पोथियाँ हैं...और एक-से-एक विद्वान हैं।''

बल्लाल सेन मुग्ध हो चुके थे। अपने पिता के मुख से किसी शत्रु राज्य का बखान सुनकर उन्हें आश्चर्य भी हो रहा था। ये मिथिला नहीं, स्यमंतक मणि मालूम पड़ती है, बिना हासिल किए मोक्ष की प्राप्ति न होगी। वे पिता का कर्ज चुकाएँगे। उन्हें जीते जी मिथिला विजय का उपहार देकर रहेंगे। मन-ही-मन वे दृढ़ निश्चय कर चुके।

विजयसेन की घाघ आँखें अपने पुत्र के चेहरे पर आने-जाने वाले भावों को अच्छे से पढ़ पा रही थीं। बल्लाल की कमजोरी पोथियाँ हैं, दुर्लभ पांडुलिपियाँ हैं, जिन्हें वे किसी मूल्य पर हासिल करके रहेगा। अब बल्लाल को कोई रोक नहीं सकता था।

महाराजा ने गोपाल भट्ट को इशारे से पास बुलाया।

''तुम जो पुस्तक लिखोगे, उसका नाम रखना— *बल्लाल चरित*। मेरे पुत्र के पराक्रम की कथा चाहिए उसमें। लोक उत्सव और यज्ञ की समाप्ति के दिन बल्लाल सेन राजगद्दी के उत्तराधिकारी घोषित किए जाएँगे और मिथिला विजय

के बाद बंग-प्रदेश को नया राजा मिलेगा...''

''राजा बल्लाल सेन... । जाओ...इस समाचार को पूरे राज्य में फैला दो।''

विजयसेन ने दोनों हाथ ऊपर उठा कर घोषणा की। बल्लाल और गोपाल इस अप्रत्याशित घोषणा से हक्के-बक्के रह गए।

महाराजा ने उन दोनों को जाने का संकेत किया और स्वयं अपने सिंहासन पर अकेले, चुपचाप आँखें मूँद कर बैठे रहे। उन्हें सुकून आ गया था। दिल से कोई बड़ा बोझ उतर गया था। राज-काज का बोझ अपने युवा पुत्र को सौंप कर वे जीवन के बाकी दिन तनावरहित होकर गुज़ार सकते थे। अपने विशालकाय ग्रंथागार में बैठकर पोथियाँ बाँच सकते थे। सारी चिंताओं से दूर उनकी ज़िन्दगी खुशहाल हो सकती थी। वे इस सत्य को जानते थे कि राजा की गद्दी काँटों से बनी होती है। उसके सिर पर ताज भी कंटीला होता है। राजा बनकर सिर्फ़ शासन नहीं किया जाता, उसकी चिंताएँ अनेक प्रकार की होती हैं। उसके भीतर अनेक प्रकार की दुर्द्धर्ष लालसाएँ भी पलती हैं। पूरा करो तो मरो, न करो तो मरो। दोनों में मृत्यु है। ये शारीरिक और मानसिक दोनों तरह की मृत्यु हो सकती है। यह कोई राजा ही बेहतर समझ सकता है।

बल्लाल सेन अपने मित्र गोपाल के साथ वहाँ से जा चुके थे।

ये समाचार फैलते देर नहीं लगी। आग की तरह समाचार राजमहल से होता हुआ पूरे बंग-प्रदेश में फैल गया।

युवराज बल्लाल सेन को राजगद्दी मिलने वाली है।

वे राज्य में जिधर जाते, लोग उन्हें अतिरिक्त सम्मान से देखते। इधर देस-परदेस से लोक कलाकारों का आगमन प्रारंभ हो चुका था। सबको काम बाँट दिए गए थे। बल्लाल को खास प्रतीक्षा थी—मिथिला से आने वाले लोक कलाकारों की। सबको समुचित उपहार आदि देने की बात भी कहलवाई गई थी। ये भी कहा गया था कि वे अपने राज्य के श्रेष्ठ कलाकार ही भेजें। क्योंकि यह बड़ा और स्मरणीय अवसर था। हर कोई इस पल का गवाह बनना चाहेगा।

बल्लाल सेन अक्सर अपने मित्र गोपाल के साथ सांझ के झुटपुटे अँधेरे में ही निकलते थे। प्रजा उनको पहचान जाती तो सजग हो जाती। फिर उनका व्यवहार सामान्य न होता। वे अपने पूर्वजों के तौर-तरीके अपना रहे थे। चुपके-चुपके घूमकर राज्य घूमा जाए। प्रजा का हाल-चाल लिया जाए।

एक साँझ वे निकले गोपाल भट्ट को साथ लेकर। दोनों ही पैदल निकले थे। राजमहल से चले तो रथ पर मगर छोटे जंगल के पास जाकर रथ से उतर गए। कुछ तो प्रकृति में मन रमने लगा था, और वे गंगा के तीरे ठंडी हवा का आनंद लेना चाहते थे। युवराज होने के कारण वे आम नागरिकों की तरह खुलेआम नहीं घूम सकते थे। इस साँझ अपना चेहरा पूरी तरह गमछे से ढँक लिया था। उन्हें आनंद आ रहा था। राजमहल के ग्रंथागार में वेद बाँचते, पोथी लिखते-लिखते वे प्रकृति का सुरम्य आँगन भूल चुके थे। रानी माँ भी टोकती थीं, ''आप राजा बनने वाले हैं, हमेशा पोथियों में डूबे रहेंगे तो प्रजा का हाल कौन लेगा। एक राजा के लिए ये जानना आवश्यक होता है कि उसके बारे में प्रजा क्या सोचती है। इसकी परवाह करनी चाहिए। प्रजा के अनुरूप बनने की भरसक कोशिश होनी चाहिए। प्रजा को कैसा राजा चाहिए, उसकी अपेक्षाएँ, गुण-दोष सब पता चलते हैं। राजा को बेखबर नहीं रहना चाहिए। सजगता आवश्यक गुण है। सिंहासन सँभालना बच्चों का खेल नहीं होता। पोथियों से बाहर निकलिए युवराज...''

''युवराज...युवराज...''

गोपाल हौले-हौले पुकार रहा था...

चलते-चलते दोनों एक-दूसरे से दूर छिटक आए थे। बल्लाल अपने में खोये हुए थे। गोपाल उन्हें संकेत से कुछ दिखाने की कोशिश कर रहे थे। एक साँवली लड़की, जिसने देह पर एक वस्त्र किसी तरह लपेट रखा था। कमर से लेकर वक्ष तक एक ही वस्त्र में, काले घने बाल खुले थे, हवा में उड़ रहे थे। लड़की चुपचाप झुरमुट के पास बैठी थी। गुमसुम, अपने में खोयी हुई। बल्लाल ने छुपकर उसे निहारा। लड़की का मासूम सौंदर्य उसे खींच रहा था। उसका मन हुआ—सीधे उसके पास जाए और प्रणय निवेदन कर दे। मन पर नियंत्रण किया। गोपाल ने पास में आकर उनका हाथ पकड़ लिया।

वह फुसफुसाया, ''आप समीप न जाएँ। क्या पता, वो शोर मचा दे। आप पकड़े जाएँगे। बहुत बदनामी होगी। आप कुछ न करें ऐसा जिससे आपकी प्रतिष्ठा पर बन आए।''

''गोपाल...'' बल्लाल ने हाथ छुड़ाते हुए कहा, ''तुम मेरे चरित में इतनी-सी बात अवश्य लिखना कि मुझे कुलीना स्त्रियाँ नहीं मोहती थीं। मुझे वनफूल पसंद हैं।''

''युवराज...आप चाहें तो यह लड़की आपको उपलब्ध कराई जा सकती है, किंतु यह आपके आचरण के विरुद्ध होगा। मैं कदापि ऐसा आचरण नहीं करने दूँगा।''

''मैं उससे बात करना चाहता हूँ। रात-दिन पोथियों में घुसा रहता हूँ, आज मुझे अच्छा लग रहा है...क्या बात नहीं कर सकता उससे...?''

''अवश्य, किंतु अपना परिचय हरगिज़ न दें, आपसे विनती करता हूँ...''

''तुम यहीं रुको। मैं आता हूँ।''

बल्लाल आगे बढ़े, लड़की मोह रही थी। वो सिर्फ़ उसका परिचय जानने को उत्सुक थे। और ये भी जानना चाहते थे कि इस सांध्य बेला में वो अकेली यहाँ क्या कर रही है।

पहला कदम बढ़ाया ही था कि झुरमुट के पीछे से औरतों और मर्दों का एक झुंड उस लड़की के पास आया।

''अलबेली...चल उठ। हमें समय पर अतिथिशाला पहुँच जाना चाहिए। वहाँ हमें अभ्यास भी करना है। अनजान नगर में देर रात घूमना उचित नहीं।''

''मामा, अभी तक दूसरी टोली आई नहीं। काफ़ी देर हो गई। आज ही सांध्य तक पहुँचने वाले थे। हमें थोड़ी देर और प्रतीक्षा कर लेनी चाहिए...''

''ओ भैरव...वो देख...नावें आ रही हैं...पहुँच गए वो लोग...''

इतनी देर से शांत पड़ी हुई लड़की, एक चंचल लहर में बदल गई थी। चेहरे की सारी उदासी गायब। अब वो उछलने लगी थी। पहले कोई चंचल हिरणी थमी हुई थी।

एक युवक जिसे उसने भैरव बुलाया था— वो बोला, ''इतनी खुश मत हो, तेरी सहेली मीनाक्षी नहीं आने वाली। अब वो साधारण नटी जो न रही तेरी तरह...तू भी कौन-सी कम है। जब पूरी सज-धज के उतरेगी तो महाराजा और उनकी प्रजा देखते रह जाएँगे। चल...सब जा रहे। बहुत घूमना हो गया...हमारी मिथिला जैसा ही तो लगा मुझे। यहाँ के लोग बड़े मीठे हैं रे...''

''बस मछली बहुत खाते हैं। जिधर जाओ, मछली की गंध!''

''अब तेरी तरह कोई भरी जवानी में पंडित थोड़े न हो जाएगा कि रोहू देखते चिल्लाने लगे...बचाओ-बचाओ...सिंघी मछली छोड़ दूँगा तेरी देह पर

एक दिन...डंक मारेगी तब चिल्लाना...''

''मछली खाना पाप है...नदी किनारे सांप है...वही तुम्हारा बाप है...''

भैरव को मुँह चिढ़ा रही थी। उसके हाथ में कुछ झाड़ियाँ थीं, जिन्हें हिला-हिला कर हँस रही थी।

भैरव उसे मारने दौड़ा, वह आगे भागी...रोशनी करीब आती जा रही थी... मिथिला के कुछ कलाकार पहले आ गए थे, कुछ बाद में।

बहुत मोहक लगी वो लड़की। बल्लाल का दिल वहीं कहीं छूटने लगा था। पूरी तरह दिल हार जाता कि गोपाल ने कानों में सवाल उछाल दिया...

''ये मीनाक्षी कौन है, मिथिला की कलाकार, जिसने हमारा आमंत्रण ठुकरा दिया। सभी राज्यों से सर्वश्रेष्ठ कलाकार आए हैं, उनकी प्रतिष्ठा भी तो दाँव पर लगी है। मिथिला से क्यों नहीं... ?''

बल्लाल का दिल इससे पहले कि बल्लियों उछलता, थम गया। तगड़ा झटका दिया था गोपाल ने।

मिथिला सुनते ही शूल चुभा। उस पर एक स्त्री कलाकार का आने से इनकार करना। तो क्या मिथिला नरेश ने हमें ठगा है या भार टाला है। हमारे आमंत्रण पर साधारण कलाकारों को भेज दिया। वे चाहते तो आमंत्रण ठुकरा देते। हम कुछ न कहते। आमंत्रण में स्पष्ट लिखा था कि वे अपने राज्य के श्रेष्ठ कलाकार भेजें। मिथिला ने हमारा मान नहीं रखा। ये तो घोर अपमानजनक है।

मन-ही-मन बल्लाल ने तय किया कि सही समय पर ये सवाल उठाए जाएँगे।

''गोपाल...मुझे पूरी सूची चाहिए, किस दिन किस राज्य के कलाकार प्रस्तुति दे रहे हैं।''

आपको पूरी सूची दी जाएगी। मिथिला के कलाकार पूरी तैयारी से आए हैं....बड़ी टोली है इनकी। राज्य शत्रु हो सकते हैं, कलाकार नहीं युवराज...कलाकार तो सबके होते हैं, वे विशिष्ट नागरिक होते हैं। उन्हें राजाश्रय में रखना पड़ता है, पोसना पड़ता है कला को।

बल्लाल के दिमाग में एक नाम गूँज रहा था...मीनाक्षी...मीनाक्षी...

कौन है ये लड़की। इसकी कथा गाओ मिथिला के कलाकारो...। मिथिला...मैं शीघ्र मिलूँगा। तुमसे भी, तुम्हारी मीनाक्षी से भी।

तृतीय अध्याय

सपना पूरा होने का समय आता है तब क्यों ठिठकते हैं कदम। क्यों मन काँपता है, पीपल के पत्ते सरीखा। धड़कनें तेज़ क्यों हो जाती हैं। साँसें तेज़-तेज़ चलने लगती हैं। बाहर-भीतर सारा मंज़र बदल जाता है। आकाश थोड़ा और नीला दिखने लगता है। भूमि थोड़ी कम सख्त, धूप थोड़ी और चमकीली और हवा ठिठोली करती है।

मीना के सपने पूरे होने का समय आ गया था। उससे ज्यादा उसके बाबा के सपने पूरे हो रहे। राज दरबार में कला का प्रदर्शन करने का आमंत्रण मिल चुका था। समूची बस्ती में, टोले, मोहल्ले में शोर मच चुका था। सारे नट समुदाय, पामरियों में हलचल थी कि अब तक उनके समुदाय को यह प्रतिष्ठा कभी न मिली। मीना ने उन्हें यह गौरव दिलवाया। कुछ खुश हुए तो कुछ जल कर राख हुए। राजभौर नट कुछ बरस पहले ही आकर यहाँ बसा था। सुशोभन ने सहयोग किया था, बसने में। साथ में मीना से कुछ बरस छोटी बेटी अलबेली भी थी। इस समाचार से उसकी बेटी अलबेली और उसके समूह में हर्षोल्लास का माहौल था। मीना मिलनसार स्वभाव की थी, सबसे मधुर संबंध बना कर रखती थी। अलबेली उसकी नकल करती थी, ये बात सबको मालूम थी। प्यारी, चुलबुली, साँवली-सलोनी अलबेली भी करतब दिखाने में माहिर थी। नृत्य में थोड़ी कमज़ोर थी। सो वो उसकी भरपाई करतब दिखा कर कर लेती थी। करतब दिखाने के लिए अलबेली की माँग बढ़ रही थी। वह राज्य से बाहर भी प्रदर्शन के लिए जाती रहती थी, अपने काफ़िले के साथ। उसका झुंड बड़ा था। उनका मूल पेशा यही था। जबकि सुशोभन अपनी खेती में, फूलों के व्यापार में ही डूबा रहता था। जो समय बचता, उसमें विद्वानों की संगति करता। मीना अपने लक्ष्य की ओर बढ़ती चली जा रही थी।

राज दरबार में कला-प्रदर्शन के आमंत्रण के बाद से सुशोभन को लगा कि

उसकी तपस्या सफल हो गई है। उसकी बेटी अब राज दरबार में नृत्य करेगी, नगरों, गाँवों की धूल फाँकना बंद हो जाएगा। नट समुदाय और माली समाज में प्रतिष्ठा बढ़ेगी। उसके फूलों का व्यापार भी बढ़ेगा। उसे बेचैनी से उस पल की प्रतीक्षा थी । मीना तैयारियों में जुट गई थी।

वर्षा ऋतु समाप्त होने वाली थी। उमस बढ़ गई थी। शरद के आगमन से पहले की उमस थी वातावरण में।

मीना का नगर हरा-भरा हो उठा था। समूची वसुंधरा हरी चादर ओढ़कर लहरा रही थी। सारे जलाशय और गड्ढे जल से लबालब भर गए थे। बलान नदी उफ़ान पर थी। जलाशय को सागर कहते थे वहाँ के स्थानीय निवासी। उसका पानी सीधा नदी से आता था। सागर की तरह गहरा और विस्तृत था। हवा तेज चलने पर लहरें खूब तेज़ उठती थीं। उसमें नाव लेकर उतरने से डरते थे नाविक। उसमें भंवर पड़ा करते थे। जब सूर्य की तीखी किरणें पानी पर गिरती थीं तो लगता, विशालकाय दर्पण से प्रकाश फूट रहा हो। हवाएँ जल को छूकर ठंडी होतीं और सूर्य की किरणें उन्हें गरमा देतीं। बरसात के बाद हवाओं का हाल कुछ ऐसा ही हो जाता है। आम पककर पेड़ों से टपक जाते हैं। पेड़ सूने हो जाते हैं। फल छीनने के बाद वृक्ष और फूल तोड़ लेने के बाद पौधे सूने ही हो जाते हैं। कोयल अचानक चुप हो जाती है। उसकी कूक कम सुनाई पड़ती है। जाने कहाँ चली जाती है। अपने को कैसे मौन कर लेती है। बरसात चली जाती है, किंतु सबको इतना गीला करके जाती है कि सबके ऊपर उसका असर काफ़ी समय तक रहता है। जैसे पत्तों पर इतना पानी छुप जाता है कि जब उसके पास से गुज़रो तो भिगो देते हैं। तेज़ हवा में वे झरझरा कर बूँदें बरसा देते हैं। आस-पास के तालाबों की हालत अवश्य खराब हो जाती है। उनमें पानी तो अथाह भर आता है, लेकिन वह समय मखान के पकने और पानी से छानने का होता है। मखान टूटकर जल के भीतरी तल पर चले जाते हैं। तालाब में चारों तरफ़ मल्लाह दीखते हैं जो तालाब के तल से मखान छान कर लाते हैं।

मीना को यह दृश्य बहुत भाता था। उसे तालाब से मखान छानते हुए, गहरे उतरते हुए मल्लाह पसंद आते। गहरे उतरने में कितना कष्ट पाते होंगे। साँस रुकती होगी। नीचे कीड़े-मकोड़े, जीव-जंतु मिलते होंगे। इन्हें कहाँ परवाह। कितनी मस्ती में रहते हैं ये लोग। उसके बाबा सुशोभन कहते, ''मखान की खेती

होती है, जैसे हम फूलों की खेती करते हैं। मखान को काँटेयुक्त लिली कहते हैं। पानी पर उगती है ये काँटेदार लिली। इसकी पानी पर खेती जो होती है। ये लोग जल-किसान हैं।''

वाह...जैसे उसके बाबा थल-किसान। कुसुम खेती करते हैं। बाबा कितनी मेहनत करते हैं। एक-एक पौधे से बात करते हैं। एक-एक फूल पहचानते हैं।

''बाबा मुझे भी तो फूल ही कहते हैं, मेरी बगिया की सबसे सुंदर, गमकउआ फूल। जिसकी गमक दूर-दूर तक फैल जाती है।''

''तेरी कला ही तेरी गमक है बेटी...अपने आप दूर-दूर तक पहुँचेगी। किसी इन्सान का हुनर ही उसकी सुगंध होता है। सामान्य लोग स्वयं पहुँचते हैं, कलाकार की कला पहुँचती है पहले, कलाकार बाद में...''

अपने बाबा के मुख से कला की इतनी सराहना सुनकर मीना दंग रह जाती थी। उसे लगता, उसके पूर्वजों का मुख्य पेशा नट-कला थी, इसीलिए बाबा अभी तक उससे उबरे नहीं हैं। स्वयं भले कुसुम खेती में लग गए, बेटी को कलाकार बनते देखकर गद्गद हो उठे हैं। बाबा अपनी मूल पहचान मिटने नहीं देना चाहते हैं शायद।

जब से कुछ गाँवों, नगरों में नट-दल के साथ प्रदर्शन करके लौटी है, ज़िन्दगी ही बदल गई है। राज दरबार का आमंत्रण कोई छोटी बात नहीं।

घर से थोड़ी दूर मखान से भरे तालाब के किनारे बैठी मीना सारा नज़ारा देख रही थी। मछलियों का कौतुक और मखान किसानों का जल में डूबना और फिर बाहर आकर मखान जमा करना। बाहर ये दृश्य चल रहा था और भीतर दरबार में क्या प्रस्तुति दे कि पहली बार में ही धूम मच जाए, ये चल रहा था।

सुशोभन और रजनी उसे बेहतर प्रस्तुति के लिए लगातार प्रेरित कर रहे थे। सौमित्र मिसिर भी कभी-कभार आ धमकते। उनकी आयु ज्यादा नहीं थी। मीना से कुछ ही वर्ष बड़े होंगे। मीना तो बीसवें बरस में प्रवेश करने वाली थी। सौमित्र अचानक पीछे से आकर उसे डरा गए।

ज़ोर से चिहुँकी फिर दोनों एक साथ ठहाका लगाते रहे।

''आप ऐसे न छेड़ा करें, किसी दिन तालाब में कूद जाऊँगी। बहुत गहरा है पानी। तैरने में कच्ची हूँ। अभ्यास नहीं रहा।''

''हम तुम्हें डूबने कहाँ देंगे...मिथिला का बच्चा-बच्चा तैरना जानता है,

जहाँ जलाशय, नदियाँ हों वहाँ सब तैरना जानते, भले यहाँ की मछलियाँ पेड़ पर चढ़ जाएँ।''

''मछलियाँ पेड़ पर... ?''

हैरानी से पूछा।

सौमित्र तब तक उसके पास जाकर नीचे ही बैठ गए थे।

''अरे..रे...आप नीचे क्यों बैठ रहे। मैं उठती हूँ। घर चलिए, वहाँ आसन है, वहाँ बैठिएगा...आपको शोभा नहीं देता महाशय...''

''मीना...''

सौमित्र की आँखों से अनुराग झलका।

''तुम कलाकार हो, तुम जहाँ बैठोगी, वो जगह मामूली नहीं होगी। दरबार में सारे वादक नीचे ही छोटे आसन पर बैठते हैं...''

मीना ने फिर अपना सवाल दोहराया, ''कौन-सी मछली पेड़ पर चढ़ जाती है?''

''कबई मछली...काले रंग की होती है...बहुत देर तक बिना जल के ज़िंदा रहती है...''

''तुम मिथिला की हो, मछलियों के बारे में ज्ञानशून्य हो...''

सौमित्र हँस पड़े।

मीना ने अपनी साँसें रोकीं...

''देखती हूँ, आपकी बातों में कितना दम है।''

सौमित्र ने उसके मुँह पर ज़ोर से फूँका। मीना ने नाक, मुँह बंद कर लिया। सौमित्र हैरान कि वह देर तक अपनी साँस रोक सकती थी। देर तक साँसें रोकने के बाद उसने साँस छोड़ी...और ज़ोर से खाँसी उठी। चेहरा लाल हो उठा था। गर्दन की नसें फूलने लगी थीं।

''मैं मिथिला की पुत्री हूँ महाशय, आज मैं माछ-भेद जान कर रहूँगी।''

''मैं तुम्हें कहावतें सुना सकता हूँ—

''भुन्ना मछली—सरलो भुन्ना त रोहु के दुन्ना।''

''गैंचा—'माघ मास जे गैंचा खाय, ससरि ससरि बैकुंठे जाय।' ''

मीना उनकी कहावतों पर ताल देती। उसे सुर में गा देती। खेल चलता रहा। मीना का मछली ज्ञान बढ़ता रहा। अचानक सौमित्र ने उसका हाथ पकड़ा—मीना तड़प कर अलग हो गई।

''तुम सिंगी माँगुर हो गुंईयां...चंचल-चपला...जल को भी छकाती है...''

''मुझे सिंगी नहीं, कवई होना है...चलती हूँ। दरबार में मिलते हैं। रथ भिजवा दीजिएगा।''

वह भाग गई। दूर तक उसे जाता हुआ सौमित्र देखते रहे। मीना के दौड़ने से हवा में रंगीन लहर उत्पन्न हो रही थी। जैसे सारे रंग दौड़ रहे हों, स्त्री की रूपाकृति में।

~

राज-दरबार में प्रदर्शन का दिन आ गया था। मीना और नटों का दल पूरी तरह सज-धज कर दरबार पहुँचा था। मीना पारंपरिक लहँगे और दुपट्टे में थी। वह नृत्य में ही नट कला का समावेश करके प्रदर्शन करने वाली थी। उसने दोनों को जोड़ दिया था। नृत्य करती हुई ही करतब दिखाएगी। चाहे हवा में उछलते हुए दूर तक जाना हो या पतली रस्सी पर चलना हो। नृत्य करते-करते छोटी-छोटी वस्तुओं को उठाना हो या सिर पर घड़ा लादना हो। जितनी तरह की नट-कलाएँ हो सकती थीं, उन सबको मिलाकर उसने सुंदर संगीतमय खेला तैयार किया था।

दरबार सज चुका था। राजा गंगदेव अपने आसन पर आकर जम चुके थे। उनके सारे दरबारी अपने-अपने आसन पर। पूरा राजपरिवार इस बहुप्रशंसित राजनटनी का नृत्य देखने के लिए वहाँ जमा था। दरबार के कुछ पुराने कलाकार, गवैये, शिल्पकार, चित्रकार भी आए थे। मीना को इससे पहले इतना भव्य मंच नहीं मिला था। जहाँ इतने प्रतिष्ठित नागरिक एक साथ बैठे हों। अब तक वह धूल भरी भूमि पर प्रस्तुति देती आई थी। खुले क्षेत्र में, घने वृक्ष के नीचे, बड़े मन्दिर के चबूतरे पर। अपार भीड़ जुटती थी उसे देखने। धन भी बरसता था। लोग स्नेह भी लुटाते थे। जब वह मार्मिक प्रसंग गाती तो स्त्रियाँ सुबकने लगतीं। उसे दर्शकों में से स्त्रियाँ, बाद में कुछ और गीत सुना जातीं। मीना दंग रहती कि स्त्रियों के पास पारंपरिक गीतों की कमी नहीं। सुख-दुख से लेकर गारी तक वे गाती हैं। ताने मारती हैं, उपालंभ तक, शिकायतें दर्ज करती हैं, विरह गाती हैं, प्रेम करती हैं, सब गीतों के माध्यम से। मीना के पास लोकगीतों का भंडार जमा हो गया था।

राज दरबार में प्रस्तुति उसके लिए बड़ी चुनौती थी। किसी भी साधारण कलाकार के लिए चुनौती की बात होगी। मीना को यह अवसर मिला था जब

वह पूरे राज्य को यह बता सके कि वह साधारण है या असाधारण कलाकार। दरबार की मोहर लगते ही वह चर्चित होने वाली थी। यही चुनौती भीतर से उसे डरा रही थी। कहीं असफल हुई तो बाहर जो नाम कमाया है, जो प्रतिष्ठा अर्जित की है, वो भी मिट्टी में न मिल जाए। फिर उसके पिता के सपनों का क्या होगा। जो अपनी बेटी के लिए सिर्फ़ महल में ही प्रस्तुति का सपना देखते रहे और जो उसका ब्याह किसी राजकुमार से करने का सपना देखते रहे। दरबार में राजकुमार भी बैठे थे। मीना इस सत्य से अवगत थी कि राजा लोग राजघराने में ही संबंध करते हैं। किसी नटी को कोई अपनी रानी नहीं बनाता। लेकिन सपनों का क्या। हमेशा उसने धुँधले स्वप्न देखे...घोड़ों की हिनहिनाहट सुनी है। कोई धुँधली आकृति पास आते-आते लोप होते देखी है।

प्रस्तुति से पहले अपने मस्तिष्क की भटकन को वह नियंत्रित करना चाह रही थी ताकि उसके प्रदर्शन पर कोई असर न आने पाए।

दरबार में उतरी।

सबका अभिवादन किया। एक चक्कर लगाया और बीचोंबीच आकर खड़ी हो गई। सबके चेहरे पर अलग-अलग प्रतिक्रियाएँ थीं। उन्हें भली-भाँति देख और समझ सकती थी। किसी के चेहरे पर रुआब था, किसी के चेहरे पर चुनौती झलक रही थी। कोई अविश्वास से देख रहा था तो कोई मुस्कुरा रहा था। राज परिवार अपनी ठसक के साथ बैठा था। सौमित्र मिसिर के चेहरे पर सबसे ज्यादा आश्वस्ति थी। उम्मीद की चमक ही अलग होती है। अविश्वास के अँधेरे में एक उम्मीद है जो जुगनू की तरह टिमटिमाती है।

मीना ने खूब सिंगार-पटार किया था। काजल इस तरह लगाया कि आँखें, आँखें नहीं, गैंचा मछली के आकार की तरह लगने लगी थीं। जब वह माथे पर असंख्य छेदों वाला बड़ा घड़ा लेकर उतरी तो लोग देखते रह गए। नगर के कई गणमान्य नागरिक वहाँ आमंत्रित थे। सबकी आँखें लगी थीं नटी की ओर जो उस समय स्वर्ग से उतरी हुई किसी अप्सरा की तरह लग रही थी। घड़े के अंदर कई दीये झिलमिला रहे थे।

बड़े से कक्ष में बीचोबीच मीना का नृत्य प्रारंभ हुआ। उसके साथ के वादकों ने संगीत बजाना शुरू किया। कुछ समय के लिए ऐसा लगा कि इंद्र के दरबार में अप्सराएँ नाच रही हैं और सारे गंधर्व वाद्ययंत्र बजा रहे हैं। पिता

सुशोभन और रजनी ने भी ऐसा नृत्य करते हुए मीना को कभी न देखा था।

पहले उसने गणेश-वंदना की फिर नृत्य प्रारंभ किया।

कंठ से सुरीली आवाज़ निकली और गूँजने लगी—

ब्रह्म बाबा तोहरे भरोसे

झिंझिया बनइली हो

ब्रह्म बाबा झिंझरी पर होइअउ न असवार...

सारे लोग झूम उठे। वह नृत्य करते-करते करतब दिखाती जाती, घड़ा माथे पर ही टिका रहता। घड़े के अंदर का कोई दीया भी न बुझा। लोगों ने करतब देखकर दाँतों तले उँगली दबा ली। नृत्य तो बहुत देखे थे सबने, नृत्य के साथ ऐसा अद्भुत करतब किसी ने नहीं देखा था।

फिर उसने घड़ा परे रख कर, एकल खेला दिखाना प्रारंभ किया।

जनक-दुलारी की दुख-गाथा। वह सीता बनकर राम के सामने विलाप कर उठी। राम उसे बनवास से लेने आए हैं। राजमहल में चलने को कहते हैं और सीता उनसे संवाद करती है। प्रतिवाद करती है, उन्हें उपालंभ देती है। गीत गाते हुए अपना मन खोलती है और अंत में राम के साथ महल जाने से मना करती हुई पृथ्वी माता का आह्वान करती है। ज़ोर से आवाज़ आती है...पृथ्वी फटती है... सीता उसमें समा जाती है। वाद्य यंत्रों ने इतना प्रभाव उत्पन्न किया कि सचमुच एक पल को लगा, पृथ्वी फट रही है। सारे लोग हिल गए।

खेला खत्म हुआ। मीना दोनों बाँहें फैलाए, थम गई। मानो पृथ्वी अपनी पुत्री को लेकर शांत हो गई हो। राम अभिशप्त से खड़े रहे।

सबने देखा—रानी सुबक उठी थीं। दरबार में सन्नाटा छा गया था। मीना की आँखें गीली थीं। विलाप करते-करते सचमुच के आँसू आ गए थे उसकी आँखों में। बाँहें ऊपर की ओर उठाए खड़ी थी। हाथ मुक्त हो तो आँसू पोंछे। आँसू बहने लगे थे। अचानक करतल ध्वनि से पूरा राज दरबार गूँज उठा। सबके मुख से साधु- साधु...अद्भुत की ध्वनि चारों तरफ़ से आने लगी। मीना ने दोनों बाँहें नीचे कर लीं। रजनी ने पास आकर अपने आँचल से उसके आँसू पोंछे। सुशोभन भी पास आने को कसमसा रहा था। मगर उसकी निगाहें राजा पर लगी थीं। करतल ध्वनि थम नहीं रही थी। राजदरबार में किसी ने किसी कलाकार के लिए इतनी देर तक करतल ध्वनि नहीं सुनी थी। वहाँ उपस्थित पुराने कलाकारों को अजूबा भी लग

रहा था। उनमें से कुछ झेंपे हुए भी थे। कुछ गद्गद थे, कला का इतना उच्चतम रूप देखकर। एक किनारे रखे घड़े के अंदर दीये अब भी झिलमिला रहे थे।

मिथिला नरेश उठे। सारी सभा खामोश हो गई। उन्होंने तालियाँ बजाईं। उनके साथ पूरा राजपरिवार उठ खड़ा हुआ और तालियाँ बजाने लगा। मीना और उसका परिवार सिर झुका कर खड़ा हो गया। मीना ने जब सिर उठाया तो रानी जी ने उसके गले में मोती की माला डाल दी थी। उसके पास आकर, उसे अपने साथ सिंहासन तक ले गईं। राजा ने उसके हाथ में स्वर्ण मुहरों से भरी एक छोटी-सी थैली पकड़ाई।

‘‘मैं मिथिला नरेश गंगदेव घोषणा करता हूँ कि मीना कुमारी आज से मिथिला राज दरबार की राजनटनी नियुक्त की जाती हैं। उन्हें वे सारी सुविधाएँ और सम्मान प्राप्त होगा जो एक राज नर्तकी को प्राप्त होता है। शेष सूचनाएँ शीघ्र आप सबको पहुँचा दी जाएँगी।

‘‘और हाँ, मैं एक और घोषणा करता हूँ ...

‘‘हमारी मीना अतीव सुंदरी है, सर्वश्रेष्ठ कलाकार है, इनका नाम आज से मीना नहीं, मीनाक्षी होगा। इनकी मीन आँखें आप सबने देखी हैं। हम मिथिलावासियों के लिए मीन अत्यंत शुभ होती है। मीना की आँखें हमारे राज्य के लिए शुभ साबित होंगी। आज से ये कहलाएँगी...

‘‘राजनटनी मीनाक्षी...

‘‘आपका स्वागत है।’’

पूरा दरबार करतल ध्वनि से गूँज उठा। सुशोभन और रजनी की प्रसन्नता का पारावार न था और नट समुदाय को यह सब सपने सरीखा लग रहा था। मीना को स्वयं विश्वास करना कठिन हो रहा था। वह अपनी प्रस्तुति से संतुष्ट थी। उसे अच्छे उपहारों की उम्मीद थी, किंतु यहाँ तो कृपा की बरसात होने लगी थी।

वह आज के बाद सामान्य नटी नहीं रह जाएगी। लोग उसे मीना नहीं कहेंगे...मीनाक्षी कहेंगे। नाम बदल गया, राहें बदल जाएँगी।

क्या जीवन पहले की तरह रह पाएगा। वह सोचते ही काँप उठी। एक पल में उसकी खुशियाँ गायब हो गईं। रजनी उससे लिपटी हुई थी।

सौमित्र मिसिर को दायित्व मिला था मीनाक्षी को राजनटनी के पद की सारी सुविधाएँ मुहैया कराने का। उसे किले के अंदर ही छोटा-सा महल दिया

जाएगा, जिसमें वह बसर करेगी। उसके साथ उसका वादक दल रह सकता है।

सौमित्र गद्गद थे। उनका चयन सही निकला। राजा और उनके दरबारियों की नज़र में वे सही गुणग्राही साबित हुए। अगर कहीं मीना... नहीं...मीनाक्षी...खराब प्रदर्शन करती तो उनकी प्रतिष्ठा सदा के लिए धूल में मिल जाती। मन-ही-मन वे इस बात पर आश्वस्त थे कि मीनाक्षी इस कठिन परीक्षा में स्वयं भी सफल होगी और उन्हें भी सफल करेगी। वही हुआ। आत्मविश्वास सच्चा हो तो कठिन परीक्षाएँ भी पास कर ली जाती हैं।

''मुझे क्षमादान मिले तो मैं कुछ कहना चाहती हूँ।''

मीना यानी मीनाक्षी ने राजा की तरफ़ हाथ जोड़कर विनती की। किसी दीये की लौ-सी, अकंपित वह खड़ी थी।

राजा ने हाथ उठाकर संकेत किया।

''मैं एक नटी हूँ। आप सब जानते हैं। हमारा नट समुदाय है जो मिथिला का होकर रह गया है। हम यहाँ का नमक खाते हैं। यही देश है हमारा। हम इसी की मिट्टी में जन्मे हैं, यहीं मरेंगे। आवश्यकता पड़ी तो अपने देश के लिए रणभूमि में जान भी दे सकते हैं।

''मुझे आपका आदेश स्वीकार है। आपने मुझ गरीब की बेटी को जो मान-सम्मान दिया है, उसके प्रति मैं आभारी हूँ। आज नट-समुदाय गौरवान्वित हुआ है। मैं पहली नटी हूँ जिसे राजकीय सम्मान मिला है। हम सब अत्यंत प्रसन्न हैं।

''मैं एक कृपा चाहती हूँ...अगर महाराज कुपित न हों तो। मुझे अभयदान मिले तो कहूँ।''

इतना बोलकर मीनाक्षी रुक गई।

हाथ जुड़े रहे। सुशोभन और रजनी की साँस अटक गई। अन्य लोग भी सशंकित हो उठे। सौमित्र की हालत विचित्र हो गई। जाने यह नटी क्या बोलने वाली है। किसी को कुछ समझ में नहीं आया।

मीनाक्षी प्रतीक्षा कर रही थी कि महाराज अनुमति दें तो वो बोले।

''आज्ञा है...कहो, क्या कहना चाहती हैं राजनटनी मीनाक्षी।''

वहाँ सन्नाटा छाया हुआ था। सुईपटक सन्नाटा।

''महाराज...मैं नटी हूँ, नटनी...जिसका काम गाँव-गाँव, गली-गली घूम

कर अपना करतब दिखाना है, नृत्य करना, तरह-तरह के स्वांग दिखाना। हमारे साथ पूरी टोली होती है, जिनकी आजीविका इसी काम से चलती है। वे कोई और काम नहीं जानते, पीढ़ी-दर-पीढ़ी इस कला के अभ्यस्त हैं। मैं अकेली इनके बिना कला नहीं दिखा सकती। मैं इनके बीच, इनके साथ रहना चाहती हूँ। मैं दरबार में सदा प्रस्तुत रहूँगी, प्रदर्शन के लिए। किंतु यह कला महल में बँध कर नहीं रह सकती। मुझे बाहर कला प्रदर्शन की अनुमति दी जाए।''

मीनाक्षी अपनी बात कहकर चुप हो गई। उसके दिल का बोझ हल्का हो गया था। वह महल में रहने और सिर्फ़ दरबारियों के लिए नृत्य करने की कल्पना मात्र से घबरा गई थी। मन-ही-मन सोचकर आई थी कि उसे क्या कहना है। चाहे इसके लिए उसका राजकीय सम्मान क्यों न खतरे में पड़ जाए। वह राजकीय सम्मान की खातिर अपनी स्वतंत्रता गिरवी नहीं रख सकती। उसकी अपनी पहचान, उसके समुदाय की पहचान, नट कला सब लुप्त हो जाएगी। यह आम लोगों के बीच की कला है, दरबारों की नहीं। लेकिन महाराज ने उसे गरिमा प्रदान की है, ये बड़े गर्व की बात थी। नटों की पीढ़ियाँ याद रखेंगी कि कोई मीनाक्षी पैदा हुई थी। इसके बाद उन्हें पुनर्जीवन मिलेगा। उनकी समस्याओं की तरफ़ महाराज का विशेष ध्यान जाएगा।

महाराजा भी चौंक गए। आज तक ऐसा मामला उनके सामने नहीं आया था। राजनटनी का सम्मान मिले और कोई कलाकार राजसी ठाठ ठुकरा दे, यह तो असंभव जान पड़ता था। उन्हें यकीन करना पड़ा कि सामने खड़ी हुई नटी कोई सामान्य लड़की नहीं है। वे अत्यंत चकित हो उठे थे और उसके साहस और उसकी स्पष्टता पर मुग्ध भी। दरबार में खुसुर-फुसुर शुरू हो चुकी थी। नट कलाकार प्रसन्न हो उठे थे। उनकी मीना यानी मीनाक्षी उनके संग ही रहने वाली, घूमने वाली थी। गली-गली, डगर-डगर।

महाराज ने सशर्त मीनाक्षी की विनती स्वीकार ली। पूरा दरबार करतल ध्वनि से फिर गूँज उठा।

''आज से राजनटनी मीनाक्षी, हमारे राज्य का गौरव हैं। वे एक उच्च कोटि की कलाकार हैं। किसी राज्य का सम्मान उनके कलाकारों से भी बढ़ता है। हम चाहते हैं, मीनाक्षी अपनी कला का प्रसार दूर-दूर तक करें। जब वे चाहेंगी, उन्हें राजकीय सुरक्षा मुहैया कराई जाएगी। उन्हें हर महीने राजकोष से एक निश्चित

धनराशि दी जाएगी। साथ में कुछ सुविधाएँ, अगर वे स्वीकार करें।''

सभा बर्खास्त हो गई। मीनाक्षी सम्मान सहित अपने घर लौट आई। नट समुदाय ने अपनी राजनटनी का ज़ोरदार स्वागत किया। सुशोभन के खेत के फूल भी कम पड़ गए थे।

मीनाक्षी इठला कर बोल पड़ी, ''मैं पक्की मालिन लग रही हूँ बाबा। राजनटनी मीनाक्षी मालिन।''

～

सौमित्र मिसिर कुछ दिन तक सन्निपात की अवस्था में रहे। क्या सोचा था, क्या हुआ। मीनाक्षी किले में स्थित अपने छोटे से महल में निवास करने के बजाय फिर उन्हीं बंजारों के बीच रहने चली गई थी। उन्हें यह बात अच्छी नहीं लगी। यहाँ होती तो पास होती। अब उन्हें बार-बार उसकी गली का फेरा करना पड़ेगा। महाराज ने ऐसी अनुमति देकर राज नियम ही बदल दिए। राजनटनी बनाए जाने के बारे में सोचा भी न था। वे तो बस दरबार में उसका प्रवेश चाहते थे। उसे राज नर्तकी बनाते। राजनटनी क्यों रहने दिया। मीनाक्षी भी नटनी बने रहना चाहती है। जाने क्या रखा है इस बंजारों वाली ज़िन्दगी में। इसी उधेड़बुन में कुछ समय निकल गया। वे मीनाक्षी से बहस भी कर आए। उसे समझाने की कोशिश भी की। मगर वो ज़िद्दी थी। उसने एक दिन अपने अधिकार की याद दिलाते हुए साफ़ कहा, ''अगर आप कुछ कर सकते हैं तो इतना करिए कि हमारे समुदाय की लड़कियों के लिए गुरुकुल या पाठशाला का प्रावधान करवा दीजिए। मेरी तरह किसी को शिक्षा-दीक्षा के लिए तरसना न पड़े।''

''लेकिन आपको तो अक्षर ज्ञान है। आपको पोथियाँ पढ़ते, कुछ लिखते भी देखा है। कहाँ से सीखा, कोई पढ़ाने आता था क्या...क्या पंडित श्रीधर जी ने...?''

सौमित्र ने हैरान होकर पूछ ही लिया।

''मैं क्यों बताऊँ आपको...?''

मीनाक्षी इठलाई। जब किसी को चिढ़ाना होता तो वह ऐसे ही इठलाने लगती। पूरी देह हिलाती। ठठाकर हँस पड़ती। तब उसके होंठ और लाल हो

उठते। आँखें बिलकुल मछली-सी चमकने लगतीं।

''बताओ न...सताओ मत...''

मनुहार किया सौमित्र ने।

''वो मैं बचपन में जब भी पाठशाला या गुरुकुल से गुज़रती, बच्चों को पढ़ते हुए देखती तो छुपकर उन्हें लिखते-पढ़ते देखती थी। मैंने छुप-छुप कर पढ़ना और लिखना दोनों सीखा है। मिट्टी पर लिखा, हवा में उँगलियाँ घुमाई...कपड़ों पर लिपियों का डिज़ाइन बनाया, बस लगन थी, सो कुछ-कुछ काम भर सीख लिया। पूरी तरह नहीं। मैं पोथियाँ पूरी तरह नहीं पढ़ पाती। अटकती हूँ। बस पोथियों का महत्त्व समझ लेती हूँ। मैं चाहती हूँ, जिस नगरी में एक-से-एक विदुषी महिलाएँ हुईं, वहाँ गरीब की लड़कियाँ क्यों पढ़ाई से वंचित रहें। आप कुछ कर सकते हैं तो इतना कर दीजिए।''

''ठीक है, चलो मेरे संग जलाशय घूम कर आते हैं।''

सौमित्र, मीनाक्षी की लगन से, जुनून से इतने प्रभावित हो उठे थे कि उनका चित्त चंचल हो उठा था। वे एकांत में उससे मिलकर अपने मन का भाव प्रकट करना चाहते थे। अपने प्रेम को प्रकट कर देना चाहते थे। उन्हें मौका ही नहीं मिल रहा था।

दोनों देर शाम तक वहाँ टहलते रहे। सौमित्र अपना मनोभाव प्रकट न कर सके। मीनाक्षी की बातें रुकती कहाँ थीं। वो दुनियाभर की बातें करती जाती। सौमित्र मुग्ध होकर सुनते रहे। बाद में मन मसोस कर लौट आए।

सोचा था कुछ दिन दूर रहेंगे। राजनटनी पर अब सबकी निगाह होगी। उसका दर्जा तो बढ़ ही गया था। कुछ दिन दूर रहकर देखते हैं। मन का सोचा कब हुआ है।

दो-तीन दिन बाद ही वे फिर मीनाक्षी के सामने खड़े थे। वो अपने दल को लेकर कहीं जाने की तैयारी कर रही थी। हड़बड़ाई-सी मिली। सौमित्र ने सरकारी फ़रमान पकड़ा दिया। राजनटनी के नाम एक संदेशा था।

मीनाक्षी को बंग-प्रदेश के लोकोत्सव में अपने कलाकार दल के साथ वहाँ प्रदर्शन के लिए बुलावा था। उसे राजकीय नाव से रवाना होना था, सौमित्र साथ लेकर जाने वाले थे। महाराज चाहते थे कि अपने राज्य का प्रतिनिधित्व मीनाक्षी करें। उससे बेहतर कोई कलाकार नज़र नहीं आया था। बंग-प्रदेश से

सर्वश्रेष्ठ कलाकारों को आमंत्रण आया था। सभी राज्यों से उनके श्रेष्ठ कलाकार वहाँ जाने वाले थे। यह समाचार सुनकर मीनाक्षी पर तो बिजली गिर पड़ी।

उसने सौमित्र मिसिर को साफ़ मना कर दिया। वह राजाज्ञा मानने को तैयार न हुई। दोनों में बहस शुरू हो गई।

''आप समझ नहीं रहीं, राजाज्ञा को आप ठुकरा नहीं सकतीं। आपको इसका पालन करना पड़ेगा। आप दंडित हो सकती हैं। सोच लें...क्या चाहिए। दंड या बंग-प्रदेश की यात्रा। आपके हाथ में है।''

मीनाक्षी ने पैंतरा बदला। सौमित्र के गले में बाँहों का झूला डाल बैठी।

''आप मेरे सखा हो, मेरे लिए कोई रास्ता आपको ही ढूँढना होगा। मैं नहीं जाऊँगी। मैं वहाँ अलबेली को अपने स्थान पर भेज सकती हूँ। वो मुझसे कम नहीं है। मेरे वादक जाएँगे साथ में। वहाँ श्रेष्ठ प्रदर्शन करके लौटेगी। देखना, वहाँ के लोग वाह-वाह न कर उठे तो कहना।''

मीनाक्षी बहुत पास आ चुकी थी। सौमित्र का मन हुआ उसे खींच कर अपने बाहुपाश में बाँध लें। उसके अधरों पर अपने अधर रख कर दिशाहीन हो जाएँ। संसार ओझल कर दें। इस क्षण उसे कुछ और नहीं चाहिए। मिथिला की राजनटनी उनकी बाँहों में है...इसी समय वह अपना प्रेम निवेदन कर सकते हैं।

सौमित्र के अधर फड़के। बाँहें आगे बढ़ाईं, तब तक झटके से मीनाक्षी अलग हो गई।

''आपकी आँखें अद्भुत हैं मीना...सच में मीन नयन हैं..नील नयन वाली...तुम अपूर्व सुंदरी हो...''

सौमित्र की आँखें मदहोश होने लगी थीं। मीना झटके से उन्हें बाहर ले आई। उसने सौमित्र का हाथ पकड़ा और कुसुम खेतों में चलने लगी। लाल गेंदा लहलहा रहा था। उनके बीच दोनों घूमते और बातें करते रहे। मीना न जाने की हठ कर रही थी और सौमित्र उसे मनाने पर लगा हुआ था।

मीना ने सारे पैंतरे दिखाए।

सौमित्र ने यहाँ तक कहा, ''बंग-प्रदेश के युवराज बल्लाल सेन का विशेष आग्रह है, क्या पता वे आपको पसंद कर लें...आप तो राजकुमार का सपना देखती हैं, वे बड़े विद्वान हैं, कला के रसिक हैं, मिथिला पर उनकी खास

नज़र है, अवसर मिल रहा है...जाइए...''

''आप मेरे शुभचिंतक हैं, मित्र हैं, सखा हैं...आपके मुँह से ऐसी बात...''

''मेरे भाग्य में होगा तो किसी भी राज्य का राजकुमार चल कर आएगा...अपने युवराज तो हमें देखते तक नहीं।''

मीना इठलाई। उसने फूल तोड़ कर सौमित्र पर छिड़क दिया। आखिर हार कर सौमित्र ने हथियार डाल दिए। मीना ने उसे मना ही लिया था। उसी साँझ दोनों ने एक व्यूह रचना की, जिससे सांप भी मर जाए और लाठी भी न टूटे। राजाज्ञा का पालन भी हो और मीना बंग-प्रदेश न जाए। मीना ने अलबेली को बुला कर सारा कुछ समझा दिया। उसे प्रदर्शन के लिए तैयार किया। अलबेली पहले तो ना-नुकुर करती रही। लेकिन उसे लालच दिया कि उसका साथी भैरव भी साथ जाएगा, फिर अलबेली जोखिम उठाने को तैयार हो गई। सारी योजना सौमित्र की देख-रेख में बनती रही। पहले अलबेली का दल वहाँ पहुँचेगा और फिर पीछे से मीना आएगी। मीना न आ पाई तो अलबेली लोकोत्सव में क्या प्रस्तुत करेगी, उसकी सारी योजना उसे थमा दी गई थी।

मीनाक्षी, सौमित्र के प्रति कृतज्ञ हो उठी थी जो उसके लिए अपनी साख जोखिम में डाल रहा था। उसका लगाव अपने प्रति वो समझ गई थी। उसके प्रति अनुराग जैसी अनुभूति नहीं हो रही थी। मन-ही-मन मना रही थी कि सौमित्र अपना प्रेम न ही प्रकट करे तो अच्छा। मन-ही-मन शंका भी हो रही थी कि कहीं इस कार्य के बदले वह उसे माँग ही न ले। मीनाक्षी के मन में प्रेम के लिए छटपटाहट तो थी, वो चेहरा कहाँ था, जिसे वो अक्सर सपने के धुँधलके में देखती थी। वो पहचान जाएगी, सामने तो आए ज़रा।

''तुम मेरे काम्य नहीं हो सौमित्र, मेरे सखा...तुम प्रिय हो, मगर मेरे हृदयेश्वर नहीं। वो कौन है...कब आएगा...कहाँ होगा...क्या कर रहा होगा...इस क्षण, क्या उसे भी मेरी तलाश होगी। क्या उसके सपने में भी मेरा धुँधला चेहरा आता होगा। क्या वो मुझे खोजता हुआ आएगा कभी...वो जो भी होगा, असाधारण होगा।''

रात्रि में सोचते-सोचते मीना की देह तपने लगी थी। उसके भीतर आदिम प्यास जग रही थी। रोम-रोम जाग उठा था। नींद गायब थी।

चतुर्थ अध्याय

बंग-प्रदेश की राजधानी नवाद्वीप पूरी तरह सजी हुई थी। सड़कों पर बंदनवार लगे थे। तरह-तरह की झालरें लटकी थीं। रास्ते में रोशनी के लिए कई खंबे लगाए गए थे, जिन पर मशालें जलाई जाती थीं। पूरा नगर जगमगा उठा था। नगर में रौनक बढ़ गई थी। बाहर से भी अनेक मेहमान आए थे और गीत-संगीत से नगर गूँज रहा था। राजमहल में यज्ञ संपन्न होने वाला था। कई नगरों से पंडित-पुरोहित आए थे। शिवभक्त विजयसेन ने यज्ञशाला के बाहर शिव की भव्य मूर्ति स्थापित करवाई थी। उत्सव की भव्यता देखते बनती थी। यज्ञ के समय एक हज़ार एक ब्राह्मणों को एक साथ मंत्र पढ़ते देखकर बल्लाल सेन मुग्ध थे। इस अवसर पर उन्हें युवराज की पदवी दी जाने वाली थी। उसके बाद वे राज-काज में सक्रिय हो सकते थे, कुछ राजकीय फ़ैसले ले सकते थे। रणनीति बना सकते थे और सेना की कमांड उन्हें मिल सकती थी। सैन्य-बल संगठित करने का काम उनके ज़िम्मे आने वाला था।

महाराज विजयसेन यज्ञशाला में बैठे थे कि उन्हें महारानी ने अपने साथ कुछ दूर चलने को कहा। वे चकित से उठे, सामने जो तैयारी थी, उसे देखकर सुखद आश्चर्य में डूब गए। उन्हें कानोंकान खबर न हुई, महारानी ने चुपचाप इतनी बड़ी योजना बना ली। महाराजा को तराजू के एक पलड़े में बिठाया गया और उन्हें सोने से तौल दिया गया। सोने के सिक्के चमचमा रहे थे।

एक सौ आठ पंडितों ने सामने खड़े होकर मंत्रोच्चार शुरू किया। मुख्य पंडित ने आगे बढ़कर कहा, ''महारानी जी और हमारे युवराज बल्लाल सेन की इच्छानुसार 'कनक-तुला पुरुष महादान यज्ञ' संपन्न होता है। आज से हमारे महाराजा विजयसेन, पुत्र हेमंत सेन, चारों दिशाओं पर शासन करने वाले, बंग-प्रदेश को एकता के सूत्र में बाँधने वाले, प्रजा के हितैषी, चक्रवर्ती राजा को

'परमेश्वर, परम भट्टारक महाराजाधिराज' की उपाधि दी जाती है।

''इस सुअवसर पर संस्कृत के प्रकांड विद्वान, सुविख्यात कवि श्रीहर्ष प्रशस्ति काव्य का पाठ करेंगे।''

चारों तरफ़ नगाड़े बज उठे। ढोलक पर थाप पड़ी। पंडितों ने सोने के सिक्कों का दान ग्रहण किया। चारों दिशाओं में विजयसेन की जय-जयकार गूँज उठी। विजयसेन ने गद्गद होकर सबको देखा। कवि श्रीहर्ष ने उनके लिए विशेष तौर पर लिखा गया प्रशस्ति काव्य पढ़ा। वहाँ उपस्थित प्रजा, पुरोहित सब झूम उठे। लोकोत्सव का प्रारंभ हो गया। राज दरबार में बल्लाल सेन के युवराज होने की आधिकारिक घोषणा होने वाली ही थी।

राजदरबार की रौनक देखते बन रही थी। मुख्य द्वार पर वादक बैठे वाद्य यंत्र बजा रहे थे। बल्लाल सेन लंबे गलियारे से गुज़रते हुए जब दरबार में पहुँचे तो सुंदर-सुंदर परिचारिकाएँ, सेविकाएँ उन पर फूल बरसाती रहीं। पूरा पथ फूलों से भर गया था। महारानी की साध पूरी होने जा रही थी। महाराजा भी अब ज़िम्मेदारी का बोझ कम करने का मन बना चुके थे।

दरबार में सारे अतिथि उपस्थित थे। उन सबके सामने विजयसेन ने घोषणा की, ''मैं विजयसेन पुत्र हेमंत सेन अपने पुत्र बल्लाल सेन को इस राज्य का युवराज घोषित करता हूँ। इसके साथ ही इनकी ज़िम्मेदारी बढ़ जाएगी राज्य के प्रति। मैं आज एक घोषणा और करना चाहता हूँ कि पुत्र, युवराज बल्लाल सेन सैन्य संगठन पर ज़ोर दें। मेरी अंतिम इच्छ है कि वे मिथिला पर विजय प्राप्त करें। हर राजा को अपने जीवनकाल में एक या अनेक बार युद्ध करना पड़ता है। मुझे युवराज पर भरोसा है। वे सैन्य संगठन में निष्णात हैं। अब हम पहले से अधिक शक्तिशाली हैं। मगध विजय ने हमारे भीतर नयी ऊर्जा और शक्ति का संचार किया है। मिथिला की संस्कृति हमसे बहुत मिलती-जुलती है। उसके बिना कुछ अधूरा-सा लगता है। और मेरी एक चाहत और है, राज्य में विशालकाय ग्रंथागार का निर्माण करवाना। हमारे पास अनेक दुर्लभ ग्रंथ हैं, कुछ दुर्लभ पांडुलिपियों का अभाव है, जिसे हमें मिथिला से हासिल करना होगा।''

बल्लाल सेन ने सहर्ष पिता की इच्छ के आगे सिर झुका दिया। वे विधि-विधान से, मंत्रोच्चार के बीच युवराज घोषित किए गए।

युवराज पद की शपथ लेते हुए बल्लाल ने कहा, ''मैं, सेन घराने का

उत्तराधिकारी, आपको वचन देता हूँ कि अपनी भुजाओं के दम पर मिथिला विजय करूँगा और ग्रंथागार का आपका स्वप्न पूरा करूँगा।''

विजयसेन ने उन्हें गले लगाते हुए एक घोषणा और कर दी, ''आप मिथिला विजय करके आएँगे, उसी दिन, शुभ मुहूर्त में मैं आपको राजगद्दी सौंप दूँगा। आप राज्य सँभालने लायक हो गए हैं। मैं विश्राम चाहता हूँ। आप राज्य सँभालें। मेरा आशीर्वाद सदैव आपके साथ है। विजयी भव।''

बल्लाल सेन के माथे पर चंदन-टीका, रोली अपने हाथों से महारानी ने स्वयं लगाया। पिता ने उठ कर गले लगाया। दरबारियों ने फूलों की वर्षा की। पंडितों ने मंत्रों से आशीष दिया।

महारानी ने पुत्र को गर्व से भर कर देखा। विजयसेन के चेहरे पर सुकून खिल रहा था। कोई उम्मीद जैसे भीतर में जग गई थी। उन्हें अपने योग्य पुत्र पर पूरा भरोसा हो गया था।

बाहर तुर्य बज उठे। लोक उत्सव शुरू। राजमहल के मनोरंजन कक्ष में गणमान्य लोग एकत्र होने शुरू हो गए थे।

महाराजा और युवराज दोनों वहाँ पधारे। बल्लाल के साथ उनके साहित्यिक गुरु अनिरुद्ध थे, जो थोड़े चिंतामग्न दिखाई पड़ रहे थे। वे बिलकुल बल्लाल के साथ बैठे थे, अगल-बगल, इतने पास कि फुसफुसा कर बात कर सकें। जीवन-चरित लेखक मित्र गोपाल भट्ट थोड़ी दूर से सब कुछ देख रहे थे। बल्लाल के जीवन का पहला अध्याय लिखना शुरू हो चुका था।

गुरु अनिरुद्ध चिंतित स्वर में फुसफुसाए, ''राज-काज में उलझ कर, कहीं भूल न जाना कि तुम एक लेखक भी हो। तुम्हें बहुत से धर्म ग्रंथों की विवेचना करनी है। कम-से-कम तीन ग्रंथ लिखने का तुमने वादा किया है। एक शुरू किया, वो अधूरा है...बिना पूरा किए तुम्हें मिथिला की ओर प्रस्थान न करने दूँगा।''

''गुरुवर...बल्लाल मुस्कुराया। राजधर्म सबसे बड़ा धर्म होता है, एक राजा का। मैं कैसे मुकर सकता हूँ अपनी जुबान से।''

''तुम राज-काज सँभालते ही लेखन से, अध्ययन से दूर हो जाओगे... फिर मेरा क्या औचित्य...तुमसे बहुत उम्मीदें हैं युवराज।''

''गुरुवर, आप भी मुझे युवराज कहेंगे...इतनी पीड़ा मत पहुँचाएँ...मैं इतनी

जल्दी मरने वाला नहीं हूँ। अपने जीवनकाल में तीन ग्रंथ पूरे करूँगा। मैं अपनी सैद्धांतिकी कुलीनवाद पर टिका हूँ, उस पर काम कर रहा हूँ, मुझे उसे संसार तक पहुँचाना है।''

''एक लेखक को युद्धों में समय बरबाद नहीं करना चाहिए...''

''चिंता न करें, अगर बीच में मर गया तो मेरा अधूरा ग्रंथ सेन घराने का अगला वारिस पूरा कर देगा। मैं विपुल सामग्री एकत्र कर जाऊँगा। अब तक मैंने किया क्या है, अध्ययन और लेखन। अब राज-काज भी देख लूँ, एक लेखक के लिए हरेक किस्म का अनुभव होना आवश्यक है...''

''प्रेम का अनुभव किया क्या...''

गुरु अनिरुद्ध ने परिहास किया। बल्लाल सेन मुस्कुराकर रह गए। उनकी आँखों के सामने गंगा तट की वो साँवली, चुलबुली लड़की घूम गई। और वो मीनाक्षी की चर्चा...वो कैसी होगी...

बल्लाल के मुख से निकला, ''मीनाक्षी...कौन हो तुम, कैसी हो तुम... ?''

''प्रेम की अनुभूति हो रही है गुरुवर...''

गुरु ने चकित होकर मुख निहारा। बल्लाल का चेहरा दमदमा रहा था। आँखें कहीं दूर देख रही थीं। उनका शिष्य कुशाग्र तो था ही, विद्यानुरागी भी था। लेखन-गुरु पीछे पड़े थे कि वह अपने सिद्धांतों की पुस्तकें तैयार कर ले, फिर चाहे राज-काज में उलझे या युद्ध पर जाए। राजा बनना आसान कहाँ। युद्ध तो विरासत में थोपा हुआ खानदानी उपहार होता है। पीढ़ियाँ उसका निर्वाह करती जाती हैं। या युद्ध होते हैं, या युद्ध करते हैं। राजा को अपनी सीमाओं से कभी संतुष्ट नहीं होना चाहिए। युद्ध उसकी वीरता को इतिहास में दाखिल करवाते हैं। पीढ़ियाँ नाम लेती हैं। जो राजा शांति से राज करे, वह लुप्त हो जाता है। युद्धों का इतिहास लिखा जाता है। जय-पराजय दोनों के किस्से सुने-सुनाए जाते हैं।

गुरु अनिरुद्ध देर तक बल्लाल को देखकर सोचते रहे।

उनके मन की साध थी कि बल्लाल को संसार एक लेखक के तौर पर भी जाने, जो वेदों की नये तरीके से व्याख्या करता हो। जो आगे चलकर कुलीन प्रथा का प्रवर्तक साबित होने वाला था। जो इसकी स्थापना के लिए नये-नये तर्क गढ़े और पुस्तक लिखे। गुरु तो विशालकाय ग्रंथागार के अध्यक्ष बनने का स्वप्न देख रहे थे। उन्हें भी मिथिला की दुर्लभ पांडुलिपियाँ दिखाई देती थीं।

जिनकी सिर्फ़ चर्चा सुन रखी है। जिसे मिथिलावासी हाथ से छूने न दें। उनकी धरोहर है। उन्हें लूटना ही एकमात्र उपाय है। यह लूट तभी संभव है जब मिथिला पर विजय प्राप्त कर ली जाए। युद्ध-समर्थक नहीं होने के बावजूद मिथिला विजय को लेकर उनके भीतर भी स्वप्न खदबदा रहा था। वे युद्ध में बल्लाल को खोना भी नहीं चाहते थे, मिथिला पर विजय भी चाहते थे। उन्हें बल्लाल की वीरता पर बहुत भरोसा था। उन्हें उम्मीद जगी कि वे विजय प्राप्त कर लेंगे, आसानी से। महत्त्वाकांक्षाएँ और सुरक्षा की चिंताएँ दोनों एक साथ नहीं चला करतीं। गुरु जी दुविधा में थे। आखिर वे राज्य के भावी राजा के लेखन-गुरु जो थे। इसे ही वे अपना बड़ा सम्मान मानते थे। वैसा शिष्य जो उनकी धारा पर चलता हुआ नयी अवधारणा को स्थापित करने वाला था। राजा की बातें संसार गौर से सुनता है। मोहरो की बातें कोई नहीं सुनता, मोहरे भी नहीं।

गुरु को लगा, अभी तो पुत्र ही अपने पिता की महत्त्वाकांक्षा का मोहरा बन गया है। एक व्यक्ति के साथ कई लोगों की आकांक्षाएँ जुड़ जाती हैं। बल्लाल के ऊपर बहुत बोझ है। अभी तो विवाह भी होना बाकी है। उसकी अपेक्षाएँ अलग होंगी।

गुरु बल्लाल के स्वभाव को भली-भाँति जानते थे। उसने जो ठान लिया उसे पूरा करके दम लेता है। लेकिन भीतर से कहीं बहुत खामोश है, अंतर्मुखी भी। अलग सौंदर्यबोध वाला युवक है। राज परिवार का होते हुए भी कई बार आत्मस्थ और वीतरागी लगता है। कम उम्र में अधिक अध्ययन से ऐसा होता है। ज्यादा अध्ययन भी मनुष्य को ऐसा बना देता है। वह सत्य का साक्षात्कार करा देता है और कुछ वस्तुओं की व्यर्थता का बोध करा देता है। राजमहल के एकांत में दुनिया से लगभग कटा हुआ सिर्फ़ वेदों में उलझा रहा। जिस उम्र में प्रेम की अनुभूति होनी चाहिए, उसे वेदों की चिंता होती थी। अपना अलग दर्शन गढ़ रहा था। एक राजा की ताकत वो जान गया था। उसे लग गया था कि राजा होकर ही अपनी स्थापना समाज पर थोपी या लादी जा सकती है। इसीलिए वह मन-प्राण से अपनी नई स्थापना को आकार देने में लगा हुआ था।

ये अचानक उसे प्रेम की अनुभूति कहाँ से होने लगी। वे तनिक चकित हुए। मन हुआ—पूछें, फिर संकोचवश न पूछा। बताना होगा तो अपने आप बताएँगे।

लेकिन किससे...कौन है वो स्त्री...युवराज किसी स्त्री के प्रति आकर्षित हों, वो भला उनके करीबियों को कैसे न पता चलेगा। गोपाल भट्ट को पता होगा। उसी से बाद में पूछकर देखता हूँ।

अनिरुद्ध अपनी सोच में मग्न थे। मनोरंजन कक्ष में उत्सव का दौर शुरू हो चुका था। एक-एक कर कई राज्यों के कलाकार अपनी कला का प्रदर्शन करते जा रहे थे। बल्लाल उन्हें देखने-सुनने में तल्लीन थे। उनकी उत्सुक और बेचैन निगाहें किसी को ढूँढ रही थीं। थोड़ी दूर पर बैठे गोपाल भट्ट की निगाहें सिर्फ़ बल्लाल सेन पर थीं। उनका चरित लेखन का काम जो शुरू हो चुका था।

अचानक खंजड़ी बजने लगी। ढोलकी की थाप सुनाई देने लगी। घुँघरू खनकने लगे।

एक बंजारन ठुमकती हुई प्रदर्शन स्थल तक आई और उसने करतब दिखाने शुरू किए। पृष्ठभूमि में खंजड़ी बजती रही, हौले-हौले। सब लोग दाँतों तले उँगली दबा कर नट-कला का प्रदर्शन देखते रहे। बल्लाल सेन चौंके। ये तो वही लड़की है, गंगा किनारे वाली। साँवली-सलोनी मोहिनी, मन मोह गई थी। वे अपने ख़यालों से बाहर निकल कर पूरी तन्मयता से प्रदर्शन देखने लगे। मिथिला के सारे लोक कलाकार थे। अलबेली मुख्य नर्तकी थी। भंवर बाँसुरी बजा रहा था। जैसे ही करतब करने के बाद अलबेली ने गीत गाकर अभिनय करना चाहा कि आवाज़ गूँजी—

''नटी, ज़रा ठहरो।''

युवराज बल्लाल सेन की आवाज़ थी।

''अभी आप हमें क्या सुनाने वाली हैं, कृपया बताएँ। आप मिथिला की पुण्य भूमि से आई हैं, वहाँ पर अनेक प्रकार के किस्से होंगे। हमें कुछ संस्कृत भाषा में सुना सकती हैं...गाकर?''

अलबेली समेत सारे कलाकार सन्न रह गए। वे सब अनपढ़ कलाकार थे। जिनकी जीविका नाच-गाकर चलती थी। उन्हें सिर्फ़ मिथिला की लोकभाषा आती थी। पढ़े-लिखों की भाषा न वो समझते थे, न बोल पाते थे।

सब हाथ जोड़ कर खड़े हो गए।

''क्षमा युवराज...हम अक्षम हैं। हम आज सीता-जन्म की कथा सुनाने वाले थे। अगर अनुमति हो तो...''

''आप तो अपने राज्य के सर्वश्रेष्ठ कलाकार हैं। हमने आमंत्रण में यही आग्रह किया था। क्या आपकी टोली ही वहाँ दरबार में प्रदर्शन करती है।''

बल्लाल के सवाल सुनकर गोपाल समझ गया सारा माजरा। इस समय एक कुटिल नायक के रूप में नज़र आ रहे थे युवराज। जाने अब क्या होने वाला है।

अलबेली थर-थर काँप उठी। भंवर के अधरों से बाँसुरी छूट गई। सारे वाद्य यंत्र खामोश हो गए थे।

सब अवाक् थे। बोल न फूटे मुख से। युवराज से क्या बहस करें। सुरक्षित लौट कर अपने राज्य में जाना था। उन्हें ये भी पता था कि वे एक शत्रु राज्य के मेहमान हैं। यहाँ के राजा का कोई भरोसा नहीं, कब हमला बोल दे मिथिला पर। बंग-प्रदेश से युद्ध के किस्से खूब सुने हैं। ये भी सुना कि राजा हार कर लौटे थे।

सब सिर झुकाए खड़े थे कि अगला क्या आदेश हो।

बल्लाल ने पूछा, ''आपके यहाँ राज कलाकार तो होंगे। आम नटों को भेज दिया यहाँ प्रदर्शन के लिए?''

अलबेली ने काँपती हुई आवाज़ में जवाब दिया, ''हमारे यहाँ राजनटनी हैं मीनाक्षी। वे अद्भुत हैं। अलौकिक हैं। उनके जैसा कोई नहीं। वे आने वाली थीं, किसी कारणवश नहीं पहुँच सकीं। रास्ते में होंगी। हम सब उनके ही दल के लोग हैं। आप हमें मौका दें, हम कोई कमी नहीं छोड़ेंगे।''

भैरव ने हल्की धुन छेड़ी।

बल्लाल को अलबेली भी बहुत भा गई थी। मगर मीनाक्षी की चर्चा ने उसके होश उड़ा दिए थे।

''क्या तुम मीनाक्षी पर कुछ नृत्य-गान कर सकते हो तो करो। हमें आज जीवित प्राणी का गुणगान सुनना है। चलो...शुरू हो जाओ...आपको इसके बदले में उत्तम उपहार दिया जाएगा। मिथिला के प्रति हमारे दिल में खास प्रेम है।''

बल्लाल के आज्ञा देते ही सारे कलाकार झंकृत हो उठे। अलबेली की निगाह में मीनाक्षी की छवि कौंधने लगी थी।

फिर शुरू हुई राज-दरबार में मीनाक्षी-कथा।

कथा सुनाते हम रसीली
राजनटनी वो एक अलबेली
हिरणी जैसी चंचल है,
तितली जैसी उड़ती है
चिड़िया जैसी चहकती है
मुख खोले तो शहद झरे
केश खोले तो घटाएँ घेरें
रोज़-रोज़, गहने झमकाएँ,
नाचे-गाए उत्सव मनाए
बिन सजे वह अलौकिक मनमोहिनी
राजमहल न भाए जिसको
जगत सुंदरी कहलाए
सबमें सुंदर, सबमें अजूबा
राजनटी हमारी
मीना से मीनाक्षी कहलाए
कोई उसका जोड़ नहीं
उसके मन न कोई भाए...
आओ...आओ..हम सुनाएँ एक जीवित अजूबा की कथाएँ...
एक बार की बात है...

इसमें मीनाक्षी की प्रशस्ति बना-बना कर अलबेली गाती रही, नाचती रही। वह उस वक्त खुद मीनाक्षी में बदल गई थी। वह उसी की तरह नृत्य कर रही थी। अलौकिक नृत्य। उसकी टोली के सारे मर्द भी मीनाक्षी के गुणगान में बढ़-चढ़ कर हिस्सा ले रहे थे। अलबेली से ज्यादा उनके कंठों से गीत निकल रहा था। वे सब आशुकवि बन गए थे, मीनाक्षी पूरी तरह उनके जेहन में बसी हो जैसे। दनादन उस पर गीत के बोल बना कर गाए जा रहे थे। गाते हुए वे भयभीत नहीं, आनंद भाव में थे। अलबेली भी सहज हो गई थी। सब झूम-झूम कर बखान कर रहे थे। हिरणी की तरह मीनाक्षी का ज़िक्र हो तो अलबेली हिरणी की तरह कुलाचें भरने लगती। तितली का ज़िक्र हो तो तितली की तरह बाँहें फैला कर उड़ने का अभिनय करती। नैन मटका-मटका कर उसकी भंगिमाएँ

पेश करती। गान में ही बता दिया कि मीनाक्षी इतनी स्वाभिमानी है कि राजनटनी बनने के बाद भी महल में रहना ठुकरा कर प्रजा के बीच रहना पसंद किया है।

बल्लाल मुँह बाए, इस अद्भुत कथा को देखता और सुनता रहा— रोमांचित होता रहा।

उसके मुख से निकला—

''अद्भुत स्त्री। मीनाक्षी...राजनटनी...''

''तुम मेरी प्रेमिका होने के योग्य हो...बल्लाल तुम्हें प्राप्त करके रहेगा। तुम्हारे लिए इस भुवन में सिर्फ़ मैं बना हूँ...मैं...''

बल्लाल का मन हुआ, उठकर अलबेली को बाँहों में भरकर चूम ले। वह मीनाक्षी सरीखी ढल गई थी। उसकी सुप्त कामनाएँ जगने लगी थीं।

मीनाक्षी के रूप-गुण के वर्णन पर पूरा दरबार मोहित हो उठा था। सबके मुख से वाह-वाह निकल रहा था। कोई ऐसी नटी भी है जो इतनी अनूठी है। बल्लाल के मन में एक पंक्ति अटक गई थी—

'उसके मन न कोई भाए'

मतलब मीनाक्षी अभी तक किसी के प्रेम में नहीं है। उसका विवाह भी नहीं हुआ है। बार-बार गायन में मिथिला सुकुमारी का वर्णन कर रही है नर्तकी। दिल में उम्मीदों के फूल खिल गए। मन में जमी बर्फ़ की शिलाएँ टूट कर पानी होने लगीं। बल्लाल को अपने भीतर कुछ बदलाव महसूस हुआ। बाहर भी कुछ मौसम बदलता-सा महसूस हुआ। हाँ, हाँ, मुझे प्रेम हुआ है...एक राजनटनी से...उसके बारे में सुनकर मेरा ये हाल है तो मिल कर जाने क्या हो...

उनके विवेक ने उन्हें झकझोरा। एक युवराज और भावी राजा को ऐसी आतुरता, ऐसा विचलन शोभा नहीं देता। वे जब चाहें, उनके सैनिक, गुप्तचर उस नटी को उठा लाएँ। इसके लिए इतना विचलित होने की क्या ज़रूरत है। बल्लाल के मन में द्वंद्व शुरू हो गया था। उधर अलबेली, मीनाक्षी की भाव- भंगिमा व्यक्त करने में लगी थी। लोग रीझ रहे थे।

बल्लाल ने अचानक बीच में रोक दिया। अलबेली को पास बुलाकर हाथ में सिक्कों की एक थैली पकड़ा दी।

''अब आप जो चाहें प्रस्तुत कर सकती हैं।''

इसके बाद अलबेली पहले से तैयार, नृत्य-खेला सीता जन्म की कथा

पर प्रस्तुति देने लगी। समूची सभा मुग्ध होकर देखती रही। उसके बाद देर तक कक्ष में एक के बाद एक कलाकारों की प्रस्तुति होती रही। बल्लाल बीच में कुछ देर के लिए क्षमा माँग कर कहीं चले गए। गोपाल ने भी साथ चलने का आग्रह किया। बल्लाल ने रोक दिया। अकेले, अपने सेवकों के साथ बाहर निकले। गुरु अनिरुद्ध सब कुछ देख, समझ कर भी अविचल बैठे रहे। बीच में उठ कर जाना अशिष्टता होती। वे दरबार के अतिथि थे।

बल्लाल का एक सेवक कलाकारों के बीच जाकर अलबेली को साथ बुला लाया। भैरव और टोली के प्रमुख जगतानंद ठाकुर साथ आना चाहते थे, लेकिन उन्हें सेवक ने रोक दिया। अलबेली डरती-सहमती, सकुचाई-सी उनके सामने खड़ी थी। अपने में सिमटती चली जा रही थी। आँखें नीचे गड़ाए, पौरों के अँगूठे से महल के चिकने फ़र्श को कुरेद रही थी। अपने को गोटेदार चुनरी से पूरी तरह ढँक लिया था। वो किसी भी तरह की अप्रिय स्थिति से भिड़ने के लिए तैयार थी। हालाँकि चारों तरफ़ आवाज़ें थीं, लोग थे, सेवक भी आस-पास थे, इसलिए उसे अपनी इज़्ज़त पर कोई खतरा महसूस नहीं हुआ।

''भयभीत मत हो, कलाकार...तुम अनूठी कलाकार हो। मैंने तुम्हारा प्रदर्शन देखा, पसंद आया। तुम्हें मेरा एक काम करना होगा। कर सकोगी ?''

''पहले स्वीकृति दो, तो कहूँ। तुम्हें गोपनीयता की शपथ लेनी होगी। किसी को कानोंकान खबर न होने दोगी।''

युवराज का लहज़ा थोड़ा मुलायम था।

वह सहज हुई। आँखें ऊपर उठाईं। हाथ जोड़ कर कहा, ''युवराज, कहिए...मैं गरीब की पुत्री, भला आपके क्या काम आ सकती हूँ। मुझ पर भरोसा रखिए। कहिए...''

''भरोसा तोड़ने का दंड भी मिलता है...''

बल्लाल ने मुस्कुराकर कहा।

''ऐसी नौबत नहीं आएगी युवराज...''

''तो सुनो...''

बल्लाल देर तक उसे कुछ समझाता रहा। वह सुनती रही...उसकी आँखें हैरत से फैलती रहीं। उसे यकीन नहीं हो रहा था। उसने सब कुछ सुनने के बाद अपनी जुबान बंद कर ली। हाथ जोड़ कर वचन दिया और लौट गई, सेवकों के

साथ अपनी टोली के पास।

उसे देखकर टोली के लोग तरह-तरह के सवाल पूछते रहे। वह मौन, मंद-मंद मुस्कुराती रही। आँखों से हैरत के बादल छँटते ही न थे। उसे मीनाक्षी के भाग्य से भयंकर रूप से जलन हो रही थी। लेकिन भाग्य की बात है। मीनाक्षी के सितारे चमकदार थे। अलबेली वचनबद्ध थी। उसने खुद मीनाक्षी का ऐसा रूप गान किया है कि कोई भी पागल हो उठे।

''मीनाक्षी गुणवंती अति प्यारी, रूपयौवन की मदमाती क्यारी।''

मिथिला पहुँचने तक उसके दिमाग में यही सब कौंधता रहा। वह असहज थी। भैरव उसे नौका पर बाँसुरी सुनाता, पानी के छींटे मारता, उसे चिढ़ाता...

अंत में खीझकर बोला, ''तुझे युवराज से प्रेम हो गया है रे...अपनी हैसियत मत भूल जाना। समझीं। चंद्रमा की चाँदनी मिल सकती है, चाँद पूरा नहीं मिल सकता।''

''फ़ालतू मत बोल भैरव। तू नहीं जानता कि मिथिला के भाग्य में क्या लिखा है। सब कुछ उलट-पुलट होने वाला है। मुझे काले-काले बादल आकाश में गहराते दीख रहे हैं। लक्षण ठीक नहीं। वो देखो...तूफ़ान आने वाला है। नाव को सँभालो, बीच भंवर में हम डूब न जाएँ।''

''क्या बक रही है तू...क्या हो गया है तुझे... ?''

''कुछ होने वाला है...कुछ होने वाला है भैरव...''

अलबेली तरह-तरह की आशंका से काँप रही थी। जो काम उसे सौंपा गया था, वो मामूली काम न था। युवराज ने उसे ही क्यों चुना। किसी सेवक से संदेशा भिजवा देते। जिस पर वह मर मिटी, वही उसे साधन बनाकर अपने साध्य तक भेज रहा है। हाय री किस्मत...

नाव किनारे लग चुकी थी। सब साजो-सामान समेत अपने घरों की तरफ़ लौट रहे थे। खूब उपहारों से लदे थे सारे कलाकार। बंग-प्रदेश की मेहमाननवाज़ी से बड़े प्रसन्न थे। खूब वाहवाही लेकर लौटे थे। अलबेली ने वहाँ रंग जमा दिया था। युवराज ने अलग से मिल कर उसे बधाई दी थी। इन बातों पर सब खुश थे। सौमित्र मिसिर और मीनाक्षी को सब अपने अनुभव सुनाने वाले थे। अलबेली ने किसी तरह वो रात गुज़ारी और अगले ही दिन सुबह मीनाक्षी को लेकर नदी तट पर पहुँच गई। उसे खींचती हुई अपने साथ ले गई।

दोनों तट पर बैठी थीं, अलबेली शुरू से अंत तक सारी बातें बताती जा रही थी...कि बीच में मीना ने टोका, ''वहाँ के युवराज कैसे हैं? तू मिली उनसे...? क्या कहा, देखने में कैसे हैं...? सुना है, बहुत विद्वान हैं...बहुत पोथियाँ पढ़ रखी हैं...''

अलबेली के सब्र का बाँध टूट गया। जो उसने धाराप्रवाह बल्लाल का संदेशा उड़ेला कि मीनाक्षी हक्की-बक्की। उसकी बोलती बंद।

बंग-प्रदेश के युवराज, राजा पद के उत्तराधिकारी ने मिथिला की राजनटी को प्रेम का मौखिक प्रस्ताव भेजा था। मनोरंजन कक्ष में बैठकर मीनाक्षी के रूप-गुण की चर्चा सुनने के बाद युवराज मतवाले हो उठे थे। वो शीघ्र जवाब चाहते हैं। उनका दूत आता ही होगा। या वे स्वयं भी आ सकते हैं मिलने। वे व्याकुल हैं। वे प्रेम के बदले प्रेम चाहते हैं, जवाब भी हाँ में चाहिए। वे न नहीं सहन कर पाएँगे। वे जाने क्या कर बैठें। दिलोजान से चाहने लगे हैं मीनाक्षी को। उनका एक पल दिल नहीं लगता। वे छटपटा रहे हैं। ज़रूरत पड़ी तो वे मिथिला नरेश से तुम्हें माँग लेंगे।

अलबेली की साँसें फूल गई थीं। मीनाक्षी ने उसका चेहरा गौर से नहीं देखा, देखती तो समझती कि नदी से ज्यादा लबालब भरी उसकी आँखें थीं। मीनाक्षी तो मानो हवा में थी। उसे अपने सपनों का राजकुमार मिल गया था। वो सपनों का धुँधला चेहरा, घोड़ों की हिनहिनाहटें...यही तो है, यही...बस नदी के उस पार ही तो बसता है।

उसका दिल तेज़ी से धड़कने लगा। उसे बल्लाल से प्रेम हो गया। अलबेली बोले जा रही थी...मीनाक्षी रंगमहल में नाच रही थी। दो बलिष्ठ बाजुएँ उसे थाम कर उठाए ले जा रही थीं। राजनटी...नहीं...रानी मीनाक्षी...सारे सपने एक-एक कर साकार हो रहे थे। अच्छा हुआ, बंग-प्रदेश न गई।

उधर भी बेचैनी का हाल, इधर भी लगी आग। दोनों तरफ़ आग बराबर लगी थी। मीना वहाँ रानी बनकर जाएगी, नटी बनकर नहीं।

''आह...युवराज...तीर निशाने पर लगा है। मैं भी घायल हो गई हूँ। घायल की गति घायल ही जाने...''

वह जल बिन मछली की तरह रात-दिन तड़पने लगी। बल्लाल सेन की तरफ़ से दुबारा कोई संदेशा नहीं आया था। उसका जवाब लेने भी कोई नहीं

आया था। अलबेली आग लगाकर अदृश्य हो गई थी। बावरी-सी मीनाक्षी उसे ढूँढती फिरती। मन की दशा कहे किससे। सिर्फ़ सुनी-सुनाई बातों के आधार पर किसी से कहना उचित न था। इधर राज दरबार में आए दिन प्रस्तुति का बुलावा आता। वह अपनी टोली के साथ नगर-नगर, गाँव-गाँव घूम ही नहीं पा रही थी। उसके भीतर हताशा भर रही थी। उसने तो पहले ही दिन कहा था कि वह नगर-नगर घूमना नहीं छोड़ेगी। लेकिन इधर सौमित्र मिसिर कभी भी आ धमकते थे। उसे विवश होकर जाना पड़ता। जब भी वह टोली लेकर रवाना होने की योजना बनाती, राज दरबार से बुलावा आ जाता। उसे लगता, जानबूझकर उसके साथ ऐसा किया जा रहा है। वह राजनटनी बनकर सिमट गई थी। यही तो वह नहीं चाहती थी। राज दरबार में नृत्य करते हुए वह अपनी स्वभाविकता खो रही थी। सौमित्र समझ रहे थे। मगर वे जानबूझकर उसे दरबार में उलझाए रख रहे थे। वे चाहते नहीं थे कि वह उनकी पहुँच से दूर जाए। मीना उनकी चालें समझ नहीं पा रही थी। एक बार बंग-प्रदेश न जाकर हमेशा के लिए सौमित्र की इच्छाओं के आगे झुक गई थी। सौमित्र कुछ ज़्यादा ही करीब आने की कोशिश करने लगे थे।

अलबेली से सब सुनने के बाद मीना बदलने लगी थी। सौमित्र को लेकर उसका व्यवहार रूखा हो चला था। जब तब वह अलबेली को ढूँढती, उससे बल्लाल के बारे में तरह-तरह के सवाल पूछती। एक-एक बात जानना चाहती थी। उसने सौमित्र को बोला कि उसे संस्कृत और अच्छे से सीखनी है। पंडित श्रीधर आते तो उनके साथ बैठकर श्लोक पढ़ने और उसके अर्थ समझने का प्रयास करती। मीना में आए बदलाव को उसके करीबी लोग भाँपने लगे थे। बात धीरे-धीरे फैलने लगी थी कि मीना पर बंग-प्रदेश के युवराज का दिल आ गया है। अलबेली मीना से बचने की कोशिश करती। वह एक ही तरह के सवालों के जवाब देते-देते ऊबने लगी थी। पहले जैसी चुलबुली नहीं रह गई थी। उसे स्वप्न भी अजीब आने लगे थे। मानो नदी में लहरें उठ रही हों...कुछ नावें हिलती-डुलती दिखाई पड़तीं। वो धुँधला चेहरा स्पष्ट होने लगा था। उसे ध्वनियाँ सुनाई देतीं। चीख-पुकार सुनते ही नींद खुल जाती। पसीने-पसीने होकर बैठ जाती। रजनी आधी रात को ही जवान लड़की के पास दौड़ती हुई आती, पानी पिलाती। उसे सुला कर तब लौटती। मीना को लगने लगा था कि

ज्यादा दिन ऐसी मनोदशा रही तो वह विक्षिप्त हो जाएगी। क्या ज़रूरत थी, मेरे जीवन में हलचल मचाने की। सब कुछ बदल गया है। जाने कहाँ गई वो मीना। किसी का इंतज़ार किया करती है, सपनों में, जीवन में। कभी-कभी सोचती, कुछ ज्यादा ही बड़ा सपना देख लिया। या सोचती, अलबेली ने कोई मज़ाक किया है। बल्लाल के आगमन का कोई अता-पता नहीं था। मिथिला नरेश अपने वैभव में डूबे थे। प्रजा अपने जीवन में मग्न थी। पिता अपने फूलों के कारोबार में लिप्त थे। सब मानो अपने काम में व्यस्त थे। मीना से उसका मन छूटता जा रहा था। किसी अनिष्ट की आशंका से उसका दिल घबराने लगता था। प्रेम की अनुभूति, आशंका में बदल गई थी। श्रीधर पंडित उसे बढ़िया-बढ़िया पोथी लाकर देते, उसे मिथिला की प्राचीन नारियों के बारे में वेदों में जो लिखा है, वो पढ़ने को कहते। उसने गार्गी के बारे में उन्हीं के मुख से सुना था और उन्हें अपना आदर्श मानने लगी थी। जनक-दुलारी के भाग्य से डरती थी। उनकी सहनशीलता उसे डराती थी। मिथिला की नारियाँ खुद को वैदेही से जोड़ती थीं। मीना अपने को गार्गी से जोड़कर देखने लगी थी। उसने एक गीत लिखा—गार्गी-याज्ञवल्क्य के शास्त्रार्थ पर। सोचा था, 'कभी बंग-प्रदेश में मौका मिला तो इसे गाकर सुनाएगी, संस्कृत में। सब मान जाएँगे कि मिथिला की राजनटनी भी संस्कृत जानती है।' अपने कला प्रदर्शन से बचे हुए समय का सदुपयोग वह पोथियाँ पढ़ने में बिताती। इसी दौरान उसने जाना कि यहाँ हरेक घर में एक विद्वान बसता है, जिसने कोई-न-कोई ग्रंथ लिखा है, और वे सब बेहद मूल्यवान हैं। सब लोग उन्हें सँभाल कर, बचा कर रखते थे। कई विद्वानों को राज-संरक्षण भी मिला हुआ था। कई ग्रंथ मिथिला के ग्रंथागार में सुरक्षित रखे गए थे। सौमित्र समेत कई लोग मीना के अध्ययन में हुई दिलचस्पी से अचरज में थे। अलबेली सब समझ रही थी। इस बदलाव को उससे बेहतर कौन जान सकता था। आखिर चुपके-चुपके अलबेली भी तो संस्कृत श्लोक रटा करती है। मीना समझ नहीं पा रही कि अलबेली उससे दूर क्यों भाग रही है।

इधर राजनटनी का ये हाल था। उधर बंग-प्रदेश में नयी हलचल शुरू हो गई थी। लोक उत्सव समाप्त हुए दो मास बीत गए थे। मौसम बदल रहा था। शरद की आहट सुनाई देने लगी थी। युवराज ने मिथिला पर चढ़ाई की तैयारी शुरू कर दी थी। सैन्य संगठन ज़ोरों पर था। इस बार किसी अन्य राज्य

से उसने मदद की अपील नहीं की। उसकी रणनीति अपने पिता से अलग थी। वह गुपचुप आक्रमण करने की योजना बना रहा था। इस आक्रमण के पीछे कई मंसूबे काम कर रहे थे। पिता की हार का बदला लेना था, पिता का स्वप्न, विशालकाय ग्रंथागार बनाने के लिए मिथिला की पांडुलिपियाँ, पुस्तकें लूटना था। और...और...अपनी स्वप्न सुंदरी, राजनटनी मीनाक्षी को हासिल करना था। ये तीनों काम मिथिला को पराजित करके ही किए जा सकते हैं।

राजनटनी को संदेशा तो भिजवा दिया था, लेकिन किसी गुप्तचर को भेजा नहीं, नटी का जवाब लाने। यह भी उसकी रणनीति का हिस्सा था। अगर जवाब इन्कार में आता तो वह सहन नहीं कर पाता। तब गुस्से में बिना तैयारी के चढ़ाई कर देता। ऐसे में सारी युद्धनीति धरी रह जाती। यूँ ही नहीं उसका सखा गोपाल भट्ट उसे 'धर्म-रक्षक' और 'नीति-सम्राट' कहता है। इसी रूप में वह इतिहास बनाना चाहता था। बहुत दिन राज करने की उसकी भी इच्छा नहीं थी। अपने पिता की तरह वह भी भीतर से वीतरागी था। मिथिला पर पहली चढ़ाई थी, इसी दौरान वह मन-ही-मन अपनी ज़िन्दगी का पूरा प्रारूप तैयार करता रहा। इस समय विवाह, बच्चे, धर्म की पुनर्स्थापना, राज-काज और फिर उचित समय आने पर वनवास ले लेना। तीन पुस्तकें लिखना। उनके नाम तक सोच लिए, उनकी रूपरेखा तक बना ली। *सुख-सागर, दान सागर, अद्भुत सागर।*

वह इतना व्यावहारिक हो गया था कि उसे समझ में आया, जीवन कभी योजनाबद्ध ढंग से नहीं चलता। लेकिन एक राजा को, युग प्रवर्तक को प्रारूप तैयार करना ज़रूरी है। इसीलिए वह योजनाएँ बनाने में वक्त ले रहा था। विजयसेन प्रसन्न थे कि पुत्र का राजयोग आ रहा है। पंचांग के अनुसार, आश्विन (क्वार) मास के शुक्ल पक्ष की दशमी तिथि यानी दुर्गा पूजा के दिन उसकी ताजपोशी कर दी जाएगी। उसके पहले पुत्र ने अपना वादा पूरा करने का वचन दिया है। वे उसकी वीरता और कूटनीति से अत्यंत प्रभावित थे। वो पिछली गलतियों से सबक लेकर नयी युद्धनीति बनाएगा और इस बार विजय पक्की है। फिर मिथिला और बंग-प्रदेश एकसूत्र में बँध जाएँगे। चारों दिशाओं में सेन घराने का शासन होगा। बल्लाल सपने के पीछे जी जान लगा रहा था। पिता के सपने के साथ उसका अपना भी एक रंगीन सपना जो जुड़ गया था। उसे हर हाल में पूरा करता। चाहे राजनटनी तैयार हो न हो। एक बार उस पर दिल आ गया तो

उसे हासिल करना परम लक्ष्य बन गया था। इस संकल्प की भनक उसने किसी को नहीं लगने दी थी, सिवाए गोपाल भट्ट और एक-दो विश्वसनीय सेवकों के। जो आगे चलकर उसके सहायक साबित होने वाले थे। गोपाल भट्ट ने सवाल उठाया तो वे ठीक से उसका जवाब नहीं दे पाए थे।

''आपको निम्नकुल की स्त्रियाँ ही क्यों पसंद आती हैं। आप तो जाति-प्रथा के घोर समर्थक हैं, आपको एक नटी के पीछे भागना शोभा नहीं देगा...मैं आपके चरित में इस अध्याय को दर्ज नहीं करूँगा।''

बल्लाल ने अपने गुस्ताख मित्र को क्षमा भाव से देखा और मुस्कुरा दिया।

युद्ध पर जाने से पहले महारानी ने जानकारी दी, ''चालुक्य राजकुमारी रामा देवी का रिश्ता आया है। ताजपोशी के समय विवाह का मुहूर्त निकाला जाएगा। आपकी सहमति चाहिए।''

बल्लाल ने मौन साधे रखा। उसे ही उनकी सहमति मानी गई। अभी तो सामने एक हारी हुई बाज़ी जीतने की चुनौती थी।

मिथिला पर चढ़ाई का समय आ गया था। और मिथिला बेखबर थी।

पंचम अध्याय

"ये तुम जो नीला आकाश देख रही हो न, वो तुम्हारी आँखों का कमाल है। आँखों से छिटक कर रंग फैल गए हैं नील गगन में।"

शाम का समय था और आकाश बहुत साफ़-सुथरा और नीला दीख रहा था। सौमित्र मिसिर बहुत अनुरागी मन लिए मीनाक्षी के पास बैठे थे।

"गगन तो नीला ही होता है जब तक घटाएँ उसे घेर न लें, सूर्य उसे दहकाए न...आप काव्य रच रहे हैं सौमित्र...मैं एक गरीब नटी, जिसे आपके कारण राजनटनी का पद मिला, आपके प्रति आजीवन आभारी रहेगी।"

दोनों बातें करते-करते दूर निकल आए थे। अगले दिन सुबह-सुबह मीनाक्षी को किसी दूसरे गाँव अपनी टोली लेकर रवाना होना था। जाने से पहले सौमित्र उसके पास आए थे, उसे समझाने कि एक राजनटनी किन-किन नियमों से बँधी होती है। उसे नगर छोड़ने से पहले आज्ञा लेनी चाहिए। वो पहले की तरह आज़ाद नहीं है। ये ठीक है कि उसे राजा ने छूट दी है कि वह नगर-नगर, डगर-डगर घूम कर प्रस्तुति दे, फिर भी राजनटनी के कुछ कर्तव्य होते हैं। उसे उनका ध्यान रखना चाहिए।

सौमित्र भीतर से बहुत आहत थे, मीना के उपेक्षित व्यवहार से। जब काम हो, जब कोई बात मनवानी हो तो गले में लटक जाती है, इठलाती है, जैसे ही वे करीब आना चाहते हैं, या करीब आने का अवसर जुटाते हैं, वो दूर छिटक जाती है। कितनी मतलबी लड़की है। उन्हें आज बेहद क्रोध आ रहा था। वे दोटूक फ़ैसला चाहते थे। सब्र की भी कोई सीमा होती है। बहुत सब्र कर चुके। अब आर-पार का फ़ैसला होकर रहेगा। कोई कितनी प्रतीक्षा करे। प्रेम में सब्र कहाँ होता है। उन्हें कितना सब्र रखना पड़ा। कई बार मन में कचोट होती कि किसी महत्त्वाकांक्षी लड़की से प्रेम करना दुष्कर काम है। ऐसी लड़कियाँ, अपने काम

के प्रति इतनी धुनी होती हैं कि उन्हें पकड़ पाना आसान नहीं होता। वे अपनी प्रगति के लिए सिर्फ़ अवसर तलाशती रहती हैं। उनके सामने कोई आ जाए, उसे अनदेखा करके, राह का रोड़ा समझकर आगे बढ़ जाती हैं। सौमित्र के मन में कुछ इसी तरह के ख़याल घुमड़ रहे थे। मीना उनके हाथ नहीं आ रही थी। जब भी बात करो, सिवाए अपने काम के, कोई और बात करने की नौबत ही नहीं आने देती थी। बड़ी मुश्किल से उसके साथ नदी तट पर आई है। दूर-दूर तक वीराना है, सिर्फ़ अथाह जल है, दूर आती-जाती कुछ नौकाएँ हैं, तेज़ हवाएँ हैं जिनमें मौसम की आहट है, नदी की नमी है। मन की बात कह देने का इससे उपयुक्त समय और स्थान कोई और कहाँ।

''वो दूर देखो, किस तरह पानी पर झुकी हुई हैं टहनियाँ...पानी छूने को बेचैन हैं। न पानी ऊपर आता है न शाखें लंबी हो रही हैं। हवा का एक वेग आएगा, दोनों को मिला देगा। हम तुम इन्हीं की तरह हैं मीना...''

''उस हवा को मत रोको...उसे अपना काम करने दो...''

मीना पानी के बहाव को देख रही थी। पानी की दिशा जिस ओर थी, उस ओर उसका हृदय खिंचा चला जा रहा है। मन हुआ, छपाक से कूद जाए।

''हे नदी...मुझे ले चल वहाँ...जहाँ मेरा बैरी बसता है। जाने कब आएगा...कौन मास में, किस ऋतु में। अब तो कला-साधना में भी वह चपलता न रही। पहले भली थी मैं...कोई न था जीवन में...एक प्रतीक्षा थी। प्रतीक्षा बनी रहती, मेरी शक्ति बनी रहती। अभी तो तन-मन में जाने कैसी आग लगी है।''

मीना के मनोभावों से अनभिज्ञ सौमित्र अपनी बात कहे जा रहे थे—

''तुम तो श्लोक पढ़ लेती हो, समझ लेती हो...*अथर्ववेद* में एक जगह लिखा है—

> *उत्तुदस्वोत तदतुमा घृथा: शयने स्वे।*
> *इषु: कामस्य या भीमा तया विध्यामि त्वा हदि।।*
> *अधापर्ण कामशल्यामिषुं संकल्पकुल्मलाम्।*
> *तां सुसन्नतां कृत्वा कामो विध्यतु त्वा हदि।। (3/25/1-6)*

''आ बैठ प्रिया। मत सोती रह, तुझे उठाता मैं प्रेमी। बींधता हृदय, काम के तीर से...''

‘‘बस...बस...मैं इतना कठिन काव्य नहीं समझ पाती। आप बहुत विद्वान हैं, मैं अनपढ़ नटी। मैंने चोरी-चोरी पाठशालाओं में सुन-सुन कर सीखा है। थोड़ा-बहुत पंडित श्रीधर से सीख-पढ़ रही हूँ। इस उम्र में मन कहाँ लगता है पढ़ने में।’’

‘‘वेदों में ऐसा लिखा है... ?’’

उसने अपनी नीली आँखें फैलाईं।

सौमित्र को लगा, आकाश का थोड़ा और विस्तार हो गया है और क्षितिज से एक तीर आकर उनके हृदय को बींध गया है। उनका मन हुआ, मीना को अपने बाहुपाश में जकड़ लें। इतने दिनों का सब्र का बाँध टूट जाए।

मीना इससे पहले कि सँभलती, वह सौमित्र की बाँहों में थी। सौमित्र की दहकती साँसें उसके चेहरे से टकरा रही थीं।

उसके मुख से काव्य की पंक्तियों की जगह कामासिक्त बातें निकल रही थीं। वह एक कामुक कवि में बदल गया था।

‘‘बहुत सताया तुमने, मैंने तुम्हारे लिए क्या न किया, कितने प्रपंच रचे, राजद्रोह किया..अब सब्र नहीं होता...मैं तुम्हें अपना बना कर रहूँगा...तुम मेरी रानी बनोगी...तुम अपूर्व सुंदरी हो...तुम सिर्फ मेरी हो...मेरी...मैं तुम्हें सदा के लिए अपना बनाऊँगा...तुम सहमति दे दो मेरी मीना...आओ...आज हम इस साँझ को अपना मान कर एक हो जाएँ। नदी हमारी साक्षी रहेगी।’’

सौमित्र ने मीना को दबोच कर बेतहाशा चूमना शुरू कर दिया था। दुबली-पतली मीना ज़ोर से चीखी। पैरों से सौमित्र को ठोकर मारी और उससे छिटक कर अलग हो गई। उसकी चुनरी फट गई थी, धूल में वह मैली हो गई थी। केश खुलकर हवा में उड़ने लगे थे। चोली कसक-मसक गई थी। उसे किसी पुरुष का यह प्रथम स्पर्श अच्छा लगा था। कुछ देर वह सुख लेती रही...इस तरह तो किसी पुरुष ने उसे पहली बार छुआ था। पहली बार चूमा था। पहली बार उसके स्तनों को दबाया था। उसके कानों में अगर अलबेली के शब्द न गूँजते तो शायद वह ढीली पड़ जाती।

कानों में अलबेली ने कहा था, ‘‘तुम बल्लाल की अमानत हो...सँभाल कर रखना। एक दिन तुम्हें वो लेने आएगा। तुम्हें सुहागन करेगा...महलों की रानी बनोगी...वह तुमसे अटूट प्रेम करता है...तुम्हारे बिना जी नहीं सकता...

तुम न मिलीं तो वो मिथिला को नष्ट कर देगा...तुम उसकी हो...उसकी हो...
सावधान मीना...तुम पर किसी और का हक है...जो तुम्हें प्रेम करता है...प्रेम
साधिकार आता है...''

नियंत्रण...नियंत्रण...रुक जा...क्षणिक आनंद, स्वर्ग से वंचित कर देगा।
उसकी चेतना ने उसे चेताया। वह उन्माद को झटक कर दूर जा गिरी। दैहिक ताप
से सुलगता हुआ सौमित्र कराह उठा। उसे पैरों से चोट लगी थी। पेट पकड़ कर
वहीं भूमि पर बैठ गया था। मीना दूर खड़ी काँपती रही। वह कुछ बड़बड़ा रही
थी। सौमित्र पेट पकड़ कर तत्काल उठा और अंगारे बरसाने लगा—

''तुम क्या थीं, क्या औकात थी तुम्हारी, दो कौड़ी की नटी, कौन पूछता
तुम्हें, मैंने तुम्हें यहाँ तक पहुँचाया। तुमसे सुंदर स्त्रियाँ मिथिलांचल में भरी पड़ी
हैं। मुझे कोई भी मिल जाती। मैंने सबको छोड़कर तुम्हें अपना दिल दिया। तुमने
मुझे भरम में रखा...तुमने अच्छा नहीं किया। अपनी जाति दिखा दी...?''

''मैं आपसे प्रेम नहीं करती हूँ सौमित्र...आपसे मैत्री संबंध स्थापित किया
था, आपने उसके गलत अर्थ लगाए। मुझे क्षमा कर दें, मैं आपके उपकारों के
बदले अपने मन का सौदा नहीं कर सकती। मैं उस पुरुष को नहीं वरूँगी जिसे
मैं प्रेम नहीं करती।''

''किससे करती हो प्रेम...क्या विवाह नहीं करोगी तुम?''

सौमित्र का स्वर धीमा पड़ा। दर्द से अभी भी कराह रहे थे। बहुत ज़ोर से
लात मारी थी मीना ने।

मन-ही-मन मीना के प्रति हिंसक हो रहे थे, ऊपर से बातें करते रहे।
उनके भीतर मीना को सबक सिखाने और बदला लेने की इच्छा जाग उठी थी।
जिस लड़की को महल तक पहुँचाया, उसे नष्ट भी कर सकता हूँ, वापस झोपड़ी
में पटक दूँगा। फिर से बंजारा न बना दिया तो मेरा नाम बदल देना...

भीतरी दुनिया में ये घमासान मचा था।

बाहर से वे हार मानने को तैयार न थे। एक नटी के साहस पर हैरान भी
थे। जो हर बात के लिए उन पर निर्भर थी, उसे उपकृत करते रहते थे। उसकी
खातिर राज दरबार में बदनामी भी झेल रहे थे। उन्हें बदले में क्या मिला। ये
लातों का उपहार। ये अपमान कभी न भूलेंगे।

अपने मनोभावों पर काबू पाकर फिर पूछा, ''तुम किसी से प्रेम करती हो

तो बताओ। तुमने बताया क्यों नहीं। कोई है तुम्हारे जीवन में।''

मीना ने अपना मुख फेर लिया। वह घर लौटने को उद्धत हुई कि सौमित्र ने फिर आवाज़ लगाई, ''सोच लो नटी। मेरा प्रेम निवेदन ठुकराकर तुमने अच्छा नहीं किया। सच तो बताती जाओ। क्या चाहती हो तुम।''

''बल्ला...'' हवा में काँपता रह गया नाम।

ज़ोर से बोल कर भाग निकली। सौमित्र को ठीक से नाम सुनाई न दिया। इतना समझ में आ गया कि इसने किसी पुरुष का नाम लिया है और जिसका नाम बला...से शुरू होता है। अब इस नाम के पुरुष की खोज उसकी पहली प्राथमिकता हो गई थी, साथ ही उसके दिमाग में मीना को सताने के कई और षड्यंत्र बनने लगे थे। वह शक्तिशाली था, कुछ भी कर सकता था। वह राज दरबार और मीना के बीच एकमात्र संपर्क सूत्र था। उसके साथ शत्रुता महँगी पड़ने वाली थी।

वैसे भी प्रेम में चोट खाया हुआ शक्तिवान पुरुष भयानक हो उठता है। उसकी शक्ति का नशा उसे विनम्र नहीं होने देता। किसी प्रकार स्त्री के दमन के बारे में सोचता है। उसे इतना दबा दो कि वह शरण में आ पहुँचे। एक साधारण हैसियत वाली स्त्री के द्वारा ठुकराए गए पुरुष बहुधा बनैले पशु की तरह हिंसक हो जाते हैं।

मीनाक्षी अपनी टोली को लेकर रोज़ आस-पास के गाँवों में फिरने लगी। तड़के सुबह निकलती और शाम होते-होते लौट आती। उसके भीतर अनजाना भय बैठ गया था। उदासी उसके चेहरे पर स्थायी रूप से बस गई थी। पिछले दिनों जो कुछ हुआ, उसे अप्रिय लगा। उसे किसी अनहोनी की आशंका होने लगी थी। हर रोज़ शाम को घर लौटती तो लगता कुछ घटित न हो जाए। सौमित्र जाते-जाते धमकी दे गया था। वह शक्तिशाली है, कुछ भी कर सकता है। वह तो एक माली की बेटी ही है, वह भी नट समुदाय से। सौमित्र ने उसकी जाति को भी कोसा था। वह गरीब समुदाय से है तो इसमें उसका क्या कसूर। जाति उसने अपनी मर्ज़ी से नहीं चुनी। वह पैदा हुई तो यह दैव की मर्ज़ी रही होगी। सौमित्र

सच्चा प्यार करता होता तो क्या एक बार इनकार करने पर इतना बौखला उठता। इतनी जली-कटी सुनाता। उसके भीतर पहले से ये बातें जमा होंगी, तभी कह गया। क्या उपकार का बदला यही है कि वह उसे अपना प्रेम सौंप दे। प्रेम तो कहीं से नहीं, दैहिक आकर्षण है उसे। सौंदर्यमयी स्त्री को प्राप्त करने की इच्छा है उसकी। वो सोचता है, नटी है, गली-गली घूमती है, इनकी क्या प्रतिष्ठा। आसानी से हासिल हो सकती हैं ऐसी नटनियाँ।

प्रेम करने वाले पूछकर छूते हैं, हौले से हाथ पकड़ते हैं...या दबोचते हैं। पता नहीं...किससे पूछे। सारी सखियाँ अपने परिवारवालों की मर्ज़ी से विवाह करके चली गई थीं। किसी को प्रेम न हुआ। क्या जाने हुआ भी हो, प्रकट करने का अवसर और साहस न हुआ हो। इस नगरी की स्त्रियाँ लजाती बहुत हैं। बहुत गुणवंती होती हैं, खूब गाती हैं, मेला-ठेला में झूमती हैं, फूलों से सज्जा करती हैं, उनसे रंग बनाती हैं, दीवारों पर रंग-बिरंगी चित्रकारी करती हैं। ये सोचते ही उसे पार्वती की याद आई। छगन पमरिया से उसका ब्याह हुआ था और यहीं रह गई, किसी दूसरे नगर नहीं गई। बाल सखी थी, बचपन से साथ-साथ खेली-कूदी और नाची-गायी थी। उसका काम भी नाचने-गाने का था। उसका अंदाज़ अलग था, नटों से। ब्याह के बाद वह घर-गृहस्थी में उलझ कर रह गई। मेला-ठेला में मिलती तो छक कर बातें करती थी। उस मेले की यादें हैं। कुछ बरस बीत गए।

मीना तब तक चौदह बरस की ही थी। राजेश्वरी मन्दिर के पीछे वाले खुले मैदान में मेला लगता है प्रतिवर्ष। औरतों का मेला। अपनी तरह का अनोखा मेला। जाने कितने वर्षों से शरद ऋतु में लगता चला आ रहा है। दूसरे नगरों से नावें भर-भर कर औरतें आती थीं, मेले में भाग लेने। रंग-बिरंगी औरतें, सजी-संवरी, मेले का नज़ारा अद्भुत होता। पुरुष सिर्फ़ सामान बेचने आते थे या खाने-पीने का ठेला लगाते थे। मेला घूमती औरतें, खरीदार औरतें, झूला झूलती औरतें। चूड़ियाँ पहनती औरतें। खेला दिखाती औरतें, खेला देखती औरतें। मीना भी करतब दिखाती थी। युवा लड़के दूर से देखा करते थे उन्हें, पास आने की हिम्मत न पड़ती। मेले के आस-पास पहरेदार घूमते रहते थे। कोई अवांछित पुरुष अंदर प्रवेश नहीं कर सकता था।

किसी कोने में गाना गाती औरतें दिख जातीं तो किसी कोने में दो औरतें

गले लग कर रोती मिल जाती थीं। पार्वती ने ही बताया था, ''ये दो बिछड़ी हुई बहनें हैं, दो अलग-अलग नगरों में रहती हैं। मेले में अचानक भेंट हुई तो खुशी के मारे गले लगकर रो पड़ीं।''

मीना वहीं पास में बैठकर पूरा दृश्य देखने लगी। दोनों अपना मुँह ढँके गले में हाथ डाले कुछ गाती जातीं, रोती जातीं। कभी गीत उभरता, कभी रोदन। उस विलाप में लय था। वे सुख में रो रही थीं।

मीना को समझ में आया कि ये लोग अपनी भाषा में विलाप कर रहे थे।

''आगे माई...आगे माई...'' सुनाई दे रहा था। उनके आस-पास कुछ और महिलाएँ बैठी थीं, जो दोनों को चुप कराना चाहती थीं। सबके हाथ में छोटी-छोटी गठरियाँ, पोटलियाँ थीं।

मीना वहीं पार्वती का हाथ थामे बैठकर सारा दृश्य देखने लगी। दोनों औरतें अलग हुईं। एक-दूसरे के आँसू पोंछे और फिर अपनी-अपनी पोटली खोलकर एक-दूसरे को कुछ दिया, आस-पास वाली औरतें भी गोला बना कर बैठ गईं और फिर वे घर से लाई हुई पूरियाँ, पकवान बाँट कर खाने लगीं।

मीना को ये सब बहुत भाया मगर ये सोच कर भय खा गई कि किसी दिन उसे भी बाबा ब्याह कर किसी दूसरे नगर भेज देंगे तो अपनी मइया से मिलने के लिए, सखियों से मिलने के लिए तरस कर रह जाएगी। इसी तरह मेले में मिला करेगी, रोया करेगी गले लगकर और फिर अलग हो जाएगी। ये सोच कर उसका दिल दहल गया।

वह पार्वती के गले लग गई।

''मैं न जाने वाली ये नगरी छोड़कर। देख लेना...मैं ब्याह न करूँगी... बाबा को साफ़ बोल दूँगी...''

''तेरे बाबा तो दूर देस के राजकुमार का सपना देखते हैं सखि...वो आएगा, तुझे पुष्पक विमान पर उड़ा ले जाएगा। हम लड़कियाँ तय नहीं करतीं अपना भाग्य। हमारा भाग्य हमारे बाबा तय करते हैं। मुझे तो जहाँ भेजेंगे, जाना पड़ेगा। ज्यादा-से-ज्यादा दो साल तक रहूँगी, फिर द्विरागमन होगा तो सदा के लिए छूट जाएगा ये नगर।''

''द्विरागमन...''

मीना ने अपने समुदाय में ये शब्द नहीं सुना था। मिथिला नगरिया के ब्याह

बहुत देखे थे। उनके रस्म-रिवाज उसके समुदाय से एकदम अलग थे। बल्कि उसे मोहक लगते थे।

''द्विरागमन...'' मतलब शादी के दो साल तक नैहर में रहना पड़ता है फिर ससुरालवाले लेने आते हैं। ब्याह जितना ही तामझाम होता है, लेन-देन और फिर लड़की परायी सदा के लिए।

''मैं नहीं मानूँगी ये सब...मैं नहीं जाने वाली...मैं तो अपनी कला न छोड़ूँगी। हमारे यहाँ तो ब्याह के बाद भी औरतें यही काम करती हैं।''

''किसी नट से करेगी ब्याह ?''

पार्वती ने हँसते हुए पूछा।

''चल छोड़...जो कहूँगी तो बोलेगी, एक बंजारे की बेटी ऊँचे-ऊँचे सपने देखती है और सपने भी क्या हैसियत पूछकर आते हैं सखि...''

दोनों एक-दूसरे का हाथ पकड़े हँसती हुई मेले के भीतर जाकर गुम हो गईं। मेले में मीना को करतब भी दिखाना था। पहले वह अपनी मनपसंद चीजें खरीद लेना चाहती थी। मेले में ही सारी सखियाँ मिल गई थीं। रंभा, घोषा, मैत्रेयी सबकी सब कचरी-बड़ी खाती हुई मिल गई थीं। फिर जो मेले में धूम मची, सखियों संग, वो मीना की स्मृतियों में हमेशा के लिए बस गई थी।

उसी सखि पार्वती से बिछड़े उसे ज़माना हो गया था। उसके ब्याह के बाद उसकी खोज-खबर तक न ली थी। दोनों ने एक-दूसरे की खबर न ली। पार्वती के घर जाने के लिए निकली ही थी कि राज दरबार से प्रस्तुति का फ़रमान आ गया था। सौमित्र स्वयं नहीं आए थे। जगदल ठाकुर को भेजा था। राजनटनी को बुलाने के लिए किसी साधारण दरबारी को भेजना मीनाक्षी को अपमानजनक लगा। उसने बेरुखी से कह दिया, ''आवेंगे समय पर। सवारी भेज देना...''

मन खिन्न हो उठा था। सौमित्र और उसके बीच जो कुछ हुआ था, उसके बाद सौमित्र भला क्यों आने लगे। इतनी बेइज़्ज़ती के बाद कोई पुरुष शायद ही स्त्री का सामना करे। मीना के मन में खटका ज़रूर लगा था कि सौमित्र आसानी से छोड़ने वाला इन्सान नहीं है। वह कुछ-न-कुछ बुरा ज़रूर करेगा। किसी-न-किसी रूप में बदला लेगा। कैसे, क्या...यही उसकी समझ में नहीं आया था। राज दरबार से जल्दी-जल्दी बुलावा आना भी उसी बदले की भावना थी। पहले तो वह मुक्त थी। जहाँ चाहे जा सकती थी। वो बंधन मुक्त थी। इस घटना के

बाद से उसे लगा, शिकंजा कस रहा है। वह धीरे-धीरे फँसती जा रही है। मन में ख़याल आया कि राजनटनी है तो इतना करना पड़ेगा। या तो इस पद को वापस कर दे। या फिर बँधी रहे। बँधती चली जाए। मुक्ति की कामना बलवती होने लगी। ज्यों-ज्यों लगता घेरा बढ़ता जा रहा है, दम घुटने लगता।

यही सब सोचती-विचारती वह पार्वती के घर पहुँची। उसका घर मिट्टी का था। पामरिया समुदाय की बस्ती थी। छगन पामरिया अपनी बिरादरी में लोकप्रिय था। मीना अपने साथ थोड़े फल-फूल लेकर गई थी। पहली बार सखि के घर जो जा रही थी। सखि तो बाहर ही मिल गई। दोनों हाथ रंगों से सने हुए। घर की नयी भित्ती बनी थी, उस पर कुछ आकार बना रही थी।

दोनों सखियाँ रंग भूल कर एक-दूसरे से लिपट गई थीं। शिकवे-शिकायत, पानी-मिठाई के बाद मीना, पार्वती के संग भित्ती-चित्र बनाना सीखने लगी।

पतली-पतली रेखाओं से वह तरह-तरह के रूपाकार बना रही थी। बड़ी कुशलता से उसका हाथ चल रहा था। चारों तरफ़ मछलियाँ, फूल-पत्तियाँ और मनुष्यों के रूपाकार।

''चल, तू भी बना। ये ले रंग, फूलों से बने हैं। घर में ही बनाते हैं हम... ये कूची उठा। इस तरह लाइन खींच...''

पार्वती ने एक स्त्री-पुरुष बनाया था जो एक-दूसरे से लिपटे हुए थे। उनकी अलग-अलग भंगिमाएँ थीं। कहीं वे लेटे हुए थे, कहीं बागीचे में झूल रहे थे...

मीना गौर से उन आकृतियों को देखकर मुग्ध हो रही थी। बारीक, काली रेखाओं से बनी आकृतियों के भीतर इतने चटक रंग थे कि मीना ने सोचा, 'ऐसा अपने घर की दीवारों पर भी बनाएगी।'

''ये केसरिया रंग इसमें भर, पता है, तेरे ही बागों से हरसिंगार चुनकर लाती हूँ, उसके डंठल तोड़ कर सुखाती हूँ फिर केसरिया रंग बनाती हूँ...गेंदा फूल उबाल कर पीला रंग या फिर हल्दी की गाँठ पील लेती हूँ...इसी तरह और ...''

''फूल तुम्हारे, रंग हमारे सखि...''

''मैं भी बनाना चाहती हूँ, तूने सीखा है क्या?''

पार्वती जब फूलों की बात करती है तो फूलों-सी खिल उठती है। बचपन में दोनों ने एक साथ कुसुम खेत में खूब फूल लोढ़े हैं। खूब वेणियाँ बनाई हैं, गहने बना कर पहने हैं।

‘‘नहीं रे, हमारे यहाँ मिथिला की हरेक लड़की बनाना जानती है, पैदायशी चितेरी होती हैं, अपने आप बना लेती हैं, तुम भी तो मिथिलानी हो...बना कर देखो...अपने आप बनने लगेगा...हम तो बस रेखाएँ खींचते हैं और रंग भर देते हैं...चल बना...’’

‘‘पहले कहीं और बनाऊँगी...खराब हो तो हँसना मत...मिटा दूँगी...कोई और जगह बताओ, जहाँ कोई न देखे...’’

पार्वती उसे पीछे की तरफ़ ले गई। खाली भित्ती थी, मीना ने रेखाएँ खींचनी शुरू कीं। पार्वती हैरान होती चली गई...

‘‘ये नटी तो सर्वगुण संपन्न है रे बाबा। अरिपन भी बना लेती है। अरे... ये क्या... ?’’

‘‘ये कौन है...अरिपन में किसी रूपाकृति का चेहरा स्पष्ट नहीं होता है। ये कौन है...पुरुष... ?’’

मीना पर जैसे जुनून सवार था। बनाते हुए तप रही थी।

फूल ही फूल थे, उनके बीच एक पुरुष, मुकुट पहने, हाथ में ग्रंथ लिए खड़ा था। एक हाथ आगे की तरफ़ बढ़ा हुआ, एक स्त्री उसे थाम कर खड़ी थी, चुनरी में मुँह छुपाए...

‘‘यह पुरुष कौन है मीना ?’’ ये तो कोई राजा लग रहा है...तूने इतना स्पष्ट चेहरा किसका, कैसे बनाया... ?’’

पार्वती उसे झकझोर कर पूछ रही थी, मीना ने कूची रोक ली।

‘‘आयं...ये क्या हुआ ?’’ मीना मानो किसी और लोक से लौटी हो।

‘‘तू किस राजा से प्रेम करती है, कौन है ये, कहाँ के है, जल्दी बता...इतनी बड़ी बात तूने हमसे छुपाई।’’ पार्वती उसे पकड़ के आँगन में ले गई। देर तक दोनों सखियाँ दिल की बातें करती रहीं। मीना ने अपना दिल खोल दिया। पूरी घटनाएँ सुना दीं। अलबेली की बातों ने उस पर मंतर मार दिया है। वह बल्लाल सेन से प्रेम कर बैठी है। और ये नहीं पता कि उनसे कब मिल पाएगी। बंग-प्रदेश जाने का मन हो रहा मगर बल्लाल ने मना किया है। उसने स्वयं आने की बात कही है। कितनी प्रतीक्षा करे। अलबेली को लौटे दो माह से ज्यादा हो गए थे। एक-एक पल उसे भारी लग रहा था। उसकी मनोदशा का असर उसकी कला पर पड़ने लगा था। नृत्य करते समय जो आह्लाद होता था, वहाँ उदासी छा

जाती है। मन को सँभालती है फिर जबरन मुस्कुराती है। संसार के सामने अपने दर्द और अभाव को छिपा कर मुस्कुराना ही एकमात्र रास्ता होता है कलाकार के सामने।

पार्वती से बात करके उसका मन हल्का हो गया था। कुछ दर्द आँखों से बहे, कुछ बातों से निकले। पार्वती उसे दूर तक छोड़ने आई थी। बहुत दिलासा दिया। जितना समझा सकती थी, समझाया। पार्वती चिंतित हो उठी थी कि एक नटी के भाग्य में कोई राजकुमार नहीं हो सकता। किसी ने मज़ाक किया है मीना के साथ। मीना इसे मज़ाक मानने को तैयार न थी। जिस तरह से अलबेली ने सब कुछ बताया था, उस पर अविश्वास करने का सवाल ही नहीं उठता था। अलबेली ऐसा भयानक मज़ाक क्यों करेगी उसके साथ।

''मैं प्रतीक्षा करूँगी उनकी...चाहे ये उम्र बीत जाए...''

''तू ठीक नहीं कर रही मीना।''

''जाने दे, वैसे भी ये जीवन तो नाचने-गाने, करतब दिखाने में ही गुज़ारना था, ये अचानक कोई आया तो हमें कुछ हो गया, अब ये अपने वश में तो नहीं है न सखि...इसके पहले मैंने किसी पुरुष के बारे में ऐसा नहीं सोचा था। मन में इच्छाएँ कई बार जागीं, सौमित्र से नेह जुड़ते-जुड़ते रह गया। मैं प्रतीक्षा करूँगी...अंतहीन प्रतीक्षा...वो आए या न आए, एक दिन नदी में कूद कर जान दे दूँगी...''

पार्वती इतनी चिंतित हो गई कि उसे सूझा ही नहीं, क्या जवाब दे। बात इस हद तक चली गई थी।

ये रोग ही ऐसा है जिसका उपचार किसी के हाथ में नहीं।

चलते-चलते मीना ने पार्वती से पूछा, ''तुम अपने भित्ति चित्रों में किनकी तस्वीरें बनाती हो ?''

''रामजी और सीताजी की कथा बनाते हैं, कृष्णजी-राधारानी के प्रणय दृश्य...मछलियाँ हमारी पहचान हैं...हम मिथिला वाले माछ और मखान वाले हैं न...''

मीना को ध्यान आया, दो मछलियाँ यहाँ का राजचिन्ह भी हैं। शुभ मानते हैं। पहली बार जब राज दरबार में प्रदर्शन के लिए जा रही थी तब मैया ने द्वार पर जल से भरा पात्र रखा था, जिसमें दो छोटी मछलियाँ तैर रही थीं।

''सौमित्र से सावधान रहना। जब तेरा राजकुमार मिले तो मेरे बारे में बताना ...ठीक है।''

पार्वती के गले लगकर मीना ने कहा, ''विधाता ने जो लिखा है, वही तो होगा। विधना को भला कौन टाल सका है।''

'ये लड़की भी न, कई बार दुर्बोध बातें करती है। जाने क्या लिखा है इसके भाग्य में,' ठंडी साँस छोड़ते हुए पार्वती उसे देर तक जाती देखती रही।

सुशोभन माली के दुर्दिन की शुरुआत हो चुकी थी। एक-एक करके उनसे उनकी ज़मीनों का हिसाब माँगा जा रहा था। उनके बाबा को दान में मिली ज़मीन का वो क्या हिसाब देते। सौमित्र ने पीछे छुपकर घात करना शुरू कर दिया था। वे मीना और रजनी से भी अपना दुख, परेशानी बता नहीं पा रहे थे। वे खेतों में विशालकाय जलाशय से पानी लेते थे, उन्हें रोक दिया गया। बिना अनुमति के पानी वहाँ से नहीं लेना है। बरसाती तालाबों से पानी का इंतज़ाम करें। फूलों का व्यापार मंदा पड़ गया। अचानक राजेश्वरी देवी मन्दिर के पास एक और दूकान खुल गई थी, जिसमें फूलों के साथ-साथ पूजा की सामग्री भी बेची जाती थी। सुशोभन के यहाँ लोग अचानक कम आने लगे। उधर जो विक्रेता था, वो ज़ोर-ज़ोर से आवाज़ें लगाता। सबका ध्यान खींचता। सुशोभन को सब कुछ विचित्र लगता। वो समझ नहीं पा रहा था कि अचानक ये उसके साथ क्या हो रहा है। क्या विधना खेल कर रही है। कुसुम खेती के लिए जो ज़मीन मिली थी, उस पर खेती रोक दी गई। कुछ हिस्सा खाली करा लिया गया। गेंदे के पौधों को उखाड़ने का राजकीय आदेश लेकर सौमित्र खुद आया। सुशोभन उसे देखते ही खिल उठे। उम्मीद की किरण नज़र आई। सौमित्र के सामने अपने दुखों की पूरी सूची लेकर बैठ गए थे वो। वो सुनता रहा, कुटिल मुस्कान लगातार चेहरे पर खिली रही। उसे पीड़ा सुनकर आत्मिक आनंद की अनुभूति हो रही थी। वो अपनी चालों में सफल हो गया था। जितना परेशान कर सकता था, किया। कुछ और परेशानी लेकर पहुँचा था सुशोभन के पास।

सुशोभन की पूरी बात सुनने के बाद उसने पत्ते खोले, ''आप लोग तो

बंजारे हो न। आप लोगों का तो कोई देस नहीं होता है न। फिर यहाँ कैसे घर बना लिया। किसने बसाया आप लोगों को। बंजारों को तो काफ़िले में रहना शोभा देता है। आप लोगों का काम भी वही, करतब दिखाते रहिए, घूम-घूम कर। आपकी बेटी भी तो यही काम करती है। जबकि वो राजनटनी हैं। क्या उन्हें ऐसा करना चाहिए...फिर उठाइए आप लोग डेरा यहाँ से...राजाज्ञा मँगवानी पड़ेगी क्या?''

''आप ऐसा कहर मत ढाइए श्रीमान...हमारे पूर्वज यहाँ बसे थे। अब यही हमारा देस है, यही मेरी मातृभूमि। हम यहीं जान देंगे अपनी, कहीं न जाएँगे। हम कलाकार लोग हैं, कला से देस की सेवा करते हैं। आवश्यकता पड़ी तो हम युद्ध में भी जाएँगे, साथ। हम कायर लोग नहीं हैं, कभी आज़मा कर देख लेंगे श्रीमान...हमारी निष्ठा पर संदेह मत करिए। ये घोर अन्याय है। मिथिला हमारी भूमि है...हमारी माता है...''

सौमित्र हँसा, ''बंजारे कहाँ ठहरते हैं श्रीमान। आप जब काफ़िले के न हुए तो हमारे देस के क्या होंगे? अगर इतनी ही निष्ठा है तो राजनटनी, राज्य के संरक्षण में क्यों नहीं रहती। क्यों मारी-मारी फिरती है।''

''और एक बात—उसका ब्याह क्यों नहीं कर देते, राजनटनी है, कोई मामूली बंजारन नहीं। कोई भी संभ्रांत कुल का योग्य वर मिल जाएगा।''

सौमित्र मुँह बना-बना कर बोल रहा था। सुशोभन, सब सुनकर ज़मीन में गड़ा चला जा रहा था। उसे यकीन न हुआ कि ये वही सौमित्र मिसिर हैं, जिन्होंने मीना के लिए सब कुछ किया। उसे राजनटनी तक बनवाया। अन्यथा एक मामूली माली की बेटी को कौन राज दरबार में प्रवेश देता। चाहे कितनी भी सुंदर हो। गरीब की बेटी की सुंदरता भी अभिशाप की तरह होती है। चारों तरफ़ से गिद्ध दृष्टि लगाए रहते हैं। मीना तो वैसे भी बहुत उन्मुक्त नटी है। बंधन-मुक्त। अपने मन की रानी है। किसी की नहीं सुनती है। बचपन से ऐसी ही है और उस पर कोई रोक लगा नहीं सकता। कोई गलत काम करती ही नहीं। आज तक उसके बारे में एक गलत बात सुनने में नहीं आई है। समय आने पर जहाँ ब्याह दूँगा, चली जाएगी।

नटों में कोई उसकी टक्कर का दीख भी तो नहीं रहा। न ही मीना ने किसी को पसंद किया था।

''श्रीमान, आप ही बताएँ कोई योग्य वर, मीना से पूछ लूँगा।''

''लड़की से क्या पूछना, तुम बाबा हो उसके। तुम देखो, अपने आस-पास, खुद तय करो। एक बाबा से अच्छा बेटी का भला-बुरा कौन सोच सकता है और मैं हूँ न सहयोग के लिए...बेहिचक कहो।''

''और ये सब जल्दी कर लो, कहीं देर न हो जाए...अच्छे कुल में करोगे तो तुम्हारे समुदाय का भला हो जाएगा। मिथिलावासी हो जाओगे, यहाँ के लोग अपना लेंगे। बाहरी होने के आरोप से मुक्ति। रोटी, बेटी का रिश्ता कूटनीति भी होती है। क्या समझे...? फिर जल्दी आता हूँ। सोच कर रखना...''

सौमित्र हाथ चमका-चमका कर बात कर रहा था। इस रूप में उसे कभी नहीं देखा था। हमेशा उसे कोमल, मधुर और सुशील, मददगार युवक पाया था। इस समय उसे सबसे बड़ा दुष्ट नज़र आ रहा था जो उसकी चिंता बढ़ाने आया था। सौमित्र उसे डरा-धमका कर लौट गया और सुशोभन गहरी चिंता में डूब गया था। उसे कोई रास्ता नहीं सूझ रहा था। उसने सोचा, 'मीना से ही सीधे बात कर ली जाए। शायद कोई रास्ता निकले।'

मीना को ढूँढता फिरा। देखा, आँगन में, चटाई पर बैठी अपनी मैया से कुछ बात कर रही थी। सफ़ेद कपड़े पर रंगीन धागे से कुछ कढ़ाई-सिलाई भी कर रही थी। दोनों को किसी गंभीर वार्ता में देखा तो सुशोभन ठिठक गया। चुपचाप छुपकर सुनने की कोशिश करने लगा।

''मैया...मैं जो अगर ब्याह कर दूर चली गई तो, क्या करोगी, रह लोगी न मेरे बिना।''

''कैसी बातें करती है, मैं तो न जाने दूँ पराये देश, देखा नहीं पार्वती का ब्याह यहीं के पमरिया से हुआ, मैं भी देखूँगी तेरे लिए कोई सलोना-सा नट, है एक मेरे ध्यान में...तेरे बाबा का भी हाथ बँटाएगा, कुसुम खेती में...तेरा काम भी नहीं रुकेगा। दोनों मिलकर खूब नाचना-गाना, करतब दिखाना। मैं तेरे छोटे-छोटे बच्चे पालूँगी...मेरा मन उनसे लगा रहेगा।''

रजनी के चेहरे पर वात्सल्य उमड़ने लगा था।

''और ये सब न हो तो...क्या तेरा दिल टूट जाएगा मैया।''

रजनी धागे के गोले बना रही थी, रुक गई। उसका चेहरा फक्क पड़ गया।

''कैसी अशुभ बातें बोल रही है। हमने आज तक तुझे कुछ नहीं कहा, न

रोका। जो तेरी मर्ज़ी हुई, तुमने किया।''

''मेरे स्वप्न अलग हैं मैया।''

''और जो हमने स्वप्न देखे तेरे लिए, उनका क्या ?''

''और क्यों बोल रही ऐसा, कोई बात है क्या...कहाँ जाने की सोच रही है, हमें बता दे अपना इरादा..तू जानती है न, एक ही है हमारी संतान...तुझे दूर भेज कर हम जी न पाएँगे...बुढ़ापे में तेरा ही मुख देखकर मरेंगे री...''

''हमारे बुढ़ापे का सहारा मत छीनना बेटी।''

रजनी कातर हो उठी थी। मीना कढ़ाई छोड़कर उसके गले लग गई। दोनों स्त्रियाँ स्नेह से भीग रही थीं। दोनों की आँखें गीली थीं। दोनों के कारण अलग-अलग थे।

धीरे-से सुशोभन उनके पास पहुँचा और उन्हें चिहुँका दिया। दोनों चिहुँक कर अलग हुईं।

''क्या बात है, मैया-बेटी में आज बहुत दुलार हो रहा है। बेटी की विदाई नहीं कर रहे हम मीना की मैया...हमारी बेटी कहीं न जाएगी, यहीं रहेगी, हमारे पास...सदा के लिए। हमने सोच लिया है। किसी बड़े खानदान में इसका रिश्ता करेंगे। शान से जीएगी हमारी राजनटनी। ये सिर्फ़ हमारी पुत्री ही नहीं, इस देस की राजनटनी भी है। इस पर देस का भी हक है।''

''बाबा...''

''रजनी, मुझे याद है, मेरे बाबा कहा करते थे, 'बेटा, ज़रूरत पड़े तो इस देस के लिए जान देना, कभी गद्दारी मत करना। ये हमारा देस है...इसने हमें शरण दी है। इसकी आन हमारी आन है।' मैं कभी नहीं भूला...और ये देख, हमारी बेटी ने तो शपथ ली है, इस देस की, राजनटी बनने पर।''

मीना मौन रही।

''क्या बना रही थी हमारी बेटी... ?''

सुशोभन ने कपड़े का टुकड़ा उठाया, ''क्या है ये, हमारी राजनटनी को ये भी कला आती है।''

रजनी ने कहा, ''ये लूर हमने सिखाया है, लड़की को सारे हुनर आने चाहिए। ये सब अपने साथ लेकर ससुराल जाएगी, तो धूम मच जाएगी...इतनी सुंदर और गुणवंती लड़की कहाँ देखी होगी किसी ने।''

''सुंदर तो तुम भी कम नहीं हो रजनी, नीली आँखें इसने तुमसे पाई हैं... तुमने किससे पाई, हमें कहाँ पता...''

सुशोभन परिहास कर रहा था। माहौल हल्का हो चला था। मीना की उदासी भी छँट गई थी। उस कपड़े पर मीना ने वही आकृति बनाई थी जो पार्वती के घर की भित्ती पर बना चुकी थी।

प्रेम एक पल में पराया कर देता है। उनसे दूर कर देता है जो अपने होते हैं। प्रेम का अपना मनोलोक होता है। मीना उसी मनोलोक में जी रही थी। किसी का इंतज़ार था उसे। कोई आएगा...उसका हाथ थाम कर अपने संग ले जाएगा... दूर...कहीं दूर...नदी के उस पार। एक नयी दुनिया होगी, जहाँ की वो रानी होगी। किस्सों के राजा जैसा सचमुच का एक राजा होगा। मैया और बाबा को भी वहीं बुला लेगी, अपने साथ। कितना सुंदर संसार होगा।

बस एक चीज़ छूटेगी...वो है करतब कला। नृत्य नहीं कर पाएगी। फिर जीवन बेकार न हो जाएगा! सोचते ही झुंझला गई मीना। किसे चुने...प्रेम या कला...कला या प्रेम...ऊँह...बाद में देखेंगे। अभी तो सिर्फ़ आतुर प्रतीक्षा है। उसने राजेश्वरी देवी को मन-ही-मन प्रणाम किया—हे देवी मैया...मेरी झोली में मेरा सौभाग्य डाल दो न। अपनी लाचारी के बारे में सोचते-सोचते इतनी बेचैन हुई कि उठकर नृत्य करने लगी। समूचे दैहिक आवेग के साथ नृत्य। अपनी ही बाँहों में खुद को दबोचती हुई, अपने गालों को छूती हुई। अपन केशों को खोल कर झूमती हुई।

फिर उसने गान शुरू कर दिया। राज दरबार में इस बार यही गान होगा। उसका अभ्यास भी हो गया।

राज दरबार में उसका बुलावा था। नृत्य संध्या के लिए। पहली बार सांध्यकालीन प्रस्तुति देनी थी। इसके पूर्व दिन में साप्ताहिक आयोजन होते थे।

सांध्य सुनकर थोड़ा चौंकी थी। फिर समझ गई थी कि सौमित्र सारा खेल कर रहा है। मीना बनी ही थी, चुनौती लेने के लिए और उस पर खरा उतरने के लिए। मैया और बाबा को साथ चलने से मना कर दिया था। उसके साथ पाँच कलाकारों की टोली थी। उसे कोई भय न हुआ। जब वहाँ पहुँची तो उसे मनोरंजन कक्ष के बजाय किसी दूसरे प्रकोष्ठ में ले जाया गया। वह विशालकाय अर्द्धचंद्राकार प्रेक्षागृह था, जिसमें काफ़ी लोग बैठे थे। सौमित्र काफ़ी सक्रिय

था आयोजन में। मीना तब चौंकी, जब उसने वहाँ अलबेली को उसकी टोली के साथ देखा।

''तो ये चल रहा है षड्यंत्र,'' धीमा स्वर निकला।

फिर मीना ने बुझे मन से अपनी प्रस्तुति दी। उसने सीता विरह के गीत गाये और नाची। सुनने-देखने वाले कलप उठे। खूब वाहवाही हुई। सौमित्र ने उसकी अनेदखी की और एक बार उसके मुख से वाह न निकला। मीना की ओर देखा भी नहीं। बहुत धक्का लगा मीना को। ऐसे रूखे व्यवहार की आदत जो न थी। लेकिन उस अप्रिय घटना के बाद ये दूरी संभावित थी।

सौमित्र अलबेली को खूब भाव दे रहा था। मीना के बाद अलबेली का नृत्य शुरू हुआ। उसकी अपनी कौंध थी, अपना कौशल था। उसने रास गाया और नृत्य किया। राजा समेत सभी सुधि जन मीना के विरह-गान को भूल गए, अलबेली याद रह गई। जो सबसे अंत में आता है, गाता है, बोलता है, वो देर तक स्मृतियों में बना रहता है। मीना को समझ में आ गया कि जानबूझकर उसके बाद अलबेली को मौका दिया गया ताकि वह सबकी स्मृतियों में ठहरी रहे। सौमित्र अपनी चाल में कामयाब हो गया था।

वह रात मिथिला में जश्न की रात थी। कहीं दिल जल रहा था, कहीं उम्मीदें जगी थीं तो कहीं असंख्य मशालें जल रही थीं। विशालकाय नदी की छाती पर असंख्य नावें अँधेरे में झिलमिलाती हुई राजधानी की तरफ़ बढ़ी चली आ रही थीं। राजधानी की सीमा पर रातोंरात कुछ शिविर तन गए थे। सुबह कहानी बदलने वाली थी।

विधना को जो मंजूर।

<h1 style="text-align:center">षष्ठम् अध्याय</h1>

आँखों में जब कोई रात जागती है तो रात आँखों का रंग बदल देती है। मीना की आँखों में रात जगी रही। नींद कोसों दूर थी, रह-रह कर कोई रोशनी झिलमिलाती थी। उस रोशनी में कई घटनाएँ झिलमिला उठी थीं। राजमहल से लौट कर उसने बहुत अपमानित महसूस किया था। वहाँ जिस तरह का व्यवहार उससे किया गया, वह उसके कोमल मन को झकझोर गया था। वहाँ उसने अपनी उपेक्षा को महसूस कर लिया था। उसे पसंद करने वाले नगर सेठों ने पहले की तरह ही सराहा, लेकिन राजपरिवार से कोई वाहवाही नहीं मिली। सामान्य शिष्टाचार के तहत उसकी प्रस्तुति खत्म हुई और वो विदा हुई। वो भांप सकती थी माहौल को। उसे पहली बार अफ़सोस हुआ कि क्यों बन बैठी राजनटनी। न बनती, न दुख का बोझ उसके कंधे पर आ जाता। एक दुख नहीं, अनेक दुख। समूचा जीवन धार पर चढ़ गया है। रात भर महसूस होता रहा कि वह विशालकाय नदी के बीचोंबीच खड़ी है और एक गहरा भंवर उसे डुबोने पर आमादा है। हवा में कोई एक हाथ बढ़ता है उसे बचाने कि नाव पलट जाती है।

हल्की झपकी आई थी कि ऐसे सपनों का झोंका आया और चिहुँक कर उठ बैठी। बचपन होता तो ज़ोर से चीखती। मैया दौड़ती हुई आतीं और उसे थपकी देकर सुला जातीं। अब जवान हो गई है। मैया की थपकी उसका जी नहीं बहला पाएगी। इस उम्र में कोई एक प्रेमिल थपकी चाह रही थी जो उसके माथे को सहलाते हुए चूम ले। वो आँख बंद करके लेटी रही। ताप महसूस करती रही। चुंबन का ताप, जो इसी उम्र में महसूस होता है।

रात भर आँखों में नींद ताकती रही...कोई रोशनी झिलमिलाती रही...उम्मीदें टूटती-बिखरती रहीं। अपनी देह से उस रात खुद ही प्यार करना चाहा। उसकी कल्पना में वो चित्रों वाला, अलबेली द्वारा वर्णित पुरुष झिलमिलाता रहा। कसमसा उठती। करवट बदलती तो शय्या चुभती।

''तुम कौन हो, कहाँ हो मन के मीत... ?''

अपनी ही बाँहों में खुद को जकड़ लिया। लोटती रही शय्या पर। अपनी बाँहों को मुक्त कर अपनी हथेलियों को अपनी सुराहीदार गर्दन पर फिराना शुरू किया। उँगलियाँ मानो वीणा के तार बजा रही हों। अंग-अंग एकतारा बन बज उठा था। देह से आदिम संगीत उठने लगा था।

''आओ...जल्दी आओ...चले आओ...रेत-सी झर जाएगी मेरी कामनाएँ कि तुम चले आओ। वर्षा में देर हो तो माटी भी रेत हो जाती है। रेत को कोई बारिश फिर से माटी नहीं बना सकती। मैं रेत हो रही हूँ...जब से तुम्हारे बारे में जाना है, सुना है, तुम्हारा प्रेम संदेश, मैं खुद से भी बेगानी हो गई हूँ।''

देर तक अपने आप से बातें करती रही मीना। जब प्रेम रोग लगा हो और विरह का ज्वर हो तो नींद कहाँ। उठ कर बाहर निकल आई। भोर का तारा ऊपर दिख रहा था। उसे कुछ हवा में अजीब-सी हलचल सुनाई पड़ी। मानो चारों तरफ़ से लोगों के चलने की आवाज़ें हों। कान लगा कर सुनना चाहा। कहीं दूर से कभी कोई हलचल सुनाई देती, फिर कोलाहल गायब।

बाहर ही बैठे-बैठे भोर किया। पूजा वाली जगह पर लाल कपड़े में लपेट कर रखा *अथर्ववेद* उठा लाई। उनके आने से पहले कुछ तो पढ़ लेगी।

एक राजनटनी और एक राजकुमार। क्या जोड़ है कोई। दोनों अपनी कला के माहिर। न वो नर्तक, न मैं ज्ञानी। वो मेरी कला और सौंदर्य के उपासक हैं तो मैं उनके ज्ञान और सौंदर्य की बावरी।

शरद ऋतु की शुरुआती भोर हो चुकी थी। पौ फट चुका था। भोर का उजाला फैलने लगा था। हवा में हल्की ठंडक थी और मिली-जुली गंध थी। सबसे बेखबर, दूर, एकांत स्थान पर बैठी वेद बाँचने लगी। उसमें से कुछ मंत्र ढूँढ रही थी, जिन्हें याद कर सके। जब उनसे मिले तो उन्हें सुना कर प्रभावित कर सके। उसे कुछ समझ में नहीं आ रहा था, किस अध्याय से शुरू करे। कुछ टटोल कर पढ़ना सीख ही गई थी। पंडित श्रीधर की मेहनत और सीख रंग लाई थी। वह अपने प्रेमी से मिलने से पहले कुछ और गहन गंभीर बाँच लेना चाहती थी। क्या पता, वे पूछें। क्या पता, उन्हें अच्छा लगे। बहुत-पढ़े लिखे हैं वे। सब कहते हैं, ''संसार में उनकी इसी रूप में प्रसिद्धि है।'' ऐसे राजकुमार की प्रेमिका बनना कोई खेल नहीं। उनके लायक खुद को तो बनाना चाहिए न।

जश्न की रात लौटी तो देर रात तक वेद पढ़ती रही। फिर सुबह उठकर पढ़ने लगी। साथ में पंडित श्रीधर उसे पाठ का तरीका भी समझा गए थे। वह मंत्रों को बार-बार बोल कर पढ़ती ताकि उनके अर्थ खोल सके।

शुरू में उसे रुचि नहीं जगी। उसे रस नहीं आया। पहली मुलाकात में क्या गंभीर बात करेगी। जाने वे क्या बातें करें। उसे तो कुछ रसिक बातें करनी चाहिए। फिर वेद ही क्यों। किसी कवि का काव्य मिल जाए तो अच्छा। किससे कहे। सौमित्र जैसा मित्र भी खो चुकी है। सखियाँ सब दूर जा चुकी हैं। उसने अपने भीतर की काव्य प्रतिभा को जगाया। पहले भी वह कई लोकगीत लिख कर प्रस्तुति दे चुकी है। वो भाषा तो बोलती है, जानती है, लिख भी लेती है। वेदों की भाषा उसे कठिन लग रही थी। लेकिन विद्वान बनना है तो पढ़ना पड़ेगा। मन में सोचा, 'वेद ही क्यों।'

कोई और पोथी क्यों नहीं। इसके लिए ग्रंथागार जाना होगा या किसी लेखक के पास जाकर उसकी पोथी माँगनी होगी। कौन देगा, ऐसे अपनी पोथी। विद्वानों की इस नगरी में पोथियाँ लिखने वाले से ज्यादा पोथियों से प्रेम करने वाले लोग हैं। बड़े जतन से सँभाल कर रखते हैं अपनी पोथियाँ। सौमित्र होता तो बड़ी मदद करता। उसकी दिलचस्पी है पोथियों में। बहुत पढ़ता रहता है। उन पर बातें भी करता है। पंडित श्रीधर तो सीधे वेद ही पकड़ा गए हैं, सब ऊपर से गुजर रहा है। फिर भी वह जूझ रही थी।

सारे अध्याय एक-एक कर खंगालते हुए एक मंत्र पर अटक गई। कुछ-कुछ शब्द समझ में आ रहे थे, कुछ कठिन थे। मंत्रों को अटक-अटक कर पढ़ना शुरू किया—

रथजिता राथजितेयीनामप्सर सामयं स्मरः।
देवाः प्र हिणुत स्मरमसौ मामनु शोचतु
असौ मे स्मरतादिति प्रियो मे स्मरतादिति।
देवाः प्र हिणुत स्मरमसौ मामुन शोचतु
यथा मम स्मरादसौ नामुष्याहं कदाचन।
देवाः प्र हिणुतु स्मरमसौ मामुन शोचतु॥
उन्मादयत मरुत उदंतरिक्ष मादय।
अग्न जन्मादया त्वमसौ मामुन शोचतु॥ (अथर्ववेद-6.130.1-4)

इसके अर्थ को लेकर संशय में थी, मगर अपनी समझ से उसने जो अर्थ लगाया, वो इस प्रकार बना—

रथजिता, रथी द्वारा जीता, अप्सराओं का काम, देव प्रेरित स्मर, तड़पाए तुझे,
मेरे प्यार से

मैं कामना करूँ, तू जले मेरे प्रेम में, मैं जलूँ तेरे प्रेम में,

देव प्रेरित स्मर, तड़पाए तुझे, मेरे प्यार से,

वह मुझे चाहे, प्रेम में जलते हुए,

मैं न तड़पूँ

देव प्रेरित प्रेम तड़पाए तुझे

मेरे प्रेम से उन्मत्त करो हे मरुत,

अंतरिक्ष उन्मत्त करो,

हे अग्नि, उन्मत्त करो

वह चला आए...

मेरे पीछे-पीछे...

काम में जलते हुए।

~

मिथिला जल उठी थी। युद्ध की आग में उसे झोंक दिया गया था। यह एकतरफ़ा युद्ध था, जिसके लिए उसकी सेनाएँ तैयार न थीं। इतनी आसान जीत की कल्पना बल्लाल को भी कहाँ थी। पिछली हार को याद रखते हुए, इस बार पूरी तैयारी के साथ आक्रमण किया था। इस बार उसका सैन्य अभियान इतना चुस्त-दुरुस्त था कि उसने रातोंरात मिथिला पर विजय प्राप्त कर ली। मिथिला उत्सव के जश्न में डूबी रात के बाद, सुबह सारे सैनिक, नागरिक जहाँ-तहाँ शिथिल पड़े हुए थे। आम नागरिक अपनी दिनचर्या में लगे थे। लोग अपने काम पर जा रहे थे। उन्हें अचानक पता चला कि वे बंग-प्रदेश के अधीन हो चुके हैं। उनका राज्य उनसे छिन चुका है। नागरिकों के लिए यह खबर सदमा पहुँचाने वाली थी। मिथिलावासी आमतौर पर शांतिप्रिय, मधुरभाषी माने जाते थे। उनकी आपसी लड़ाइयों से भी मधुर टंकारें निकलती थीं। या तो वे शास्त्रार्थ करते या

मधुरवाणी में झगड़ते। उनकी वाणी से गालियाँ भी फूल-सी झड़ती थीं। अपने बच्चों को भी वे बड़े आदरपूर्वक पुकारते थे। जिसने सुना, वही ठिठक गया। कुछ लोग भाग कर अपने घरों में छुप गए। इधर बंग-सैनिक नगर के अंदर घुसे चले आ रहे थे।

बंगाल ने जल सैनिक और थल सैनिक, दोनों रवाना किए थे। मगध उसके नियंत्रण में था। वहाँ से उसके सैनिक गंगा पार कर मिथिला पहुँचे थे। चारों तरफ़ से मिथिला की राजधानी एवं कई प्रमुख नगर बल्लाल सेन के सैनिकों से घिर चुके थे। कोई राह नहीं बची थी, युद्ध जीतने की। बंग-सेना धड़ाधड़ मिथिला के सैनिकों को धराशायी करती आगे बढ़ती चली गई। बंग-प्रदेश और मिथिला को विभाजित करने वाली विशालकाय नदी को पार कर नावों से असंख्य सैनिक रातोरात उतरे थे। एक-से-एक हथियारों से लैस थे वे सब। हर तरह के युद्ध करने में माहिर सेना थी। नदी के तट पर कोई निगरानी नहीं थी। एक बार बंग प्रदेश को हरा देने के बाद से मिथिला राज ने उसे एक कमज़ोर शत्रु मान लिया था। यही लापरवाही और असावधानी उन्हें ले डूबी। गुप्तचरों ने भी कोई सूचना नहीं पहुँचाई। बल्लाल सेन तो उसी दिन से सैन्य अभियान में लगे थे, जिस दिन युवराज बने और मीनाक्षी को गुप्त संदेशा भिजवाया था। मीनाक्षी का उत्तर लेने के लिए भी किसी संदेशवाहक को न भेजा। किसी को भनक न लगने पाए, पूरी सावधानी रखी गई। प्रेम में उताहुल होने के बावजूद धैर्य का संयम अद्भुत था। नटी अलबेली को इतने मूल्यवान उपहारों से लाद दिया और साथ में धमकी भी दी थी कि किसी के सामने जुबान नहीं खोलेगी। उसने गुप्त संदेश में आक्रमण की बात नहीं बताई थी। एक प्रेमी, अपनी प्रेमिका को लेने आएगा...कब, किस रूप में, ये गोपनीय रखा था।

बल्लाल के सामने तीन प्रमुख प्रेरणाएँ थीं—पोथियाँ, प्रेमिका और पिछली हार का बदला। तीनों प्रेरणाएँ हौसला तिगुना-चौगुना कर चुकी थीं। साथ में न लेखन गुरु आए थे न उनके चरित लेखक गोपाल भट्ट। मिथिला विजय की कहानी कहीं दर्ज नहीं करना चाहते थे। गोपाल को बस इतना लिखना था— 'मिथिला भी बंग-राज्य का हिस्सा था और इस प्रकार बल्लाल सेन ने मिथिला विजय कर अपने राज्य का विस्तार किया।' बस। लूटपाट की घटनाएँ दर्ज नहीं होंगी। बौद्ध मठ उजाड़े गए, इसका उल्लेख किया जा सकता है।

और प्रेम उनका नितांत निजी मामला था। प्रेम संबंधी कोई अध्याय न जुड़े, इसकी हिदायत दे दी गई थी। बल्लाल अब खुलकर खेलने को उतावले थे। उनके लिए यह आक्रमण मिथिला के दमन के लिए या प्रेमिका को हासिल करने के लिए नहीं था। मिथिला विजित कर वे अपने पितृ ऋण से मुक्त होना चाहते थे। साथ ही दो अत्यंत अनूठे लक्ष्य सामने आ गए थे। उन्हें हासिल करना परम लक्ष्य बन गया था, ठीक वैसे ही जैसे अपने सभी शासित राज्यों में वर्ण व्यवस्था लागू करना। ब्राह्मणों को उचित स्थान देना। देवी-देवताओं की स्थापना और खास कर शिव की पूजा को अनिवार्य बना देना। बल्लाल के जीवन के कई पहलू थे, जिन पर उन्हें काम करना था। चाहे इसके लिए युद्ध ही क्यों न करना पड़े। शिव के घोर पुजारी बल्लाल ने अपने सैनिकों को साफ़ निर्देश दे दिए थे कि मन्दिरों और इमारतों को कोई नुकसान नहीं पहुँचाना है। घरों को लूटना नहीं है, लेकिन जिन घरों में विद्वान बसते हों, उनका पता करके उनकी पोथियाँ, पांडुलिपियाँ माँगनी हैं। अगर वे न दें तो लूट लेना है। चाहे उन्हें बंदी बनाना पड़े। हत्याएँ कम-से-कम हों। खून-खराबा कम हो। वह मिथिलावासियों के स्वभाव पर अच्छा खासा शोध करके आया था। वह नहीं चाहता था कि मिथिलावासी उसे एक घृणित आक्रमणकारी के रूप में याद करें। या उनकी पीढ़ियाँ कहें कि वह विनाशकारी योद्धा था। उसे मिथिला पर शासन चाहिए था, अपने बाहुबल पर। और दो चीज़ें और। विजय के बाद हारे हुए राजा से इस पर वार्ता के लिए वह तैयार था। तब तक सैनिकों को रास्ते में आक्रमण के दौरान कुछ हिदायतें दी गई थीं, जिनमें रास्ते में पड़ने वाले सभी बौद्ध मठों को उजाड़ देना था। भिक्षुओं को प्राणदान सशर्त देना और बौद्ध मठों को नष्ट कर देना। सैनिकों ने बौद्ध मठ तो उजाड़े ही, उनके धनकोष और अन्नभंडार भी लूट लिए। उनके ग्रंथों को ज़रूर सुरक्षित रख लिया, अपने राजा तक पहुँचाने के लिए। बल्लाल के सैनिकों के लिए भी यह अनोखा युद्ध था जिसमें कत्लेआम नहीं करना था, बंदी बनाते जाओ और पोथियाँ, पांडुलिपियाँ लूटते जाओ। घरों में घुस कर भी लूटने की छूट दे रखी थी। इससे चारों तरफ़ हाहाकार मच गया था। किसी को मौका न मिला कि वह अपनी पोथियाँ छुपा पाता। कई घरों से पोथियाँ लूट ली गई। बात फैलने लगी कि बंग सेना पोथियाँ लूट रही है, तो कुछ लोगों ने अपनी पोथियाँ ज़मीन में गाड़ दीं। सेना को यह जानकारी दी गई

थी कि मिथिला के घर-घर में पोथियाँ मिलेंगी। पहले आदर से, धमका कर माँगना है, अगर न दें तो बंदी बना लेना है। उनकी हत्या नहीं करनी है। सैनिकों के तीर, तलवारें खून की प्यासी होती हैं। इस आक्रमण में उनके अरमान धरे रह गए। तलवारें चमकती रहीं, तीर चलते रहे, मगर डराने और धमकाने के लिए। स्थानीय लोगों को सैनिकों ने बख़्श दिया लेकिन मिथिला के सैनिक मारे गए। अंत में बचे सैनिकों ने भी हथियार डाल दिए। बल्लाल के चक्रव्यूह से कोई सेना बच कर नहीं निकल सकती थी। उसने इतनी ज़बरदस्त योजना बनाई थी कि विजय ही मिलती। जिन-जिन नगरों को लूटता, उन पर कब्ज़ा कर लेता, कुछ सैनिक वहीं तैनात कर देता। सैनिकों ने जगह-जगह छावनी बना ली। जिधर देखो, उधर शिविर नज़र आने लगे। स्थानीय लोग घरों में दुबक गए थे। जनजीवन ठप्प हो गया। देखते-देखते मिथिला वीरान हो गई। मन्दिरों से घंटियों की आवाज़ आनी बंद हो गई। मंत्रों की जगह तलवारों की गूँज सुनाई देती। सैनिक विजय के नारे लगाते घूमते, ''हर-हर महादेव, जय-जय शिवशंकर...करते। महाराज विजयसेन और युवराज बल्लाल सेन की जय गूँजने लगी। राजधानी में सैनिक घुसे, किले का दरवाज़ा खोल कर महल को चारों तरफ़ से घेर लिया। असावधान सैनिक या तो मरते गए या हथियार डालते गए। सैनिकों ने राजा को नज़रबंद कर दिया। उन्हें महल में ही बंद कर दिया। चारों तरफ़ बंग सैनिकों का पहरा हो गया। न कोई महल में जा सकता था न कोई बाहर आ सकता था।

जब राजा ही कैद में हो तो प्रजा टूट ही जाएगी। राजा के भरोसे प्रजा जीती है। जहाँ राजा ही लाचार, वहाँ प्रजा के पास क्या उपाय। राजा और प्रजा का संबंध अलग ही होता है। प्रजा राज-पाट सौंपती है तो राजा उसे सुरक्षा का वचन देता है। उसके हितों की रक्षा करने की शपथ लेता है। जिस देश का राजा ही पराजित हो जाए तो प्रजा अपने आप पराजित हो जाती है। राजा गुलाम तो प्रजा गुलाम। राजा-प्रजा संबंध अन्योन्याश्रित होता है।

मिथिला के साथ यही हुआ। सबसे पहले राजा को कैद किया और अपने सिपहसालार से उन्हें संदेशा भिजवाया गया। अंदर कैद में छटपटाते हुए राजा की बेचैनी सिर्फ़ उनका परिवार और वे खास लोग महसूस कर पा रहे थे जो उस वक़्त दरबार लगाए चिंतन-मंथन कर रहे थे। सबके सब कैद हो गए थे।

बाहर निकलते ही जान का खतरा था। चारों तरफ़ बंग-सेनाएँ हाथों में तीर और तलवार लिए चौकसी कर रही थीं। किले की दीवार भी ज्यादा ऊँची नहीं थी। उन दीवारों पर भी सेना का कब्ज़ा हो गया। बल्लाल ने बिलकुल छापामार आक्रमण किया और अपनी इस रणनीति में सफल रहा। वह युद्ध और प्रेम में सारे हथकंडे आज़माने का पक्षधर था। युद्ध की नैतिकता विजय होती है, यही उसकी मान्यता थी। हर हाल में जीत और प्रेम में...हर हाल में हासिल करना प्रेम का लक्ष्य। जिसे चाहा, उसे पाना ही नैतिकता है उसके लिए। उसे छोड़ देना पाप है। उसे पा लेना पुण्य है। वह पुण्य की खोज में यहाँ तक आया था, तमाम नैतिकताओं को ध्वस्त करते हुए।

बल्लाल को महल के अंदर से किसी भेदिये की तलाश थी। किसी दरबारी को वह राजा से तोड़ कर अपने साथ मिलाना चाहता था। उसे कुछ नहीं पता था कि इस विजय के बाद वह आगे की रणनीति पर कैसे काम करे। उसे कोई स्थानीय, जानकार और प्रभावशाली व्यक्ति चाहिए था। बल्लाल ने राजधानी में छावनी डाल दी थी। उसे पता था कि मीनाक्षी बस उससे चंद कदम दूर है। लेकिन उस तक कैसे पहुँचे। कैसे पहुँचे। मीनाक्षी कोई साधारण लड़की तो है नहीं। वह राजनटनी है। राजा के माध्यम से ही मिलने का प्रस्ताव भिजवाना उचित होगा। अपने शिविर में बैठा वह लगातार रणनीति बनाता रहा। उधर उसके प्रमुख सेनापति सुकांत वर्मन राजा से संपर्क सूत्र ढूँढने में लगे थे। वे चाहते तो ज़बरदस्ती अंदर घुस कर राजा को तलवार की नोक पर लेकर बात कर सकते थे, लेकिन बल्लाल की तरफ़ से मनाही थी। सुकांत, बल्लाल का मिज़ाज समझने में लगे थे कि युवराज मिथिला का दिल जीतने का प्रयास कर रहे हैं। इसके पीछे कोई तो राज़ है। उन्हें इतनी भनक कहाँ थी। वे तो बस आज्ञा का पालन करने में लगे थे। उन्हें अभी एक भेदिया ढूँढना था जो सहयोग करे। जहाँ चाह, वहाँ राह निकल ही आती है। महल के बगल के गलियारे से कोई साया सरसराता हुआ आया, वह निहत्था था। निपट अकेला, माथे पर चंदन का टीका लगाए, सुदर्शन युवा जो दुश्मन के सामने खड़ा होकर मुस्कुरा रहा था।

सेनापति सुकांत के साथ खड़े सैनिकों ने उसे दबोच लिया। युवक ने हाथ खड़े कर दिए तब सेनापति ने इशारा करके उसे मुक्त करवा दिया।

‘‘हम सौमित्र मिसिर, राज्य की गृह-व्यवस्था देखते हैं। क्या हम संधिवार्ता

कर सकते हैं। या आप रक्तपात में विश्वास करते हैं। हमें लगता है कि शांतिवार्ता की जा सकती है। आप हमें अपने राजा तक ले चलें तो उन्हें समझने में मदद मिलेगी।''

''क्या तुम्हें राजा ने हमसे ऐसी बातें करने को भेजा है?''

''नहीं, हम स्वयं प्रस्तुत हुए हैं। महाराज को मालूम नहीं, और हम चाहते भी नहीं कि अभी उन्हें कुछ मालूम पड़े। पहले हम आपस में बात कर लें तो...?''

सुकांत के लिए मिथिला आने का प्रथम अवसर था। प्रथम बार किसी से बात कर रहे हैं। सौमित्र की बोली-वाणी सुनकर बड़ा मीठा लगा।

''मुझे आप अपने राजा तक ले चलें, हम बहुत मददगार साबित हो सकते हैं, मान लीजिए हमारी बात। आपने तो राज्य जीत ही लिया है, आपका शासन है, हम आपकी प्रजा हैं, मिथिला-बंग अब एक है...''

''और देखिए...हमारी बोली भी कितनी मिलती-जुलती है, हमें एक साथ रहना चाहिए...सच कहते हैं...कोई चाल नहीं समझें...हम तो हारे हुए लोग हैं, क्या चाल चलेंगे, बताइए...''

स्वभाव से घाघ, सुकांत समझ गया, ये आदमी वाचाल है और बहुत काम का मालूम पड़ता है, लगता है, जानकार है और बहुत कुछ उगल सकता है।

उसे लेकर चला बल्लाल के शिविर में और वहीं सुकांत का अनुमान सच निकला। सौमित्र तो सच में भेदिया निकला। उसने कुछ शर्तों के साथ बल्लाल को सहयोग का वचन दिया। दोनों के बीच सौदा हुआ। दोनों पक्ष उस सौदे से संतुष्ट हुए। सुकांत इसका गवाह रहा।

बल्लाल की आँखें अनुभवी नहीं थीं। दिमाग ज़रूर तेज़ था। पोथियों में उलझी रहने वाली आँखें संसार को समझने लगी थीं। उसके जीवनकाल का यह पहला युद्ध था। सैनिकों के साथ पहली बार साबका पड़ा था। सुकांत उनसे उम्र में थोड़े बड़े थे। उसने महाराज की सेना से अपने लिए सेनापति चुना था सुकांत को, कड़ी परीक्षा के बाद। उसकी चतुराई के किस्से सुनने के बाद स्वयं भी बात की फिर तय किया। इस युद्ध में कदम-कदम पर सुकांत जिस तरह की चतुराई दिखा रहे थे, बल्लाल का काम आसान होता जा रहा था। जैसा चाहते थे, वैसे काम हो रहा था। सेनाएँ नियंत्रित थीं। लूटपाट के बावजूद सेना नियंत्रण में थी।

सौमित्र के उनके साथ मिल जाने से सारा काम ही आसान हो गया था।

बल्लाल ने उसे दो प्रस्ताव दिए—

मिथिला के राजा शिविर में उनसे मिलने आएँ।

दूसरा काम—मिथिला के ग्रंथागार में जितनी पोथियाँ, पांडुलिपियाँ हैं, उन्हें उसके हवाले किया जाए। शिविर में सुरक्षित पहुँचाया जाए।

बल्लाल ने अपनी दो मंशा ज़ाहिर कीं। तीसरी छुपा ले गया। अभी वह मोहरों के आगे अपने पत्ते नहीं खोलना चाहता था। सौमित्र ने सहमति दी, लेकिन उसकी एक शर्त थी। जिसे सुनकर बल्लाल बल खा गया। सुनते ही माथा घूमा, एकबारगी मन हुआ कि इस हिमाकत पर उसका सिर धड़ से अलग कर दे। उसने सुकांत की तरफ़ देखा। इशारों में कुछ बातें हुईं और सौदा पट गया।

सौमित्र ने कुटिलता से मुस्कुराते हुए कहा, ''हम ज्यादा कुछ नहीं माँग रहे हैं आपसे। राज्य से गद्दारी करने के बदले में तो कम ही माँग रहे हैं। आप राजा हैं, जो चाहे दे सकते हैं। हम लोग तो अभी माँगनहार हैं, याचक हैं, बड़ी चीज़ थोड़े न माँगेंगे। हमको बस...आप यहाँ का स्थानिक मांडलिक शासक नियुक्त कर दें, फिर देखिए खेला। आप जो चाहेंगे, वो होगा राज्य में। यहाँ का सब कुछ आपका। पेड़, पौधे, पशु, भवन, किला, महल और...''

''और...क्या ?''

बल्लाल ने उत्सुकता से पूछा।

''हमारे यहाँ नटनियाँ बड़ी सुंदर-सुंदर होती हैं। आप कहें तो...''

बल्लाल की आँखें सुर्ख हुईं।

''आप कहें तो शिविर में रंगारंग नृत्य करवा दें, करतब दिखवा दें...हमारे यहाँ की नटनियाँ सब दूर-दूर से बुलाई जाती हैं, बहुत प्रसिद्ध हैं, आपके यहाँ समारोह में भेजा तो था, देखा होगा आपने...और भी हैं, सब एक से बढ़ कर एक...साँझ के मनोरंजन का इंतज़ाम हो जाएगा।''

अपनी बात पूरी कर दाँत निपोरने लगा था। बल्लाल को उस क्षण वह आदमी बहुत विध्वंसक लगा।

ऐसे ही गद्दारों से कोई देश गुलाम होता है। यह आदमी बहुत भरोसे लायक नहीं। ऐसे ही कारिंदे राजे-रजवाड़े नष्ट करवा देते हैं। सावधान रहने की ज़रूरत है। ऐसे मौकापरस्त लोग किसी के सगे नहीं होते।

लेकिन इस समय रणनीति यही कहती है कि जो चाहता है, वो मान लिया जाए। बाद में देखेंगे कि इसे यहाँ का शासन सौंपना है या नहीं। अभी तो मिथिला में डेरा ही डाला है। अभी तो बहुत से काम बाकी हैं।

''क्या हुआ युवराज ?''

सुकांत ने उन्हें सोच में डूबे देखकर पूछा।

''स्वीकार है। आप काम प्रारंभ करें। हमें परिणाम चाहिए।''

सौमित्र ने सुकांत की तरफ़ घूम कर कहा, ''क्या ही अच्छा हो कि हमारे बीच लिखित करारनामा हो जाए।''

बल्लाल ने ये बात सुनी और उनका पारा सातवें आसमान पर। इतनी जुर्रत। एक हारा हुआ इन्सान ऐसी सौदेबाज़ी करने का साहस कैसे कर सकता है।

बड़ी मुश्किल से अपने गुस्से पर काबू पाया और सुकांत को संकेत करके अंदर चले गए।

पूरा शिविर किसी महल की तरह सजा हुआ था। चारों तरफ़ झालरें लटकी हुईं, मशालें खंबे से लगी हुईं। रंगीन रेशम का परदा पड़ा हुआ था, जो अधखुला था। शिविर के चारों तरफ़ सैनिक पहरा दे रहे थे।

सौमित्र वहाँ से करारनामा लेकर ही निकला। उसके पाँव ज़मीन पर नहीं पड़ रहे थे। बल्लाल सेन के दोनों काम कर देगा, जी जान लगा कर। ये दोनों काम उसके लिए आसान थे, लेकिन बल्लाल को जो काम दे आया है, वो आसान नहीं। मन-ही-मन हँसता रहा सौमित्र। उसे आश्चर्य भी हो रहा था कि जो काम बल्लाल अपने दम पर कर सकता था, उसके लिए सौमित्र का सहारा क्यों ले रहा है। अपने सैनिकों को भेजता और वे ग्रंथागार लूट लेते। सैनिक जाते, राजा को बंदी बना कर ले आते। जो पूरा राज्य जीत सकता है वो ये दो आसान काम किसी एक व्यक्ति के माध्यम से क्यों करा रहा है।

उसे क्या...कोई तो राज़ है, क्या है...पता नहीं।

उसका एक दांव तो विफल हो चुका था। बल्लाल अगर सांध्य मनोरंजन के लिए तैयार होता तो वह मीनाक्षी के नाम का प्रस्ताव दे देता। अलबेली को भी भेजता। अलग-अलग नटनी को भेजता। बंग राजा भी सोचते कि मिथिला के पास एक से एक रत्न हैं।

मीनाक्षी को बल्लाल के आगे परोसने के लिए उसका मन छटपटा उठा। अगर ऐसा हुआ तो उसका बदला पूरा हो जाएगा। कब से प्रतिहिंसा की आग में

जल रहा है। कैसे उसका अपमान करे। एक बार करने के बाद भी मन नहीं भरा था। कोई बड़ी बेइज्ज़ती चाहता था, जिससे वह किसी को मुँह दिखाने लायक न बचे। स्थानिक मांडलिक शासक बनने के बाद सौमित्र के पास जो शक्ति आएगी, अधिकार मिलेंगे, उनसे सबसे पहले वह राजनटनी को सबक सिखाएगा। उसका पद छीनेगा, अलबेली को उस सिंहासन पर बिठाएगा। मीनाक्षी...तुम्हारे दिन लद गए हैं। कितने दिन और खैर मनाएगी। दुष्ट लड़की...हम बताएँगे तुम्हें...सारा घमंड न तोड़ दिया तो हम गुणाकर मिसिर के बेटे नहीं। अपनी हल्की मूँछों पर ताव देता हुआ वह सौंपे गए काम को अंजाम देने चला। उसके साथ बल्लाल के विश्वस्त सैनिक थे। पोथियों को ढोने के लिए कुछ लोगों की ज़रूरत जो थी। जगह-जगह से सैनिक पोथियाँ भर-भर कर शिविर में पहुँचा रहे थे। शिविर का एक हिस्सा पोथियों के लिए बना दिया गया था। संख्या में वे कम थीं।

एक सैनिक ने सुकांत को बताया, ''स्थानीय लोग अपनी पोथियाँ छुपा रहे हैं। हमें खबर मिली है कि वे मिट्टी में गाड़ रहे हैं। हमें आदेश दें तो हम सारी मिट्टी खोद दें। उनके घर खोद दें। या मारें-पीटें तो वे हमारे हवाले कर देंगे। बिना उँगली टेढ़ी किए घी नहीं निकलता सेनापति जी।''

सुकांत ने साफ़ मना कर दिया, ''रक्तपात हमें नहीं चाहिए। जो काम बिना रक्त बहाए हो सकता है, उसके लिए हम हथियार क्यों उठाएँ। बातचीत का रास्ता निकलेगा। जितना मिलता है, ले आओ। जो कहा गया है, जितना कहा गया है, उतना करो।''

सैनिक कसमसाता हुआ चला गया। वह तो बाहुबल से हासिल करना जानता था। तलवार उठा कर कुछ भी लूट सकता था। जैसे बौद्ध मठ उजाड़े। वहाँ रक्तपात भले न किया, लेकिन पूरा विहार तहस-नहस कर दिया। कुछ हिस्सों में आग लगा दी। भिक्षु-भिक्षुणियाँ जाने कहाँ चले गए होंगे।

सैनिकों के लिए सिर्फ़ आक्रमण ही एकमात्र रास्ता है। उन्हें बस आदेश की प्रतीक्षा होती है। बल्लाल ने अपने सैनिकों को कस दिया था। इसलिए मिथिला में रक्त की नदियाँ नहीं बहीं। उसके सरोवरों, तालाबों, जलाशयों का रंग लाल न हुआ।

सौमित्र मिसिर की कोशिशें सफल हुईं।

उसी शाम पराजित राजा उपहारों के साथ बल्लाल के शिविर में पधारे।

～

''वो आ गया...वो आ गया...मीना...तेरा बल्लाल आ गया...उसने अपना वादा पूरा किया..देख...पूरे लाव-लश्कर के साथ आया है। उसने लूट लिया तेरी खातिर हमारी नगरी को...कहीं का न छोड़ा...उठ...तुझे लेने आ गया...तैयारी कर...अपनी नगरी की चिता पर चढ़ कर शमशान-नृत्य कर...सब उजाड़ दिया तेरे प्रेमी ने...''

अलबेली उछल-उछल कर बोलती जाती, अट्टहास करती जाती।

गाओ सखियो...मंगल गान, चलो हम कोहबर सजाने चलें...गाओ गाओ न...
सीता के होइछन ब्याह गे माई...आव हो बजनिया भइया...बजवा बजावहू...
सीता के लगन उताहुल हे गे माई...

अलबेली गाते-गाते रोने लगी। कभी हँसती, कभी रोती।

''मीना...उजड़ गयी हमारी नगरी। अपनी नगरी। जिसने हमारे बाप-दादाओं को अपने यहाँ शरण दी थी। हम परतंत्र हो गए, शत्रुओं के अधीन हो गए...कुछ न बचा है न बचेगा...जा तू पिया मिलन कर ले...चल ले चलूँ तुझे... मिलवा लाऊँ...आता ही होगा वो...''

अलबेली ने मीना का हाथ पकड़ा। मीना झटके से होश में आई। जब से खबर मिली थी, वो सदमे में चली गई थी। उसे पहली बार एहसास हुआ कि खुशियाँ इतनी भयावह भी हो सकती हैं। प्रतीक्षा का फल इतना रक्तरंजित भी हो सकता है। वह जड़ होकर शिला में बदल गई थी। अपने घर के पीछे एक कोने में जाकर चुपचाप बैठ गई थी। जहाँ कोई ढूँढ न सके। अलबेली को पता था कि वह कहाँ छुपी होगी। स्त्रियाँ जानती हैं कि अतिशय दुख में स्त्रियाँ कोना ढूँढ लेती हैं। वह मीना को ढूँढती हुई उसके सुरक्षित एकांत में सेंध लगाने पहुँच गई थी। जहाँ मीना बैठी थी, वहाँ हरी-भरी घास उगी हुई थी, उस पर पारिजात झरकर गिरा हुआ था। सफ़ेद-नारंगी फूलों की आभा हरी घास पर फैली ही थी, और शरद की मीठी धूप वहाँ आँख-मिचौली खेल रही थी। कभी-कभी धूप का कोई टुकड़ा मीना के चेहरे पर गिरता, कभी छाँव का कोई कतरा गिरता...इन सबसे बेखबर मीना शोक में डूबी हुई, पथरा गई थी। कोई और समय होता तो अलबेली कहती, ''मीना, तू मूर्तिवत लगती है। कितनी सौंदर्यमयी...तभी सब तुझ पर मरते हैं...मगर आज क्या कहे...ये रूप तो जानलेवा निकला। इसकी वजह से तो नगरी उजड़ी।''

वह मीना की मनोदशा से अनभिज्ञ थी।

''बल्लाल आ गया है...'' ये सुनते ही मीना खुशी के आवेग में ज़ोर से हवा में उछली थी।

''बंग-सेना ने मिथिला को नष्ट कर दिया है, उजाड़ दिया है, उसकी सेनाएँ घरों को लूटती हुई आ रही हैं...''

ये सुनते ही वह चक्कर खाकर ज़मीन पर धम्म से बैठ गई। अभी तो उछाल हवा में ही थी कि दूसरी बात ने उसे ज़मीन पर धड़ाम से पटक दिया।

अलबेली उसके सामने पागलों-सा व्यवहार करने और मीना को पूरी तरह दोषी ठहराने लगी थी। मीना की आँखों से झर-झर आँसू गिरने लगे थे। मानो किसी निर्जन पहाड़ से पानी की अविरल पतली धारा फूट पड़ी हो। उसे ये बात असंभव-सी लग रही थी कि कोई राजा, एक साधारण राजनटनी के लिए रक्तपात करेगा। बिना मिथिला विजित किए भी तो उसे नटनी हासिल हो जाती। वो तो कब से अभिसार का मन बनाए बैठी है। रोज़ राह ताका करती है। हर अजनबी को निहारा करती है, हर आहट पर चौंकती है। हर समय चौकन्नी रहा करती है कि जाने किधर से, किस गली से उसके श्याम निकल आएँ। वह भी उनकी उपासक हो गई थी। प्रेम का संचार दोतरफ़ा होता है तो ऐसी मनोदशा होती है।

''क्या चाहता है वो, उसे क्या चाहिए? सिर्फ़ मैं नहीं...कुछ और भी अभीष्ट होगा उसका...सिर्फ़ एक स्त्री प्राप्त करने के लिए कोई आक्रमण नहीं करता है। एक खबर ही भिजवा देता, मैं पीछे-पीछे चल पड़ती। मैं कौन-सा अपने वश में हूँ? अवश हूँ मैं। ले जाते तुम, भगा ले जाते। बुला लेते, कोई नाविक ही भेज देते, हम अँधेरी रात में नदी का सीना चीर कर पहुँच जाते। ये कौन-सा तरीका निकाला मेरे मीत...क्या है ये? सच-सच बताओ...''

अलबेली ने उसे ज़ोर से झकझोरा, मीना बिलख पड़ी। देर से कंठ में रुकी हुई रुलाई फूट पड़ी थी। दोनों हाथों से अपना माथा और छाती पीटने लगी।

''मैं कसूरवार हूँ...मैं...मेरे कारण हुआ ऐसा...मुझे क्षमा कर देना मेरी जन्मभूमि...मैं अपराधी हूँ...हतभागी हूँ...कुछ न कर सकी, तुम्हारे लिए, उल्टा मेरी वजह से तुम उजड़ गईं...मुझे जीने का क्या हक है। मैं नदी में डूब मरूँगी, इस जीवन से तो मौत भली।''

देर तक मीना का विलाप चलता रहा। अलबेली उसे इसी हालत में छोड़ कर बदहवास-सी कहीं चली गई।

मीना जब रो-धो कर चुप हुई और मन कड़ा करके उठी। मन-ही-मन कुछ संकल्प किया और घास पर पारिजात के फूलों को रौंदती हुई चलने लगी। जिन फूलों को रोज़ सुबह चुनकर पूजा के लिए ले जाती थी। जिन फूलों से रंग बनाती थी। उन रंगों से चित्रकारी करती थी। कभी माला बनाकर पहना करती थी। जिसकी सुगंध से मदमस्त रहती थी, अपनी शय्या के पास सिरहाने थाली में रख कर सोती थी, वे फूल घास पर गिरे, रौंदे गए...मीना को सुध न थी। उसका दिल, उसका विश्वास सब कुछ टूट गया था।

मैं कुल कलंकिनी...देशद्रोही...एक शत्रु से प्रेम कर बैठी। उसके झाँसे में आ गई। उसने मेरे ऊपर मंतर फेरा होगा...अलबेली के हाथों जब मोरपंख भेजे, उसमें मादक गंध निकल रही थी। सूँघते ही गंध गायब हो गई। उसी क्षण से वह बावरी हो गई थी। ''बल्लाल...बल्लाल...'' की गूँज रगों में उठा करती थी। कोई और नाम, कोई और लक्ष्य रहा नहीं, सब तिरोहित हो गए थे। उसी गंध में कोई मंतर फूँक कर भेजा होगा। पंडितों का पक्षधर, कर्मकांड को बढ़ावा देने वाला प्रेमी, जादू-टोना तो कर ही सकता है। सुना था कि बंग-प्रदेश में काला जादू होता है। लोग वशीकरण मंत्र जानते हैं। वहाँ की स्त्रियों के बारे में सुना था। अब यकीन हो चला कि वहाँ के पुरुष भी वशीकरण मंत्र जानते हैं। उसने मोरपंख में गंध नहीं, मंतर फूँका था। इतनी बुरी खबर सुनकर भी उसे कोसने का मन नहीं हो रहा है। उससे मिलने, एक नज़र भर देखने का मन हो रहा है। पूछने का मन है, ''बोलो मेरे मीत...प्रेम तो जीवन देता है, तुम्हारा प्रेम विप्लवी क्यों है? क्यों रक्तपात करता है? उसे ऐसे प्रेम की आकांक्षा कदापि नहीं थी।''

कैसे पहुँचे उस तक, उसे सौमित्र मिसिर की याद आई। कहाँ होगा, क्या कर रहा होगा। वो होता तो उससे सहयोग की गुहार करती। एक बार बल्लाल से मिलवा दे। आखिर उसी से मिलने आया है। अगर उसी से मिलने आया है तो सबसे पहले उसी से मिलता। वो तो मुझसे मिलना छोड़ कर नगरी लूटने में लगा है। क्या वीरान करके लौट जाएगा। या हमें हमेशा के लिए अधीन कर देगा। उसके मन में क्या है। बिन मिले, बिन जाने, कितना समीप महसूस हो रहा है बल्लाल। प्रेम सारी दूरियाँ, सारी अड़चनें, बाधाएँ एक पल में दूर कर

देता है। प्रेम में सब बराबर होते हैं। बल्लाल भी क्या ऐसा ही सोचता होगा। वह सीधे उसके पास क्यों नहीं आया। उसे क्यों नहीं बुला भेजा। उसे लेकर लौट जाता...क्यों इतना उत्पात मचा रहा है। एक दिन सब जान जाएँगे और वह सदा के लिए कलंकिनी हो जाएगी। उसके नाम पर मिथिला के लोग थूकेंगे। नट समुदाय को यहाँ से उजाड़ दिया जाएगा और एक बार फिर से वे बंजारे बना दिए जाएँगे या क्या पता, उन्हें खत्म कर दिया जाए। कुछ भी हो सकता है।

सोचते-सोचते मीना दूर निकल आई थी। पत्ते की तरह काँपती हुई वह किसी तरह एक तरफ़ बैठ गई। चारों तरफ़ देखा तो वह राजेश्वरी मन्दिर के उसी चबूतरे तक आ पहुँची थी जहाँ बचपन में नृत्य का अभ्यास किया करती थी। वहाँ सन्नाटा छाया हुआ था। सारी दूकानें बंद थीं। मन्दिर का पट भी बंद था। समूची मिथिला वीरान हो गई थी। वह चबूतरे पर नृत्य कर बैठी। मानो देह पर देवी सवार हो गई हों। उसका घाघरा फैलता रहा, चुनरी हवा में उड़ गई... हल्की ठंड में भी पसीने से लथपथ...नृत्य ऐसा मानो अंतिम बार कर रही हो। नाचते-नाचते लड़खड़ा कर चबूतरे पर गिर गई। हाँफती हुई वहीं पड़ी रही।

सिर नीचे करके आँखें बंद कर लीं। ये जीवन इसी पल खत्म हो जाए तो कितना अच्छा हो। जीने के लिए कितना कष्ट उठाना पड़ता है, कितनी चालें, कितने तिकड़म। जीवन है कि कोई खेला है।

''मीना...मीना...मीनाक्षी...''

कोई आवाज़ दूर से उसे पुकार रही थी। कानों में वह आवाज़ ज़ोर से बजी तो वह उठ बैठी।

सामने सौमित्र कुछ लोगों के साथ खड़े थे। उनके पीछे एक पालकी भी थी, जिसे चार लोग ढो रहे थे।

''आपको मिथिला नरेश ने बुलाया है। आपको अविलंब दरबार में चलना है। समय नहीं है हमारे पास। चलें आप। सवारी आई है।''

मीना ने तीखी नज़र से उसे देखा।

''चुनरी ले लूँ अपनी...''

''समय कम है हमारे पास...शीघ्र करें, जो करना है।''

''महाराज क्यों बुला रहे हमें...जान सकती हूँ, सौमित्र मिसिर, क्या मैं अब भी उनकी राजनटनी हूँ?''

''सवाल, जवाब का समय नहीं ये, राज्य संकट में है, हम पराधीन हो चुके हैं, शेष बातें महाराज आपसे स्वयं करेंगे।''

विचित्र-सी भंगिमा बनाती हुई, चुनरी से अपने को ढँकती हुई मीनाक्षी पालकी पर सवार हो गई। सौमित्र के चेहरे को पढ़ा नहीं जा सकता था। वह इतना संयमित था, जितना कोई पराधीन व्यक्ति नहीं हो सकता था।

सौमित्र कोई चाल तो नहीं चल रहा...मीना को खटका हुआ। मन हुआ, पालकी से कूद पड़े। अपने बाबा और मैया को भी बता नहीं पाई थी। वे भी कहीं मातम मना रहे होंगे। जिसकी नगरी लुट गई हो, वो भला मातम न मनाए तो क्या करे। अधिकांश लोग अपने घरों में दुबक गए थे, बंग-सैनिकों के डर से। घरों के आगे सन्नाटा छाया हुआ था। रास्ते में मीना ने देखा, बंग-सैनिक घरों का दरवाज़ा खटखटाते, कुछ पूछते, फिर चले जाते। एकाध घर में घुसे भी, लूट कर निकले तो उनके हाथों में दो-चार पोथियाँ थीं। ये कैसी लूट थी। उसने साथ चल रहे सौमित्र से पूछ ही लिया, ''क्या इतना बता सकते हैं, ये सैनिक क्या लूट रहे हैं और क्यों ?''

''मीना...हमारी नगरी की पहचान ही मिटा देने पर आमादा है ये बंग-सेना। उन्हें हमारी धन-दौलत नहीं चाहिए, उन्हें क्या चाहिए, अभी ये स्पष्ट नहीं है। महाराज से पूछ लेना। उनकी मुलाकात हुई है बल्लाल सेन से, वो यहीं पास में शिविर बना कर बैठे हैं। महाराज ने वहाँ से आने के बाद मुझे आपको बुलाने का काम सौंपा है। मैंने भी सुना है कि बल्लाल को मिथिला की दुर्लभ पोथियों और पांडुलिपियों में रुचि है।''

''अब तक उसके शिविर में उसका ढेर लग चुका है। हमारा ग्रंथागार सबसे पहले खाली किया जा चुका है।''

''अच्छ।''

मीना की अश्रुपूरित आँखें फैल गईं।

''कुछ नहीं बचेगा, मिथिला के पास। किसी राज्य को, किसी सभ्यता को नष्ट करना हो तो उसकी पोथियाँ नष्ट कर दो। अगर ये पोथियाँ नष्ट कर दी गईं तो पहचान नष्ट। अपनी परंपरा को कभी ढूँढ न पाएँगे हम।''

मीना को सौमित्र की इस आशंका पर यकीन न हुआ। इतना विद्वान युवराज भला किसी राज्य का खज़ाना न लूटे, पोथियाँ लूटे और उन्हें नष्ट कर

दे...ऐसा तो कभी सुना नहीं। बल्लाल के बारे में जितना सुना है, वह तो अध्ययन प्रेमी हैं। वे भला क्यों जलाएँगे इन्हें।

इतना क्रूर नहीं होगा बल्लाल। मीना का दिल न माना। लेकिन इसके पीछे कोई तो राज़ है। इसका मतलब...सिर्फ़ मीनाक्षी लक्ष्य नहीं थी, ये पोथियाँ भी लक्ष्य रही होंगी। ओह...मीना का दुख थोड़ा कम हुआ। तभी मीना तक पहुँचे नहीं बल्लाल, पोथियों की लूट-खोज जारी है।

बंग-सैनिक एक-एक घर में जा रहे हैं। क्या उसके घर भी पहुँचेंगे। उसके पास तो सिर्फ़ दो-तीन पोथियाँ हैं। पंडित श्रीधर ने उसे अभ्यास करने के लिए दी थीं। मीना का दुख फिर गहराने लगा।

महाराजा से मिलने का न्योता उसकी समझ से बाहर था। जब राज्य पराधीन हो चुका, ऐसे में उसे पालकी भेज कर बुलवाने का औचित्य समझ में नहीं आया।

कुछ ही देर में वह महाराजा के सामने थी। महल में रौनक गायब थी। सेवकों के चेहरे पर मुर्दनी छाई हुई थी। वे सब यंत्रवत काम में जुटे थे। बंग-सैनिक पहरे पर घूम रहे थे।

''राजनटनी मीनाक्षी...हमें दुख है कि आज एक बंदी, पराधीन राजा आपसे कुछ माँगना चाहता है। हम जानते हैं कि ये अनैतिक है, अनुचित है। हम आपसे कुछ माँगते हुए शर्म और क्षोभ से भरे हुए हैं। उम्मीद है कि आप हमें समझेंगी और राज्य के हित में अपना बलिदान देंगी।''

''आप आज्ञा दें महाराज, अपनी जन्मभूमि के लिए हम नट लोग कुछ भी कर गुज़रेंगे। मैं आपके सम्मुख उपस्थित हूँ। आप जो चाहेंगे, हम मानेंगे। आपदा की इस घड़ी में हम सब साथ हैं।''

मीना हाथ जोड़कर घुटनों के बल बैठ गई। अपने महाराजा को उसने इतना हताश, टूटा हुआ कभी नहीं देखा था।

''हम आपको उपहारस्वरूप बंग-युवराज बल्लाल सेन के शिविर में भेजना चाहते हैं। इसे आप हमारी इच्छा समझें या आज्ञा।''

''महाराज...!''

वह तड़प गई।

''आप जानते हैं, आप क्या कह रहे हैं...?''

हमारे पास इसके सिवा कोई चारा नहीं। बल्लाल आपको उपहार में माँग

चुके हैं। हमने उन्हें वचन दिया है कि उपहार में मीनाक्षी मिलेगी आपको।

''आप वहाँ जाने की तैयारी करें...''

मीनाक्षी वहीं भूमि पर बैठकर बिलख पड़ी। मुँह से बोल न फूटा।

हाय रे...कैसे दिन आए। उपहारस्वरूप वह एक आक्रमणकारी के शिविर में जाए। वह तो प्रेमिका बन कर चली जाती। फिर इस तरह राजा को अधीन करके क्यों माँगी गई मैं...क्या मैं कोई वस्तु हूँ, या मैं कोई ऋषि कन्या, जिसे कोई राजा या ऋषि माँग कर ले जाया करते थे। ये क्या किया मेरे मीत...तुमने खबर भिजवा दी होती। हम चले आते, चाहे झगड़ने आते, सिर धड़ से अलग कर देते, मगर मैं भूल जाती कि तुम युवराज हो और हम पराधीन।

मीनाक्षी विलाप कर उठी। उसका करुण क्रंदन सुनने वाला वहाँ कोई न था। महाराजा अपना आदेश सुना कर वहाँ से जा चुके थे। कौन सुनेगा, एक मामूली नटनी की व्यथा-कथा। एक बार फिर से एक स्त्री, राज्य हित में बलि वेदी पर चढ़ाई जाएगी। एक शत्रु राजा की कामनाओं की भेंट चढ़ाई जाएगी। बल्लाल तो जानता होगा न कि मैं उसके प्रति अनुरक्त हो चुकी हूँ। या अनभिज्ञ होगा। इतना अध्ययन करने वाला मनुष्य, स्त्री मन को जानता तो होगा या नहीं। पोथियों में डूबे रहने वाले लोग क्या जीवन से इतना कट जाते हैं? क्या वे मन नहीं समझ पाते? मनोलोक की थाह न लगा पाए तो क्या पढ़ाई की बल्लाल...। चलो मान लेते हैं...तुम्हें शंका होगी कि आसानी से ये नटी हाथ न आएगी। बुलाने से न आएगी ये अभिमानिनी। क्या पता, इनकार कर दे। क्या पता, कहीं दूर चली जाए। क्या पता, वह अपनी प्रेमिका को देख ही न पाए। उसके प्रेम की बात तो मुझ तक पहुँची थी, मेरे प्रेम की बात वो कहाँ जानता है।

''चलो...इसी बात की छूट देती हूँ तुम्हें...आती हूँ...तैयार रहो मेरे मीत।''

''मैं आ रही हूँ...मैं आ रही हूँ...प्रेम से ज्यादा अपनी जन्मभूमि का ऋण चुकाने आ रही हूँ।''

''मैं भी तो देखूँ कि तुम मेरे स्वप्न-पुरुष हो या नहीं। जिसे बचपन से अब तक स्वप्न में देखती आई हूँ...वो धुँधले चेहरे वाला, अश्वों की टाप सुनाई देती रही, घोड़े हिनहिनाते रहे...फिर सब धुँध में खोते गए। आज मेरे सपने से धुँध छँटेगी। आज देखूँ तो सही कि एक प्रेमी, उपहार में अपनी प्रेमिका को पाने के बाद उसके साथ कैसा व्यवहार करता है। आ रही हूँ...निपट अकेली...निर्भय,

निडर मीनाक्षी...राजनटनी आ रही है...''

''तुम्हें भी सौंपेगी उपहार।''

उधर बल्लाल की मनोदशा भी कुछ ऐसी ही हो रही थी।

वो आ रही है...वो आ रही है...आएगी...ज़रूर आएगी...वो अपने राजा का कहा कभी नहीं टालेगी। राजा उसे भेजेगा ज़रूर। बल्लाल ने एक पराधीन राजा से कुछ नहीं माँगा, सिवाय एक नटी के। राजा भी सुनकर कितना भौंचक रह गया था। उसने सोचा होगा कि बल्लाल खज़ाना खाली करने को कहे या अपनी सीमा से सटे कुछ गाँव माँग ले। राजा तो हर तरह से तैयार होकर आए थे, जैसे हर पराजित राजा आता है। बल्लाल ने सारे उपहार लौटा दिए। और जो माँगा, उस पर राजा चकित। विजेता को एक मामूली नटी चाहिए। एक लड़की, जो नाचती-फिरती है। जिसका राजा की नज़र में सिर्फ़ इतना मोल कि उसने उसकी कला से प्रभावित होकर उसे राजनटनी बना दिया था। एक राजनटनी क्या कभी इस तरह काम आएगी कि कोई शक्तिशाली राजा उपहार में माँग बैठे।

राजा, बल्लाल के दिल से अनजान थे। वे कहाँ जानते थे कि उनकी एक राजनटनी, एक अनुपम सुंदरी और अनूठी कलाकार भी है जिसकी ख्याति दूर-दूर तक फैल चुकी थी। जिसके बारे में सुनते ही किसी को भी आसक्ति हो जाए। जैसे बल्लाल को उसके प्रति आसक्ति हो गई थी। जिसे लेकर उसने खूब स्वप्न बुने। जिसे पाने के लिए वह कुछ भी कर सकता था। न मानती तो भी बलप्रयोग से उठा ले जाता। शास्त्रों में ऐसी अनेक घटनाएँ हैं, जिनमें पुरुष अपनी इच्छित स्त्री को बलपूर्वक भार्या बना लेते हैं और बाद में उनमें मधुर संबंध पनप जाते हैं। वह आशान्वित था। मीना भले उससे प्रेम न करती हो, बल्लाल की दशा देखकर पिघल जाएगी। किस नटी के भाग्य में किसी युवराज का प्रेम लिखा होता है। एक-से-एक राजकुमारियाँ मिल जाएँगी...मगर दिल तो मीना के नाम पर ही धड़का था। मानो धड़कन युगों से चुप थी, मीना की चर्चा सुन कर जागी और गूँजने लगी। तब से गूँज उसकी रगों में बजा करती है, आँखों में बसा करती है। रात-दिन एक सुंदर नर्तकी आँखों में नाचा करती है। आँखें लाल रहा करती हैं। वह पहले से ज़्यादा मृदुल हो चुका है। इस आसक्ति ने उसे कितना बदल दिया। बिना रक्तपात के युद्ध करने का कौशल सीखा। उस भूमि को मिट्टी में नहीं मिला सकता, जिस भूमि की स्त्री से उसे प्रेम है। वो चाहता था,

मिथिला के लोग उसे अपने सबसे प्रिय दामाद, रघुकुल के सियावर रामचंद्र के रूप में याद रखें। वह मीनाक्षी और पोथियों को लेकर लौट जाएगा, अपने राज्य। मिथिला को अधीन रखेगा, किंतु गुलाम नहीं। कोई नुकसान नहीं पहुँचाएगा।

वो आ रही है...वो आ रही है...स्वागत की तैयारी करो बल्लाल। चारों तरफ़ रोशनी फैलाओ। मशालें जलाओ। सुगंध फैलाओ। उसके लिए उपहार रखो। सेज सजाओ। सोने की थाली में जेवना परोसो...। रात्रि भोजन संग-साथ होगा।

सुसज्जित पालकी भेज दी है। शिविर जगमगा उठा है। बाहर सैनिक पहरा दे रहे हैं। सेनापति सुरक्षा चाक-चौबंद करके जा चुके हैं।

मिथिला की राजनटनी मीनाक्षी कुमारी पधार रही हैं...

मीना ने आज जम कर सिंगार किया था। रातरानी के फूलों से बनी इत्र की पूरी शीशी अपने वस्त्रों पर उड़ेल ली। बल्लाल के लिए कुछ उपहार अपने साथ लेकर गई थी। पिया मिलन की इस रुत को वो यादगार बना देना चाहती थी। अपने उपहारों को उसने चमकीले कपड़े से लपेट लिया था।

मीना के कानों में गीत के बोल सुनाई दे रहे हैं...

कांचहि बांस के कोबरी रे कोबरी, कोबरी बनी

चानन काठ लागल केबाड़

कि चारु दिसी कोबरी बनी

ताहि पैसी सुतय गेला रामचंद्र दुल्हा कि

कोबरी बनी

संगसाथ सिया सुकुमारी कि चारु दिसी कोबरी बनी...

ये गीत जाने कितनी बार, मीना ने मिथिला की लड़कियों के विवाह में कोहबर के समय गाया होगा। उसे क्या पता था कि उसका कोहबर किसी तंबू में बनेगा। पिया मिलन भी ऐसा होगा कि कोई पिया राजा, प्रेयसी एक बंदी। ऐसा कोहबर जिसमें कोई सालियाँ नहीं, कोई गान नहीं, कोई कौड़ियों का खेल नहीं, कोई दुल्हन पहचान की रस्म नहीं। कोई गीत नहीं।

ये सोच कर मीना मुस्कुराई। अगर सामान्य ढंग से विवाह होता तो दुल्हन पहचानने की रस्म में किसको-किसको बिठाती। बल्लाल क्या अपनी दुल्हन उस भीड़ में पहचान लेते। सबके चेहरे जो ढँके होते, सब झुकी होतीं, घूँघट डाले। कितना रोचक होता है, हँसी-ठिठोली वाला प्रसंग होता है। कोहबर में

उस रात कौन सोती हमारे साथ...अलबेली, प्रभा या रंभा। कहीं अलबेली पर बल्लाल का दिल आ जाता तो...अरे, क्या सोचने लगी। अलबेली पर दिल आता तो क्या मीना का वर्णन उससे सुनते। उसे वहीं अपने पास रख न लेते। अलबेली तो संदेशवाहक बनी।

''धत...'' क्या-क्या सोचती चली जा रही है। अब ये बातें किसी और जन्म में होंगी। ये जन्म तो गया। ये जीवन तो अब यहीं तक है। यहाँ से वापस लौटी तो भी, न लौटी तो भी, जीवन की कथा यहीं तक। बाबा और मैया को विदा करके आई थी। दोनों रो-रो के बेहाल हुए जा रहे थे। घर से चलते समय अपनी कुछ प्रिय चीज़ें उठा लाई थी। कुछ छोड़ आई थी। उसने मैया से वापस लौटने का वादा नहीं किया था। अपने बाबा को उसी ने याद दिलाया कि कैसे परबाबा ने यहाँ बसते हुए, इस राज्य को वचन दिया था, ''मेरी आने वाली पीढ़ियाँ देस पर मर मिटेंगी, कभी धोखा नहीं देंगी। यही उनका देस होगा।'' समय आ गया है। वचन निभाने का समय, बाबा ने दिया वचन, पोती निभाएगी। बाबा की जुबान झूठी साबित न होगी। अब जान जाए या इज़्ज़त जाए। सुशोभन इतना सुनते ही शांत पड़ गया था। बस रजनी हाहाकार कर उठी थी।

मीना को इस बात का भान था कि एक कुंवारी लड़की के लिए इज़्ज़त, जान से भी ज़्यादा प्यारी होती है। विजेता राजा के तंबू में एक कुंवारी लड़की जाए या ब्याहता, इज़्ज़त दोनों की माटी में मिल जाती है। फिर भी उसके मन में इतना संतोष था कि बल्लाल उसके साथ ज़बरदस्ती नहीं करेगा कुछ भी। वो चाहता तो उठवा लेता। अपहरण करवा देता। कैद कर लेता। ताकत, प्रेम छोड़ कर कुछ भी हासिल कर सकती है। राजा के माध्यम से उपहारस्वरूप माँगने के पीछे क्या रहस्य है, बस उसे जानना आवश्यक है और वह जानकर रहेगी।

मन-ही-मन कुछ ठान कर चली गुजरिया, उपहार बन कर। सजी-संवरी पालकी में खुद भी दुल्हन की तरह सज कर बैठी थी। जब चली तो लगा, चाँद बैठा हो घूँघट ओढ़ कर पालकी में। झिलमिलाती चुनरी के उसके सौंदर्य की आभा चारों ओर फैल रही थी। चार कहार उसे ढोते हुए बल्लाल के तंबू के पास उतार गए। उसे दो सेविकाएँ साथ में आदरपूर्वक लेकर अंदर गईं। भीतर से तंबू इतना सजा-धजा था कि महल की सजावट उसके आगे फीकी लगे। डग-डग भर के चली तो चुनरी में बँधे फूल बिखर कर नीचे गिरने लगे। उनकी गंध

फैलने लगी। रात में खिलने वाले फूलों में कितनी गंध, कितनी मादकता होती है। सारे सफ़ेद फूल रात में ही खिलते हैं, जाने क्यों। सोन चंपा बचा लिया, बल्लाल को उपहार के साथ थोड़े फूल भी देगी। माली की बेटी है, मालिन है। फूलों के बीच पली-बढ़ी है, ज़िन्दगी ने काँटे दिए हैं।

दिल ज़ोर-ज़ोर से धड़क रहा था। धड़कनों की आवाज़ से कान के परदे पर चोट पहुँच रही थी। उन तक पहुँचने से पहले धड़कन रुक न जाए कहीं। बिना मिले, बिना देखे, बिना कुछ सवाल पूछे, वो मरना नहीं चाहती थी। सीने को दबा कर धड़कनों को काबू में करने की चेष्टा करने लगी। कदम बढ़ते गए...एक भव्य परदे के पास कोई खड़ा था...कोई साया...अगले ही पल वह साये के आगोश में थी। न मालूम कैसे, वह वहाँ तक पहुँची। उसे सुधि न रही।

उसके स्वप्न-पुरुष ने उसे आगे बढ़कर समेट लिया था, अपनी बाँहों में। दो व्याकुल, व्यग्र आत्माएँ थीं, जो सुधि बिसराए लिपट गई थीं एक-दूसरे से। कुछ देर दोनों ऐसे ही खड़े रहे। दोनों की आँखें मुँदी हुई थीं। सुख अधिकाय हो तो सबसे पहले आँखें मुँदती हैं और फिर जुबान चिपक जाती है। केवल देह थरथराती रह जाती है, जैसे तेज़ हवा में नदी का पानी काँपता रहता है। जैसे घटाओं के बीच कोई बिजली काँप कर रह जाए। एक पल को सुधि लौटी तो मीना को लगा—वह कुसुम खेत हो गई है जिसमें कलियाँ चटकने लगी हैं। सुगंध हवा लेकर उड़ चली है। दिशाएँ महक गई हैं। माटी नरम हो गई है।

नहीं...नहीं...नरम नहीं होना है उसे। हाय, ये क्या कर डाला। पहले ही इतनी अवश कैसे हो गई। कैसे सामना करेगी, डटकर। एक शत्रु राजा से ऐसे तो न मिलना चाहिए था। लेकिन वह तो उपहार में भेजी गई है, उपहार उसने ग्रहण कर लिया।

वो कोई निर्जीव उपहार नहीं, हाड़-मांस की बनी, जीवित उपहार है। अभी तो बहुत बातें होंगी। इतनी आसानी से यह उपहार उनके कदमों में दम नहीं तोड़ेगी।

उसने खुद को उन बलिष्ठ बाँहों से अलग करना चाहा। वे इतनी मज़बूत थीं कि मीना की दुबली काया काँप कर रह गई। एक बाँह से उसे भरे हुए, दूसरी से उसका मुखड़ा ऊपर उठाते हुए वह साया कुछ मंत्र-सा बुदबुदा रहा था—

उत्तुदस्वोत तुदतू मा धृथाः शयने स्वे।
इषु कामस्य या भीमा तया विध्यामि त्वा हृदि।।

''राजन, आप क्या कह रहे, हमारी समझ में कुछ नहीं आ रहा। कृपया, आप मुझे छोड़ दें। हम आपसे कुछ वार्ता करना चाहते हैं...''

काँपते अधरों ने इतना कहा, यही काफ़ी था। माँसल छाती में उसका चेहरा लगभग धँसा हुआ था। उसके माथे पर गरम चुंबन चिपक गए थे।

क्या सोचा था, कैसे स्वागत पाया। सोचा था कि पहले अभिभावदन होगा, आमने-सामने बैठेंगे, एक-दूसरे को निहारेंगे। बातें करेंगे। सवाल-जवाब होगा और फिर अंत में...कुछ भी संभव था। हर संभावना के लिए तैयार थी। जान देने और लेने दोनों के लिए तैयार होकर आई थी। जीवन तो इसी रात के बाद बदल जाना था। सब कुछ खात्मे की रात थी। खोने और पाने की रात। इसीलिए वह निडर थी, संशय रहित। जब इन्सान खोने-पाने के लालच या भय, उम्मीद से ऊपर उठ जाता है तो पहाड़ से टकराने की ताकत आ जाती है उसमें। इस समय वह किसी उम्मीद, किसी लालच से ऊपर थी।

अलग होकर उसने बल्लाल को ठीक से निहारा। कितना दिव्य-पुरुष, माथे पर चंदन-टीका, रोली लगाए। घनी मूँछें, घुँघराले केश, गले में दो मालाएँ, एक सफ़ेद मोती की, दूसरी रुद्राक्ष की। हाथों में स्वर्ण कंगन। रेशमी लिबास में लिपटा एक सुदर्शन युवक सामने खड़ा था, आँखों में अनुराग भरे। इस पुरुष की वीरता के किस्से कितने सुने, इसकी अध्ययनशीलता के किस्से कितने सुने... वह एक राजनटनी से प्रेम करता है। बस यही बात उसे अचंभित कर रही थी। कितनी तीक्ष्ण आँखें हैं इस वीर पुरुष की। कामदेव के तीर चलाती हुईं आँखें। मीना अपलक देखती रही। बल्लाल ने उसका हाथ फिर से पकड़ा और शय्या की तरफ़ ले चला। दोनों आमने-सामने बैठ गए थे। मीना हड़बड़ा कर उठी और नीचे बैठ गई।

''मैं आपके अधीन हूँ, एक अधीनस्थ, हारे हुए राज्य की राजनटनी हूँ...उपहारस्वरूप आपको भेजी गई हूँ...आप चाहे मेरे साथ जो करें, मैं प्रस्तुत हूँ।''

''अरे रे...ये क्या कर रही हैं आप। मुझे पाप मत चढ़ाओ। तुम्हारा स्थान मेरे हृदय में है, नीचे बैठकर मुझे अपमानित मत करिए। आइए...कितना तरसने

के बाद यह घड़ी हमें मिली है।''

''उम्मीद है, आप तक मेरा संदेशा सही-सही पहुँचा होगा, और आपके दिल में भी मेरे लिए उसी प्रकार प्रेम जागा होगा।''

बल्लाल की आवाज़ कितनी मोहक है, घनघनाती हुई। मंत्र पढ़ते हुए भी कितने सुर में थे।

बल्लाल ने मीना को नीचे से उठाकर शय्या पर बिठाया। वह सिमट गई अपने आप में। कितने ताव में आई थी, यहाँ आकर भीगी बिल्ली बन गई है। सोचते ही उसने अपने को आगामी बातचीत के लिए तैयार किया।

बल्लाल ने उसका चेहरा अपनी हथेलियों से ऊपर उठाया।

''आह...कितना मोहक, दिव्य सौंदर्य है देवी आपका। तुम साक्षात् अप्सरा हो, स्वर्ग लोग से उतरी हो, सिर्फ़ मेरे लिए। तुम्हें 1008 प्रकार की अप्सराओं का सौंदर्य मिला है। तुम्हें मालूम है कि तुमसे रोशनी फूटती है। मैं इनमें डूब रहा हूँ प्रियतमे...''

''मैं अपना मंत्र फिर से दोहराना चाहता हूँ...''

''उत्तुदस्वोत तुदतू मा धृथाः...''

''मैं अनपढ़ हूँ, अल्पज्ञानी, क्या जानूँ कि आप क्या कह रहे युवराज,'' मीना ने बीच में ही रोक दिया।

''हे नारी, उत्तुद नाम के देव अत्यधिक व्यथित करने वाले हैं, मैं चाहता हूँ, वे तुम्हें कामार्त करें, मदन विकारों से व्यथित होकर तुम इस शय्या पर सोना पसंद करो। कामदेव का जो भयानक बाण है, उससे मैं तेरे हृदय को बींधता हूँ...''

बल्लाल मुस्कुराए। घनी मूँछों के बीच से मुस्कान बिजली की तरह कौंधी, मीना के दिल पर सीधा कामबाण लगा। हौले से बल्लाल से चिपक गई।

''मुझ पर जादू-टोना किया है आपने, अभी फिर मंतर किया...कहाँ से लाते हैं इतने मंतर...?'' मीना के सवाल बीच में ही छूट गए। बल्लाल ने अधरों को अपने अधरों से बंद कर दिया। उसे बाँहों में भर कर लिटाने वाला था कि मीना फुसफुसाई, ''मुझे आपसे कुछ वार्ता करनी है, फिर आप जो चाहे करें मेरे साथ...उसके पहले नहीं...''

बल्लाल सचेत होकर बैठ गया। थोड़ा हैरान भी कि ऐसे पल में क्या कोई इतना सचेत होकर बातें करता है। क्या स्त्री अलग माटी की बनी होती है जो

अभिसार से ठीक पहले वार्ता का प्रस्ताव रख दे। ठीक कहते हैं पंडित ज्ञानी...नारी का मन अबूझ है, दैव भी न पहुँच सकते वहाँ।

बल्लाल ने शय्या से उठ कर जाना चाहा, मीना के दुर्बल हाथों ने उसे पकड़ लिया।

''आप यहीं बैठे रहें...दूर मत जाइए...''

जैसा भी है, है तो उसका स्वप्न-पुरुष। मरना और जीना तो अब इसी के संग, इसी के सामने। निर्णय की घड़ी आ गई है।

''मैं कुछ सवाल पूछना चाहती हूँ...''

''क्या हम आज के बाद कभी बात नहीं करेंगे प्रिया, हम तो अब सदा साथ रहने वाले हैं, फिर कर लेना न...मिलन की इस घड़ी में कोई इतनी गंभीर वार्ता करता है...ओ...अब हम समझे...तुम गुस्सा हो कि हमने तुम्हें उपहार में क्यों माँगा...है न यही बात। बोलो...अच्छा चलो पूछो...तुम्हारे सामने तुम्हारा प्रेमी बैठा है, कोई युवराज नहीं।''

मीना ने अपनी नीली आँखें उठा कर बल्लाल की तरफ़ देखा, मानो इस सवाल का जवाब चाहती हो। ''उपहार में क्यों माँगा...क्या मैं कोई वस्तु हूँ...?''

''मीनाक्षी...तुम तक पहुँचने का कोई और मार्ग नहीं मिला मुझे। जो मार्ग थे, वे बेहद अपमानजनक होते, तुम्हारे लिए। जो मेरी हृदयेश्वरी है, उसे मैं बलात् नहीं बुला सकता। यही राजकीय परिपाटी है कि एक राजा, दूसरे राजा से अपनी इच्छित वस्तुएँ प्राप्त कर ले। मैंने तुम्हारे सिवा मिथिला नरेश से कुछ नहीं माँगा। वे अपना खज़ाना सौंपने आए थे, हमने वापस कर दिया। मेरा धन तो तुम हो प्रिये...

''तुम वस्तु होतीं तो चुपचाप घर से उठवा लेता। मैं चाहता था, राजा तुम्हें मेरे पास राजकीय सम्मान के साथ भेजें और मैं तुम्हारा स्वागत किसी विजेता की तरह करूँ, तुम वीर-पुरुष की प्रिया हो, कोई मामूली स्त्री नहीं...''

''आप प्रेम संदेश भिजवाने के बाद मुझसे मिलने क्यों नहीं आए...क्यों इतना लंबा समय बीता, आपने मेरे हृदय की हालत का अंदाज़ा लगाया कभी...आपके प्रेम प्रस्ताव के बाद मैं कहीं की, किसी की न रही। हर पल, हर दिन इंतज़ार करती रही, घुटती रही, पुकारती रही...पुरुष का दिल कठोर होता

है। उसके लिए प्रेम प्रस्ताव सामान्य घटना हो सकती है, लेकिन स्त्री के लिए नहीं। ये मैंने अपने दिल से जाना। आप युद्ध की तैयारी कर सकते हैं, आक्रमण कर सकते हैं, लूटपाट करवा सकते हैं, मैं स्वयं से युद्ध करती हुई हारती रही...''

''लूटपाट...ये क्या कह रही हैं राजनटनी मीनाक्षी, ये हम पर कितना घिनौना आरोप है..''

''आप सत्य कहिए, क्या आपके सैनिकों ने घरों में घुस कर पोथियाँ नहीं लूटीं...?''

''हमें मिथिला की सारी पोथियाँ चाहिए, हमें यहाँ से कुछ नहीं चाहिए, एक आप और पोथियाँ...हम अपने राज्य में विशालकाय ग्रंथागार बना रहे हैं, मेरे पिताश्री की अंतिम इच्छा है, वो पूरा करना मेरा कर्तव्य है। आप मेरी प्रेमिका हैं, आपको भी इसमें मेरा साथ देना चाहिए। मैं अभी इसी वक्त आपका हाथ गहता हूँ, इन जलती हुई मशालों को गवाह बना कर, समूची पृथ्वी, आकाश, ये वनस्पतियाँ, ये तारा मंडल, सप्तऋषि, सब होंगे हमारे गंधर्व विवाह के साक्षी...आप तैयार हों बस...

''मैं आपको साथ लेकर जाऊँगा...या मैं मिथिला को छोड़ कर कभी नहीं जाऊँगा। मैं शैव धारा में जीता हूँ, बड़े हठी होते हैं ऐसे लोग, बहुत हठी हूँ मैं...और आप जानती होंगी कि राजहठ कितना बड़ा हठ होता है।''

''तो आप ये भी जानते होंगे कि त्रियाहठ भी बड़ा गंभीर होता है,''...मन में बोली, ऊपर से प्रकट नहीं कर पाई। इस समय एक हठी, प्रेमी से उलझना उचित नहीं था। मिथिला छोड़ कर न जाने की बात से मीना का दिल धक्क से रह गया। उसकी जन्मभूमि हमेशा के लिए बंग-प्रदेश के अधीन हो जाएगी और जिस माटी ने उसके पुरखों को, उसे पाला-पोसा, सब कुछ दिया, एक दिन उसी पर राज करेगी, शत्रु राजा की रानी बन कर।

''नहीं,''...मीना काँप उठी। ''यह भयावह कल्पना है। कलंकिनी... कलंकिनी...'' कुछ दृश्य आवाज़ें हथौड़े की तरह दिमाग की आंतरिक दीवारों में चोट करने लगीं।

''मैं आपके लिए कुछ उपहार लाई हूँ...''

बल्लाल के मुख से हठ की छाया हटी, वे उत्सुक हुए कि उनकी प्रेमिका क्या उपहार लाई है।

मीना ने उपहार को खोलना शुरू किया, ढेर सारे सुगंधित फूल, सोन चंपा और इत्र की शीशियाँ निकाल कर शय्या पर रखती गई। फिर अंदर से दो पोथियाँ निकालीं। एक अक्षर ज्ञान वाली पोथी, दूसरी वेद की थी। पंडित श्रीधर ने उसे पढ़ने के लिए दी थीं, जिनको वो बल्लाल पर धौंस जमाने के लिए बाँचा करती थी।

''मैं तो अपना जीवन आपको उपहार में देने आया हूँ, आप मेरी रानी बन कर मेरा उपहार स्वीकार करें रानी जी...''

बल्लाल ने प्रेमिल स्वर में कहा।

''मैं जीऊँगी तब न आपका उपहार स्वीकार करूँगी मेरे मीत...मैं चली...'' उपहारों की पोटली से बड़ा-सा छुरा निकाला और मीना ने अपने गले पर वार कर दिया।

बल्लाल ने झपट कर छुरा पकड़ा और दूर फेंक दिया। हल्का-सा गले पर ज़ख्म बना, रक्त रिसने लगा था। मीना उसकी बाँहों में झूल गई थी। बल्लाल उसे सीने से चिपटाए रोने लगा।

''ये क्या कर लिया मीना...किस अपराध की सज़ा दी, प्रेम करना इतना बड़ा अपराध है क्या ? तुमने ये ठीक नहीं किया, तुम मेरी जान ले लेतीं...तुम मेरी हो...तुम्हें अपनी जान लेने का कोई हक नहीं, तुम ऐसा नहीं कर सकतीं... तुम मेरी अपराधिनी बन गई हो...लो मुझे मारो...''

बल्लाल उसे शय्या पर लिटा कर अपनी तलवार ले आया—

''लो, मेरा सिर झुका है, मार दो, काट डालो मुझे...तुम्हारे बिना मैं जीकर क्या करूँगा...मैंने पिता का ऋण चुका दिया है, मिथिला विजय कर ली, पोथियाँ उन तक पहुँच जाएँगी...मैं मर भी जाऊँ तो क्या...बल्लाल ने तुमसे प्रेम किया है मीना...सिर्फ़ तुमसे...''

मीना काँप रही थी। ज़ख्म भी दर्द देने लगा था। रक्त से उसकी चोली और चुनरी दोनों भीग रही थीं। बल्लाल उसे अपनी तलवार पकड़ा रहा था। तलवार की मूँठ वह पकड़ नहीं पा रही थी। उसने तलवार दूर फेंकी और बल्लाल से लिपट गई।

दोनों गले लगकर देर तक अश्रु और रक्त स्नान करते रहे। बल्लाल ने उसके ज़ख्मों पर उसकी चुनरी बाँध दी। दोनों हँसते, दोनों रोते। फिर बेतहाशा

चूमते एक-दूसरे को। जैसे नदी उफनती है तो सारे तटबंध तोड़ देती है। मिथिला की नदियाँ ये काम करती रही हैं। वर्षा ऋतु में नदियाँ ऐसे ही उफनती हैं। मीना-बल्लाल के जीवन में ऋतु बदल गई थी। शरद की रात में घटाएँ बरस रही थीं।

बल्लाल उन्माद में था—

''तुम फूल हो, रात में खिलने वाली...मेरे महल में महका करोगी...''

''मैं मधुमालती की झाड़ हूँ, ज्यादा काँट-छाँट पसंद नहीं करती, खुल कर बढ़ना और फैलना पसंद है हमें, महल में कैसे रह पाऊँगी...''

''फूलों के बारे में बहुत ज्ञान है तुम्हें, और भी कुछ ज्ञान है या नहीं...'' बल्लाल ने उसे छेड़ा।

''मैं माली की बेटी हूँ, मालिन हूँ, हम फूलों की बातें करते हैं...''

''तुम फूलों-सी महकती भी हो, बात करती हो तो पारिजात झड़ते हैं...''

''जाइए...ठिठोली मत करिए...''

''सत्य कहता हूँ, *हरिवंश पुराण* में उल्लेख है कि पारिजात के वही फूल पूजा के लायक होते हैं, जो स्वयं टूट कर भूमि पर गिर पड़ते हैं, उन्हें तोड़ कर पूजा में नहीं उपयोग करते हैं...और तुम तो मुझे इस वक्त रातरानी लग रही हो...कितनी मादक गंध, सफ़ेद अप्सरा-सी...।''

''रात में खिलने और महकने वाले अधितकर फूल सफ़ेद ही होते हैं...''

''अच्छा, चलो, हम आज फूलों की बातें करते हैं...देखते हैं, कौन कितना ज्ञानी है...एक मालिन या एक पुजारी...मुझे फूलों के किस्से सुनाओ...''

मीना उसकी बलिष्ठ भुजाओं में इस तरह बँधी थी, मानो गंधराज का फूल, घने पत्तों से कसा रहता है।

''मेरे बाबा के बाबा अपने संग फूलों के बीज लाए थे, जहाँ-जहाँ से काफ़िला गुज़रता, वे फूलों के बीज इकट्ठे करते, उन्हें कुसुम-खेती करने का मन था, मिथिला ने उन्हें ये सुख दिया। अब यही हमारा देश है, हम इससे प्रेम करते हैं...और आप जिससे प्रेम करते हैं, उसे पराधीन तो नहीं देख सकते हैं न।''

मीना उदास हो गई। बल्लाल से उसकी उदासी देखी न गई। उदास होती है लगता है, चाँद को घटाओं ने घेर लिया हो।

''क्या चाहती हो प्रिये...बताओ, तुम जो कहोगी, बस मेरे कर्तव्य-पथ में

मत आना कि मैं उसे पूरा न कर सकूँ...''

''मेरे देश के गद्दार का नाम बताइए...और मुझे प्रेम करते हैं तो मेरे देश को स्वतंत्र कर दीजिए। आप लौट जाइए अपने प्रदेश। हमारे महाराजा को स्वतंत्र कर दीजिए...''

बाँहों में लेटे-लेटे मीना ने दोनों हाथ समेट कर जोड़े।

''मीना...इस पल में राज-काज की बातें...तुम चतुर-स्त्री भी हो।''

''इसके बदले आप जो कहेंगे, जो चाहेंगे, यह दासी करेगी, वचन निभाऊँगी। मैं आपसे ये नहीं कह रही कि पोथियाँ न ले जाएँ, आप आदेश करें, मैं स्वयं पोथियाँ लेकर आपके पास आऊँगी। अब मैं आपको सर्वस्व सौंप चुकी हूँ, आपके सिवा मेरा कोई नहीं, कुछ भी नहीं। अब मुझे कोई नहीं अपनाएगा। न ये देस, न मेरे घरवाले। मैं बंग-प्रदेश के युवराज की प्रेमिका हूँ...उनके प्रति वफादार रहना मेरा कर्तव्य है। मगर मेरी माटी का मुझ पर जो कर्ज़ है, वो चुकाना है मुझे। मेरा मान रख लें आप...''

मीना गिड़गिड़ा रही थी। बल्लाल उठ कर बैठ गया। कितनी बड़ी चीज़ माँग ली थी उसकी प्रेमिका ने। जिस देश को पराजित किया, उसे मुक्त करने की बात कर रही है। जिसे बंग-प्रदेश में मिला कर एकता के सूत्र में बाँधना है, ये पिता की इच्छा है और उसकी भी है, उसे कैसे इतनी आसानी से एक स्त्री के कहने पर छोड़ दे। ये तो वही बात हो गई कि कोई कहे, अपने स्वप्न जला दो।

''ये अंसभव है, कुछ और माँग लेतीं आप।''

''मेरी भी कुछ शर्तें हैं...''

''आप मेरे साथ चलेंगी बंग-प्रदेश?''

''आप मुझ अकिंचन नटनी को अपने संग लेकर जाएँगे तो लोग क्या कहेंगे। राजा एक नटनी को जीतने गए थे मिथिला नगरिया...''

''मैं तुम्हारे बिना नहीं रह सकता मीनाक्षी, ये तुम भली-भाँति जान चुकी हो, फिर इस तरह के बहाने क्यों?''

''मैं राजमहल के योग्य नहीं हूँ युवराज, मैं जहाँ कहीं भी रहूँगी, आज रात्रि के बाद से आपकी रहूँगी। अब मेरा जीवन आपके नाम हुआ। मैंने आपसे कुछ माँगा है, मुझे उपहार में मेरा देस लौटा दीजिए...और मुझे मिथिला में ही जीने-मरने को छोड़ दीजिए...''

‘‘मैं आपका राज्य लौटा दूँगा, मगर शासन मेरा चलेगा। मिथिला बंग-प्रदेश का एक हिस्सा बनेगा। आपके राजा को स्वतंत्र कर दूँगा, मगर यहाँ मेरा स्थानीय प्रशासक होगा।’’

‘‘स्थानीय प्रशासक, कौन...वही गद्दार, जिसने आपके पास हमारे सारे राज पहुँचाएँ।’’

‘‘मिथिला का गद्दार, हमारे काम का आदमी निकला, युद्ध और प्रेम में सारी नीतियाँ जायज़ होती हैं मीनाक्षी।’’

‘‘नाम नहीं बताएँगे आप...मुझ पर इतना भरोसा न रहा आपको ?’’

‘‘क्या करोगी नाम जानकर...वो हमसे करार लेकर जा चुका है, हमने पहले ही उसे यहाँ का स्थानीय शासक नियुक्त कर दिया है। मैं तुम्हें लेकर लौटने की योजना बना चुका था कि तुमने ये सारी शर्तें रख दीं।’’

‘‘कहीं सौमित्र मिसिर तो नहीं...’’

बल्लाल मुस्कुरा पड़ा।

मीना ने मन-ही-मन दाँत पीसे। ‘‘गद्दारो...तुम्हारी वजह से मेरा देस आज इस दुर्गति में पहुँचा है। तुम्हें इसका भुगतान तो करना पड़ेगा सौमित्र...बच न सकोगे...मैं आ रही हूँ...तुम्हारा हिसाब करने।’’

मन-ही-मन मीना ने कुछ योजनाएँ बनाईं। इस समय वह एक भावुक प्रेमिका कम, एक चतुर किंतु भावुक मिथिलानी ज्यादा नज़र आ रही थी। बल्लाल के प्रति अगाध प्रेम के पलों में भी उसे अपनी माटी की सुरक्षा, मान-सम्मान का ख़याल छूटा न था। बल्लाल थोड़ा दुखी हुआ। इस रात को वह अविस्मरणीय बना देना चाहता था। लेकिन उसकी प्रेमिका उससे अपनी माँगें मनवाने पर तुली हुई थी।

‘‘मीना...क्या सारी बातें आज की रात ही तय होंगी। क्या हम कल नहीं मिलेंगे, क्या कल नहीं आएगा...आज की रात ही सब कुछ खत्म होने वाला है। मेरी बाँहें आतुर हैं तुम्हें अपनी बाँहों में भरने के लिए...मेरी व्यग्रता का ज़रा भी अंदाज़ा नहीं तुम्हें, कितने दिन मैंने गिन-गिन के काटे हैं...मेरी तलवार रक्त से नहीं सनी तो उस पर प्रेम की धार चढ़ी थी। धनुष की टंकार में तुम्हारी साँसें सुनता था। तुम्हारे नृत्य की धमक सुनाई देती थी, जब हवाओं के वेग से वृक्ष झूमते थे। चलो, कुछ तुम्हारी बातें मानते हैं, कुछ तुम मेरी मानो...प्रेम में सब

बराबर होते हैं। विवाह हो गया तो मैं हुकुम चलाऊँगा...अभी मान लेता हूँ...''

बल्लाल हँसने लगा।

मन-ही-मन मीना ने सोचा, 'ठीक कहा मेरे मीत, प्रेम और युद्ध में सब नीतियाँ आज़माई जाती हैं। अब आज से आज़माते हैं हम, ये सारी नीतियाँ। प्रेम किया है तो साथ दूँगी। मगर अपना ईमान बचाते हुए। न प्रेम को नीचा दिखाऊँगी न अपनी माटी का सिर शर्म से झुकने दूँगी।'

''क्या सोच रही हो मीना...ये सोच का समय नहीं...रात जाने वाली है... हमने बहुत सारा समय व्यर्थ की बातों में गंवा दिया। ये रात सिर्फ़ हम दोनों की है...दो प्यासी आत्माओं की...उनके मिलन की। मैं छोड़ता हूँ तुम पर काम के बाण, तुम कामार्त हो जाओ, मेरी प्रिया...।''

बल्लाल ने उसे बाँहों में फूल की तरह उठा लिया। बाण ने असर दिखाया। मीना के अंग-अंग धड़कने लगे। स्वप्न पूरा होने का समय आ गया था। वो धुँधला चेहरा झुका हुआ उसके चेहरे पर। स्वप्न में अस्पष्ट था, यहाँ स्पष्ट हो गया है।

''मेरे मीत...तुम फूल, मैं सुगंध, तुम नदी, हम पानी...'' कामदेव ने रति को अपने वश में कर लिया। वह स्वर्ग की उस नदी में उतरा, जिसका किनारा उसे नहीं चाहिए था। चाहे उस वक्त स्वर्ग छूट जाए।

मीना की देह करतब करती हुई कामदेव के आगोश में गुम हो गई थी। बल्लाल गहरे...और गहरे...उतरता गया। मीना डूबती गई...डूबती गई...। मीना सुख में बड़बड़ाती रही, बल्लाल कुछ-कुछ बोलता रहा। मीना के एक-एक अंग पर वह श्लोक सुनाता, मीना अपनी देह से करतब कर लेती।

रात ओस में गीली होती रही। अँधेरा बाहर काँपता रहा। बाहर घोड़े हिनहिनाते रहे। प्रहरी पहरा देते रहे।

शिथिल होते हुए बल्लाल ने मीना की नीली आँखों को चूमा और धीमे से फुसफुसाया, ''तुम मीनाक्षी नहीं, कामाक्षी हो प्रिया।''

সপ্তম অধ্যায়

उस रात की सुबह हुई। घटनाएँ तेज़ी से घट रही थीं। उस रात समूची नगरी में अलग-अलग घटनाएँ घटीं। कुछ को उस रात की सुबह का इंतज़ार था। एक नटी का सौदा किया जा चुका था। सब बल्लाल सेन के अगले कदम की प्रतीक्षा में थे। मीनाक्षी के बाबा और मैया की मनोदशा विचित्र हो चुकी थी। उन्हें इतना ही मालूम था जितना मीनाक्षी ने बताया। और किससे पूछें। सबने मौन साध लिया था। आक्रमणकारियों के भय से समूचे नगर में सन्नाटा पसरा हुआ था। सब खौफ़ में थे कि जाने कब शत्रु सेना घर में घुस कर लूटपाट करे। कुछ ने अपनी पोथियाँ निकाल कर सामने रख लीं कि सैनिकों को थमा देंगे। जो स्वयं रचनाकार थे, उन्हें अपनी पोथियों, पांडुलिपियों से इतना मोह था कि अपने जीते जी किसी दुश्मन देश को सौंपना नहीं चाहते थे। उनमें से कुछ विद्वान पोथियों को छुपा रहे थे। कुछ ने आँगन में माटी के नीचे दबा दिया। संदूकों में रख कर। कोई खोज न पाए। इसके पहले माटी में स्वर्ण-सिक्के, सोने-चाँदी के गहने ही गाड़े जाते थे। पहली बार मिथिला में पोथियाँ माटी में दबाई जाने लगीं और कोई सुरक्षित रास्ता उन्हें नहीं सूझ रहा था।

मीनाक्षी के घर पर रोना-पीटना मचा हुआ था। उनके घर की सबसे मूल्यवान चीज़ लूटी जा चुकी थी। एक पिता के रूप में सुशोभन ने खुद को इतना लाचार कभी न पाया था। उसने मीनाक्षी को किसी काम के लिए नहीं रोका था। पहली बार उसने कल बल्लाल सेन के पास जाते हुए रोका था। रजनी दरवाज़ा छेक कर खड़ी हो गई थी।

मीनाक्षी ने उन्हें एक ही वाक्य कहकर चुप करा दिया था—

‘‘परबाबा ने इस नगर को जो वचन दिया था, उसे पूरा करने के लिए उसकी जान भी चली जाए तो मातम मत मनाना। इससे एक देशप्रेमी का अपमान होता है।’’

सुशोभन तत्काल चुप हो गया था। रजनी ने कोई वचन मानने से इनकार कर दिया था।

''हमें नहीं चाहिए, ये देश, ये लोग, जहाँ मेरी बेटी की बलि चढ़ाई जाए। हम वापस अपने क़ाफ़िले में चले जाएँगे। हम पहले भी दर-बदर थे, फिर हो जाएँगे। हम अपनी बेटी नहीं खोएँगे...मैं नहीं जाने दूँगी। मैं राजा के पास जाऊँगी, तेरे प्राणों की भीख माँगूँगी...''

रजनी रोए जा रही थी। मीनाक्षी की आँखें भीगी हुई थीं। उसने अपनी रुलाई रोकी।

''मैया...मैं बल्लाल सेन से प्रेम करती हूँ। मुझे कोई ज़बरदस्ती नहीं भेज रहा है। मैं अपनी इच्छा से वहाँ जा रही हूँ। मुझे उसके पास जाना ही होगा, सारी बातें तय होंगी। एक-न-एक दिन उससे मिलना ही था। तुझे तो खुश होना चाहिए कि एक राजघराने में तेरी बेटी का संबंध जुड़ेगा।''

''प्रेम... ? ये कब हुआ, कैसे, तू कब मिली उनसे, वह शत्रु है हमारा... ''

''प्रेम मिलकर ही होता है क्या मैया ? श्रवण-प्रेम सुना है। सुनकर जो प्रेम होता है। मुझे और बल्लाल को वही हुआ है। तू अपने कन्हैया भगवान से मिली है ? सिर्फ़ सुना है न उनके बारे में ? क्यों उनकी मूर्ति हर जगह लिए फिरती रहती हो ? उनसे मिली हो कभी ? बल्लाल से प्रेम की कहानी लंबी है मैया...सुनाने का समय नहीं है। लौट कर आती हूँ...सारी बातें तय कर लूँ, फिर बताती हूँ...अभी मुझे विदा दे। मुझे झोली में थोड़े फूल दे...आशीष दे कि तेरी बेटी, अपना लक्ष्य पाने में सफल हो। भरोसा रख मैया, तेरी बेटी तेरा सिर संसार के सामने झुकने नहीं देगी...बस तू मुझसे कोई सवाल मत करना...देखती जाओ... ।''

अपनी झोली में भरकर फूल चली गई मीनाक्षी। उसके लौटने का कुछ पता नहीं चला।

पौ फटते ही सुशोभन, रजनी को बिना बताए मीनाक्षी की कुंडली लेकर पंडित श्रीधर के पास भागा। क्या सपने देखे थे, हकीकत में क्या देखना पड़ रहा है। वह विचलित हो उठा था।

पंडित श्रीधर के चेहरे का रंग उड़ा हुआ था। दोनों ने एक-दूसरे को बदहवास देखा। सुशोभन ने मीना की कुंडली उनके आगे रख दी।

''ये समय नहीं अब कुंडली देखने का मित्र सुशोभन। भाग्य का लेखा

कोई नहीं बदल सका। हम मिथिला का भाग्य कहाँ देख पाए, कहाँ बदल पाए। परतंत्रता भाग्य में लिखी थी, सो होनी होकर रही। मीना के भाग्य में जो लिखा है, वो होकर रहेगा।''

''एक बार देखिए न...आपको याद है, बचपन में आप उसकी कुंडली देखकर कुछ छिपा गए थे। फिर आपने उसकी हथेली में आयु रेखा देखी और उदास हो गए थे। आपने तब भी कुछ न कहा। आपने सब अच्छा-अच्छा कहा, सब सच साबित हुआ। देखिए न, कहाँ-से-कहाँ पहुँच गई एक साधारण नटनी। ये भी भाग्य की ही बात है न।''

''क्या जानना चाहते हो ? संकट की इस घड़ी में, कौन कब तक जीवित रहेगा, क्या पता ? संकट अकस्मात् आते हैं और वे सारी भविष्यवाणियों को उलट-पुलट कर देते हैं। हम फिर ज्योतिष विधा को कोसने लगते हैं। उसकी सत्यता पर सवाल खड़े करते हैं। सत्य तो ये है मित्र कि नक्षत्रों, ग्रहों की चाल कब बदल जाए, कुछ कहा नहीं जा सकता...हम तो उनकी गति को नहीं पढ़ पाते हैं।''

''एक बार इसकी आयु बता दें...मुझे भय है कि ये लड़की कहीं कुछ कर न ले या कोई इसे नुकसान न पहुँचा दे। जाने क्यों मेरा हृदय काँप रहा है किसी अनिष्ट की आशंका से...ऐसा लग रहा है, कुछ होने वाला है, कल रात की गई, अभी तक लौटी नहीं है। कोई सुरक्षा भी नहीं, वो खतरे में है...शत्रु राजा के तंबू में गई है...मेरी बच्ची...ये कैसी संधिवार्ता है...''

सुशोभन अब फफक पड़ा। इतनी देर से रोके हुए आँसू धाराप्रवाह निकल पड़े।

पंडित श्रीधर ने उसे गले लगा लिया।

''एक बात कहूँ ? मुझे मीना की कुंडली मत दिखाओ। इधर ग्रहों की चाल बदली है। कुछ भी हो सकता है। आयु रेखा क्षीण थी। वो किशोरावस्था में देखा था। युवावस्था में उसकी हथेली देखी नहीं। देखता तो कुछ बता पाता। मैं घर आता हूँ, देखकर बताता हूँ। जैसा भी होगा, मैं क्या कोई शक्ति उसे बदल तो नहीं सकती। मगर इतनी आश्वस्ति देता हूँ कि तुम्हारी बेटी कभी देश या तुम्हारा सिर नीचे नहीं होने देगी। उसकी भाग्यरेखा बहुत प्रबल है। ऐसे जातक गर्वीले होते हैं, चतुर भी और बिगड़े काम बना देते हैं। जाओ...घर जाओ...मीना आ रही होगी।

मैं मिलता हूँ उससे। सब ठीक होगा...उसके हाथों में अब देश का भाग्य है...''

सुशोभन वहाँ से रोता-कलपता घर लौटा। रजनी दरवाज़े पर ही बैठी थी। उसे मीना का इंतज़ार था। बाहर हर तरफ़ सन्नाटा था। मन्दिर में पूजा-पाठ शुरू हो गया था। कुछ लोग वहाँ दिखाई देने लगे थे। सुशोभन का मन न था मगर फूलों को वहाँ पहुँचाना ज़रूरी था, पूजा कैसे होगी। वह रजनी को दिलासा देकर खेतों की तरफ़ चला गया।

रजनी टकटकी लगाए बैठी थी। आँसू सूख चुके थे। उसका दुख होंठों पर गीत बन कर फूट पड़ा....

घर पछुआरे धनी, लवंग केर गछिया

लवंग तुबइ सारी राति हे

ताही अवसर अएला, सामी हमर सामी

होतहिं भोर भिनुसार हे...

कहवां से अएलौं सामी भोर भिनुसरबा हे...

कहमाँ गमएलौं सारी राति हे

तोहरो सं सुन्नरि धनी मालिन बेटिया

उहमे गमैलौं सारी राति हे

आबथु मालिन बेटी बैसथु पलंग चढ़ि

कइसे लोभएल सामी (स्वामी) मोर हे

राजा बेटा हँसलइ हमे मुसकेलियै

मोने मोन जोड़ल पिरीत हे...

गीत बीच में ही रोक दिया। सामने से सौमित्र मिसिर चले आ रहे थे।

मीनाक्षी ने कहलवाया है, वो आज सांध्यकाल वापस लौटेंगी। उन्हें राज-काज की वजह से वहाँ रुकना पड़ा है। कुछ बड़ी चीज़ें तय हो रही हैं। आपके लिए खुशखबरी भिजावाई है। बल्लाल सेन बंग-प्रदेश लौट जाएँगे। हमारे महाराज गंगदेव जी, सशर्त स्वतंत्र हो जाएँगे।

''आप धैर्य रखें...शाम तक आ जाएँगी।''

रजनी ने खबर को सुनकर अनसुना कर दिया। सौमित्र से उसे सौ सवाल पूछने थे, सामने आया तो एक भी सवाल न पूछा। थोड़ी देर सौमित्र खड़ा रहा,

प्रत्युत्तर की उम्मीद में। सुशोभन भी आस-पास दिखाई नहीं दिया। वह वहाँ से अपराधी-सा मुँह बनाए लौट पड़ा।

रजनी के बोल फिर फूटे—

तोहरे स सुन्नर मालिन बेटिया
मोने मोन जोड़ल पिरीत हे...

~

सुबह दोनों की आँखों में प्रीत के डोरे तैर रहे थे। मीना ने अपने वस्त्र समेटे और स्नानघर की तरफ़ भागी। बल्लाल वैसे ही लेटा रहा। सुबह का पूजा-पाठ छूट गया। प्रतिदिन सुबह वह बिना पूजा किए मुँह में अन्न का दाना नहीं डालता था। शय्या से उठने से पहले अपनी दोनों हथेलियों को जोड़ कर रेखाओं को देखता, जो आधा चंद्रमा लगती थीं। उन्हें देखकर पहले ''ऊँ नमः शिवाय'' का जाप करता फिर उठ बैठता। पहली बार न शिव ध्यान में रहे न हथेलियों का चंद्रमा। सुबह उठने का मन ही न हुआ। सारी रात जैसे रस वर्षा में डूबा रहा। चाँद तो उसके पहलू में सोया हुआ था। सुबह मीना से पहले उसकी आँख खुली थी। अपलक देर तक निहारता रहा, निहाल होता रहा। मन-ही-मन खुश होता रहा कि बंग-प्रदेश की रानी चुन ली। सारा महल जगमगा उठेगा। बातों-बातों में इतना तो समझ गया कि यह साधारण नटी नहीं है, सबसे अलग है, मातृभूमि से प्रेम करने वाली है और थोड़ी हठी है। बंग-प्रदेश ले जाना कठिन होगा। प्रेम की असली परीक्षा तो अब होगी। जाने मीना का अगला कदम क्या होगा। बल्लाल उसके आगे थोड़ा परास्त-सा नज़र आने लगा था। वह अपने जीवन की सबसे नायाब वस्तु को खोना नहीं चाहता था। उसे नाराज़ नहीं करना चाहता था। इसीलिए वह जो शर्तें रखती गई, वो मानता गया। सब कुछ जीता हुआ छोड़ने को तैयार हो गया था। अब मिथिला पर शासन भी छोड़ने का मन बना लिया। मीना ने उसे इस बात के लिए तैयार कर लिया था कि कोई बन जाए मिथिला का प्रशासक, गद्दार सौमित्र मिसिर नहीं बनना चाहिए। सौमित्र के साथ लिखित करार हो चुका था। बल्लाल मुकरे कैसे। उसे नीति-सम्राट कहते थे लोग। नीति सम्राट अपने वचन से कैसे फिरेंगे।

मीना से ही उपाय पूछना उचित होगा। उसी ने उलझाया है, वही रास्ता निकाले।

ये सब बातें सोचता हुआ, बल्लाल लेटा रहा। सधःस्नाता मीना उसके सामने आ खड़ी हुई। वह अपनी केलि-सखि को देखता रह गया। गीले बाल, बिना साज-सिंगार के वो और दिव्य लग रही थी। कोई अप्सरा धरती पर उतर आई हो, चौंसठ योगिनियों में से कोई एक योगिनी प्रकट हो गई हो, कोई भटकी हुई यक्षिणी, यक्ष को खोजती हुई ठिठक गई हो, कोई गंधर्व-कन्या रास्ता भटक गई हो, जिसे वशीकरण मंत्र आता हो और जो सभी कलाओं में निपुण हो। रात की परछाईं उसके तन पर अभी तक पड़ी हुई थी। बल्लाल ने हाथ बढ़ा कर उसे खींचना चाहा, अपनी ओर। मीना फिसल कर भागती रही। बल्लाल ने उसे पीछे से दबोच लिया।

''उहुँ...छोड़ो न...भोर हो गई युवराज, राज-काज का समय हो गया है, हमें अपने घर भी जाना है, इसके पहले कुछ ज़रूरी काम भी निपटाने हैं...''

बल्लाल ने उसके घने काले, लंबे केशों के बीच अपना मुँह छुपाते हुए लंबी साँस भरी, मानो फूलों की गंध को फेफड़ों में भर रहा हो।

''पूजा नहीं करेंगे आप? आपकी पूजा का समय हो गया है, मेरे कारण आप अपना काम न रोकें...''

''ओहो...मत बोलो न...''

''हमें आपसे बात करनी है युवराज, समय कम है न, आप तो लौट जाएँगे''

''लौट जाएँगे? कब, क्यों..इतनी जल्दी...ये किसने तय किया?''

''कल ही आपने वादा किया था मुझसे...''

''ओ...हाँ, याद आया...''

बल्लाल थोड़ा उदास होता हुआ स्नानघर में घुस गया। तंबू में सारा इंतज़ाम भव्य था। पूजा-पाठ से निपट कर बल्लाल आया तो बैठकखाने में मीना और सौमित्र मिसिर बातें करते मिले। ऐसा लग रहा था कि कुछ सख्त किस्म की बातें हो रही थीं। मीना का चेहरा तमतमाया हुआ था और सौमित्र के हाथ में कोई वस्तु थी।

युवराज के सेवक इधर-उधर आवाज़ाही कर रहे थे। बाहर सैनिकों की चहलकदमी सुनाई दे रही थी।

बल्लाल मायूस हुआ। उसने सोचा था कि मीना शयनकक्ष में ही इंतज़ार कर रही होगी। मीना के साथ कुछ पल और गुज़ारने का मन था। रात को दोहराने का मन था। कंठ में प्यास जमी थी, जन्मों की। ताज़ा-ताज़ा अध्ययन से, पोथियों से बाहर निकल कर वसंत देखा था। शरद में वसंत। उसके मन में वसंत आ चुका था। जबकि बाहर शरद ऋतु थी और कुछ ही दिन शेष बचे थे दुर्गापूजा में। उसके पहले लौटना था। मिथिला विजय के बाद उसे गद्दी मिलने वाली थी। पिताश्री विजयसेन वहाँ प्रतीक्षा करेंगे। बल्लाल वहाँ से लौट कर पूजा स्थल की ओर चला गया। युद्ध के दौरान भी उसने महादेव की पूजा-अर्चना नहीं छोड़ी थी। शिव से न केवल उसने स्त्री की इज़्ज़त करना सीखा था बल्कि आमजनों के प्रति लगाव भी वहीं से आया था। उसके भीतर धर्म बोध गहरा था, वह दूसरे धर्मों के प्रति असहिष्णु था। खासकर उन धर्मों को पसंद नहीं करता था जो हिन्दू धर्म को हानि पहुँचाते हों। इसीलिए बौद्ध धर्म के प्रति उसके भीतर गहरा द्वेष भरा हुआ था। मगध से मिथिला तक की यात्रा में उसने सारे बौद्ध विहार उजड़वा दिए। कुछ भिक्षुओं को जबरन गृहस्थ बनने पर विवश किया। भिक्षुणियों को वापस उनके घर भेजा। वह हिन्दू धर्म की स्थापना को लेकर खासा सचेत था और ब्राह्मणों को ऊँचा दर्जा दिलाने के लिए कटिबद्ध था। उनका बहुत आदर करता था। उन्हें सिंहासन पर बिठाता था ताकि प्रजा में यह संदेशा जाए कि उच्च कुल क्या होता है। मिथिला आकर उसे बहुत अच्छा लगा कि यहाँ पंडितों का वर्चस्व है। लेकिन उसे थोड़ी हैरत भी हुई कि सभी समुदायों को इतनी प्रतिष्ठा कैसे मिल सकती है। मिथिला में सभी जातियों के लोग धर्म-ग्रंथ बाँचते थे, लिखते थे, पाठ करते थे। मिला-जुला समाज देखकर उसके भीतर थोड़ी उदात्तता आई। और रही-सही कमी एक नटनी के प्रेम ने पूरी कर दी। उसने कहाँ सोचा था कि एक कट्टर धार्मिक, कुलीन बोध से भरा हुआ युवराज होने के बावजूद एक सामान्य नट समुदाय की एक नटनी से प्रेम कर बैठेगा। उसे अपने हिस्से की प्रेमिका मिली भी तो कहाँ, एक पराजित शत्रु राज्य में, एक साधारण कुल की असाधारण कन्या। मीना को लेकर उसे विरोध तो झेलना पड़ेगा। पहली बार उसे लगा कि प्रेम एक अलग धर्म और कुल है जिसके आगे सारी सत्ता असफल। इस प्रेमिल संसार में केवल दो लोग नागरिक होते हैं। बाकी सब लोप होते हैं। उनका एक ही धर्म होता है—प्रेम। इन दिनों

वह उसी लोक का नागरिक बन बैठा था। वह भीतर से बदल रहा था, अपने धार्मिक पूर्वाग्रहों और जातीय कट्टरता को लेकर।

पूजा पर बैठे बल्लाल के भीतर विचारों का अंधड़ उठ रहा था। चंदन-टीका लगा कर आसन से उठ पड़ा।

बैठकखाने में जाने से पहले अपने शयन कक्ष में गया। वहाँ मीना बैठी हुई थी। उसे लगा—शय्या पर शरद पूर्णिमा का चंद्रमा उतर आया है।

मीना ने देखा—माथे पर टीका-चंदन लगाए उसका प्रेमी सूरज की तरह दमक रहा है। तेजस्वी, पराक्रमी, वीर और प्रेमाकुल युवराज।

बल्लाल कुछ पल उसे देखता रहा। मीना बोल पड़ी, ''हम कुछ महत्त्वपूर्ण बिंदुओं पर बात कर सकते हैं क्या? आप अनुमति दें तो...कुछ योजना बनाई है, आपकी अनुमति का इंतज़ार है।''

''वाह, इतनी शीघ्रता से आपने सब कुछ सँभाल लिया। तो बताएँ महारानी जी, हमें क्या करना है...आज्ञा दें हमें...''

बल्लाल चुहल कर रहा था।

''आप अतिशीघ्र लौट जाएँ बंग-प्रदेश। आप हमारे महाराजा की स्वतंत्रता की घोषणा करिए। यहाँ आप अपना एक प्रशासक नियुक्त कर दें, सौमित्र मिसिर हमें स्वीकार्य नहीं है।''

''और कुछ मेरी कामाक्षी...नहीं, नहीं...मीनाक्षी...''

चुहल करता हुआ बल्लाल, मीना को बहुत मोहक लग रहा था। उसे असली बिंदु पर आने का सही समय यही जान पड़ा। उसी पल वह असली चाल चल देना चाहती थी।

''मैं चाहती हूँ कि आप अपने सैनिकों के साथ वापस लौटें, मैं पीछे से आऊँगी। आप कुछ नौकाएँ छोड़ जाएँ, मैं उनमें मिथिला की सारी पोथियाँ लेकर आपके पास आ जाऊँगी, फिर हम सदा साथ रहेंगे। हमें कोई अलग नहीं कर सकेगा। मिथिला से सदा के लिए आपका संबंध जुड़ जाएगा।''

बल्लाल एक पल के लिए सन्न रह गया।

''मीना और पोथियाँ...यही तो दो असली उपलब्धि, यही उसका हासिल। उसी को छोड़ कर अकेला चला जाए।''

उसके मुख से ज़ोर से निकला—

''असंभव।''

मीना घबरा गई। उसे लगा, युवराज को गुस्सा आ गया तो कहीं पासा न पलट जाए। उसे दंडित न कर बैठे। राजा-महाराजाओं का दिल जितनी जल्दी आता है, उतनी ही जल्दी भरता है। क्या पता, एक नटी की धृष्टता उन्हें नागवार लगे। उसे ये भी भय था कि उसकी चालबाज़ी कहीं पकड़ न ली जाए। अपनी तरफ़ से अतिरिक्त सतर्कता बरत रही थी और जितना हो सके, बल्लाल को अपनी बातों के झाँसे में लेना चाह रही थी।

''कैसे सोचा कि मैं तुम्हारे बिना और पोथियों के बिना वापस लौट जाऊँगा..यही दो मेरे लक्ष्य थे।''

''आप मुझे गलत मत समझें। मुझे गहरी पीड़ा हो रही है। क्या आपको अपने प्रेम पर, अपनी मीनाक्षी पर तनिक भी विश्वास नहीं रहा। मैंने बहुत सोचा-समझा, विचारा और फिर ये तय किया कि आप किसी विजेता राजा की तरह यहाँ से लौटें, किसी लुटेरे राजा की तरह नहीं। समूचे राज्य में आपकी बदनामी हो गई है। प्रजा आपसे बहुत नाराज़ है। जिनकी पोथियाँ लुटीं, जिनके साथ छीना-झपटी हुई, मार-पीट हुई, वे सब फरियाद लेकर राजा के पास पहुँचे हैं। मेरे घर के बाहर भी अब भीड़ पहुँच चुकी होगी, क्योंकि ये खबर अब तक सबको पता चल चुकी होगी। क्या आप चाहते हैं कि लोग मुझे नीची नज़र से देखें, एक वस्तु के रूप में, जिसे एक विजयी राजा के हाथों सौंप दिया गया।''

बल्लाल ने उसके मुख पर हाथ रख कर चुप कराना चाहा। उसके चेहरे पर दुख के भाव आ गए। पेशानी पर बल पड़े।

''मैं सम्मान के साथ वहाँ आना चाहती हूँ, पोथियाँ मेरे संग होंगी। कोई रोक नहीं सकता। लूट के बाद वे अब आपकी हुईं। और इस रात के बाद मैं भी आपकी हुई...''

बोलते-बोलते मीना लजा गई। बल्लाल के सीने से लग गई। चंदन की खुशबू उसके बदन से आ रही थी। सीने पर सिर टिका कर आँखें मूँद लीं। इस पल में भी वह इतनी सचेत थी कि बल्लाल की अनुमति का इंतज़ार कर रही थी।

व्यस्यै मित्रावरुणों हृदश्चित्तान्यस्यतम...
अथैनामक्रतुं कृत्वा ममैव कृणतुं वशे:

बल्लाल ने उसे अपनी बाँहों में कसते हुए कोई मंत्र पढ़ा।

''अब इसका अर्थ भी बता दीजिए। हम इतने भी ज्ञानी नहीं। इन पलों में भी आपको मंत्र सूझता है। जाइए...''

मीना ने ठुमकते हुए सीने पर दो बार सिर पटका।

''हे मित्र और वरुण। इस स्त्री के हृदय को ज्ञानशून्य कर दो। इसके पश्चात् इसे कर्तव्य और अकर्तव्य के ज्ञान से शून्य करके मेरे वशीभूत बना दो।''

''आपने मुझ पर जंतर-मंतर किया है। तभी मैं मंत्रमुग्ध हूँ। यहाँ तक कि आत्मविस्मृत हो चुकी हूँ। कई बार सोचती हूँ—कौन हूँ मैं, क्या हूँ मैं...धूल से गगन तक पहुँची मैं। कितना सुंदर भाग्य मेरा। बस कर्तव्य निभाने दें हमें।

''मेरी कला मुझसे पूछती है—कहाँ गई मैं ? मेरा लक्ष्य आवाज़ देता है—मुझे मत छोड़ो...मेरी मातृभूमि प्रलाप करती है—हम तुम्हारी पदचाप सुनते रहना चाहते हैं। यहाँ के वृक्ष कहते हैं—हमें तुम्हारा गान सुनते रहना है। नदी कहती है—तुम मेरे जल में जल-गुफा बना कर बस जाओ। प्रेम कहता है—सब छोड़ चलो, पिया की नगरी चलो, सिया सुकुमारी को भी अयोध्या नगरी जाना पड़ा था। एक दिन हर कन्या को जाना पड़ता है...मैं आऊँगी ससुराल...''

बल्लाल ने उसे अपनी बाँहों से मुक्त करते हुए निर्णय सुनाया, ''हम जाएँगे, एक ही दिन। मैं पहले निकलूँगा, आप पीछे से आएँगी। मैं रथ से मगध तक की दूरी तय करके फिर नौका से आऊँगा। रास्ते में कुछ काम अधूरा छोड़ा है। आप यहाँ से सीधी नौका लेकर निकलें। आपके लिए शाही नौकायान तैयार रहेगा। आपके साथ, कुछ सैनिक, सेवक-सेविकाएँ होंगी। मैं वहाँ आपसे पहले पहुँच जाऊँगा। हमें हर हाल में दुर्गा पूजा से पहले पहुँचना होगा वहाँ। तुम जानती हो कि दुर्गा पूजा के दिन ही पिताश्री मुझे राजगद्दी सौंपेंगे। मैं उन्हें, मिथिला-विजय और पोथियाँ सौंपूँगा और सदा तुम्हारे साथ वहाँ राज करूँगा और एक दिन हम साथ ही वनवास करेंगे। मैंने तय किया है, जैसे मेरे पिता कर रहे हैं, वैसे ही मैं भी संतान के अट्ठारह साल के होने तक ही राज करूँगा... तुम साथ चलोगी न, जंगल में, कुटिया बना कर प्रकृति के साहचर्य में अंतिम दिन बिताएँगे।''

''बनवास...। अभी तो जीवन शुरू भी नहीं हुआ है।'' मन-ही-मन

बोलते हुए मुरझा गई मीना। उसकी चाल विफल हो गई। बल्लाल उसकी बातों में नहीं आया। हर अदा विफल हो गई। उसे गहरी निराशा होने लगी। जैसे अपने ही जाल में फँस कर मकड़ी छटपटाती है, वैसे ही मीना छटपटाने लगी।

ऊपरी मन से उसने कहा, ''जैसी आपकी आज्ञा।''

बल्लाल ने अपने सेनापति को बुला कर वापसी की तैयारियाँ करने के आदेश दिए।

~

वापसी की तैयारियाँ प्रारंभ हुईं। पोथियाँ विशालकाय संदूकों में भरी जाने लगीं। उन्हें देख-देख मीना का दिल कचोटता।

नगर का ग्रंथागार खाली हो चुका था। पूरी इमारत खाली हो चुकी थी, वहाँ हवा सांय-सांय करती थी।

मीना अपने घर लौट चुकी थी। वहाँ टूटा हुआ, हताश सुशोभन मिला, सूजी आँखों वाली मैया मिली। जिसके होंठों पर गीत और आँखों में आँसू कभी खत्म ही न होते थे। दोनों को यह आभास हो चला था कि वे अपनी पुत्री खो चुके हैं। हर हाल में वह अब पहले वाली उनकी मीना नहीं रहेगी। शत्रु राजा को वह उपहार में मिल चुकी है, उसे साथ लेकर जाएगा।

सुशोभन जब उसे गले लगाकर फफक पड़ा तब मीना को कहना पड़ा,

''आप परबाबा का कथन याद करिए। वक्त आ गया है बाबा। आप मेरा साथ दीजिए। नहीं तो मैं कभी मातृभूमि का कर्ज़ नहीं उतार पाऊँगी। परबाबा का दिया हुआ वचन पौत्री उतारेगी, ये सौभाग्य की बात है। आपसे आपकी मातृभूमि त्याग की माँग करे तो क्या आप इनकार कर देंगे...''

सुशोभन ने न में सिर हिलाया।

रजनी ने उसे बाँहों में भर लिया।

''अच्छा होता, काफ़िले में ही रहते। हम तुझे नहीं रोकेंगे। जाओ, सुखी रहना...कहीं भी रहो, हमारा क्या, इनका कर्ज़ उतार कर हम भी चले। हम न बसेंगे कहीं, आएँगे बंग-प्रदेश, खबर करेंगे, आना मिलने। रानी होगी न...''

''बाबा...'' मीना भी अपनी रुलाई न रोक पाई। देर तक तीनों रोते रहे।

तीनों जान-समझ गए थे कि जीवन जिस दिशा में ले चला है, वहाँ अब सारी उम्र रोने के सिवा कुछ नहीं बचा है। मीना के मन में क्या चल रहा है, उसका अगला कदम क्या होगा, उसके बाबा और मैया अनजान थे। वे कुछ और सोच कर विलाप कर रहे थे और मीना कुछ और सोच कर दहल उठी थी। उसके मन की थाह लेना किसी के लिए असंभव था। वह रोते हुए भी अगले कदम के बारे में लगातार सोचे जा रही थी। वो जो करने जा रही थी, उसके लिए पूर्वपीठिका तैयार कर चुकी थी। सौमित्र को उसने तैयार कर लिया था, लेकिन उसे राज़दार नहीं बनाया था। सौमित्र को लालच दिया कि एक बार वह उसका कहा मान ले तो वो जो चाहेगा, उसे मिलेगा। सिर्फ़ प्रशासक बन कर क्या होगा। ऊँचे-से-ऊँचा पद, मूल्य चुकाने का लालच वह दे चुकी थी। सौमित्र उसके झाँसे में आ चुका था। उधर बल्लाल से कहकर सौमित्र का करारनामा रद्द करवा दिया और सौमित्र को बल्लाल के खिलाफ़ भड़का दिया। अभी तक सब कुछ योजनाबद्ध तरीके से चल रहा था।

कुछ काम और उसकी योजना के अनुसार होना था। वह बिना समय गंवाए उसी काम में लग गई।

''बाबा, मैया...मेरा साथ दो। मैं बिना आप सबके सहयोग के, जो करना चाहती हूँ, नहीं कर सकती।''

मीना ने बाबा और मैया के कानों में कुछ कहा। सुनकर दोनों के चेहरे पर भय और संशय की रेखाएँ उभरीं।

''मैं जैसे-जैसे कहती हूँ, करते जाइए...मेरी चिंता मत करिए...मैं सब सँभाल लूँगी। सारी परिस्थितियाँ मेरे पक्ष में हैं। वे मुझ पर बहुत भरोसा करते हैं। मैं अब पीछे नहीं हट सकती।''

सुशोभन और मैया को काम समझा कर वह फिर से बल्लाल के तंबू की ओर चली। वहाँ पहुँच कर सबसे अच्छी खबर मिली कि मिथिला नरेश को स्वतंत्रता का पैगाम जा चुका था और एक नये स्थानिक मांडलिक नियुक्त किए जा चुके थे। उनका नाम था—संग्रामदेव गुप्त। उन्हें मिथिला नरेश ने एक गाँव भी उपहार में दिया, जिसका नाम बदलकर संग्रामपुर करने की घोषणा हुई। संग्रामदेव न बंग-प्रदेश के थे, न मिथिला के। वे मरुभूमि के बड़े व्यापारी कृष्णगुप्त के पुत्र थे, जिन्हें बल्लाल उनकी तीव्र वणिक बुद्धि के कारण बहुत

पसंद करता था। उन्हें अपने साथ लेकर चला था। मीना अब तक उनसे नहीं मिली थी। वे मिथिला के दूसरे भाग में युद्ध का संचालन कर रहे थे और सैनिकों को आवश्यकता की पूर्ति करवा रहे थे।

बल्लाल ने मीना को उनसे मिलवाया। मीना संग्राम की नियुक्ति से तिलमिला गई। उसके मुख से निकल गया—

''आप हम नीचकुल के लोगों पर भरोसा नहीं करते। हमने सही सुना था कि आप ...''

''मीना...कृपया कुछ भी मत बोलना। हमने बहुत सोच-समझ कर इन्हें नियुक्त किया है। हम आपसे बाद में बात करते हैं।''

मीना वहाँ से आहत होकर अंदर चली गई। तंबू उखड़ रहे थे सो अंदर पहले वाली रौनक न थी। मायूस-सी खड़ी रही। बाद में बल्लाल तेज़ी से आए और मीना को गले लगा लिया।

''इतने दिन क्यों न आईं ? हमने हर रात प्रतीक्षा की। हमारे भाग्य में दूसरी रात न आ सकी, हम आज मगध की ओर निकल रहे हैं। आप भी तैयारी कर लें। आज ही आपको निकलना है।''

''आपने संग्रामदेव की नियुक्ति से पहले हमसे सलाह न ली...''

''तुमने नीचकुल क्यों बोला प्रिये...क्यों तंज कसती हो...तुमने मेरी सोच बदल दी है। संग्राम को मैंने इसलिए नियुक्त किया कि मिथिला में किसी पर भरोसा नहीं कर सकता। सौमित्र के लिए तुम मना कर चुकी हो। सौमित्र दुष्ट और गद्दार है, उसकी तरह मैं किसी और मिथिलावासी को गद्दारी के लिए तैयार नहीं करना चाहता था।''

''बंग-प्रदेश का रखने में क्या समस्या थी, ''...मीना बोल गई लेकिन मन-ही-मन चाहती नहीं थी कि कोई बंग-प्रदेश का हो।

''मैंने किसी तीसरे को चुना, मीना। वो समान दृष्टि से शासन को देखेगा। हमारे राज्यों के संबंध और उनके व्यापारिक हितों का ध्यान रखेगा।''

''तुम नहीं जानतीं मीना, ये जो व्यापारी वर्ग है, वो बहुत कुटिल होता है, वे झूठ बोलते हैं, वे भोली-भाली प्रजा को ठगते हैं, छोटे व्यापारियों को बड़े व्यापारी लूटते हैं। मैं अपने शासनकाल में इनका दमन करूँगा। संग्रामदेव से मुझे सहयोग और समाचार प्राप्त होगा। एक राजा को हरेक वर्ग के प्रतिनिधि

को अपने साथ जोड़कर चलना चाहिए ताकि वह उन्हें समझकर उन पर शासन कर सके।''

मीना का चित्त शांत हो गया। बल्लाल के ईमानदार जवाब ने उसे निरुत्तर कर दिया था। अब उसे अगली चाल चलने के लिए मौके की तलाश थी।

~

तंबू उखड़ने लगे। सैनिक छावनियाँ समेट ली गई थीं। मिथिलावासियों में खुशी की लहर दौड़ गई। हर तरफ़ उत्सव का माहौल हो गया। दुर्गा पूजा की रौनक लौटने लगी थी। जब तक बंग सैनिकों ने घेर रखा था, उनके आतंक से सारे उत्सव ठप्प हो गए थे। सैनिकों की रवानगी होने लगी। लोग मीना को आशीषें देने लगे। चारों तरफ़ खबर फैल गई कि मीना की विदाई हो रही है, वह सदा के लिए बंग-प्रदेश जा रही है। बल्लाल सेन को वो उपहार में मिली है, इसीलिए साथ लिए जा रहा है। मीना ने ही उसके साथ अपना समझौता करके राज्य को स्वतंत्रता दिलाई है। उसका मान बढ़ने लगा। घर-घर मीना की चर्चा होने लगी।

लोग उसके घर के आगे जुटने लगे। सबके हाथ में मीना के लिए कुछ-न-कुछ उपहार था।

मीना ने बल्लाल के तंबू में रखी सारी पोथियों वाले संदूक अपने घर पर मँगवा लिए। सुशोभन और रजनी उसे सँभालने में लगे रहे। सारे संदूक मीना अपने साथ लेकर जाने वाली थी। शाही नौका तट पर उसका इंतज़ार कर रही थी। तट तक जाने के लिए शाही रथ आकर उसके द्वार पर खड़ा था। बल्लाल को उसने आश्वासन देकर विदा किया। जाते हुए बल्लाल न जाने क्यों विह्वल हो उठा था। मीना से देर तक लिपटा रहा।

दोनों देर तक एक-दूसरे को ऐसे भींजे रहे कि सदा के लिए छूट रहे हों। अपने गले से मोतियों का हार निकाल कर उसके गले में डाल दिया। मीना ने सुगंधित फूल उसकी अंजुरी में भर दिए।

बल्लाल का रथ धूल उड़ाता पथ से चला गया। पीछे-पीछे सैनिक।

मीना घर लौटी तो वहाँ नागरिकों की भीड़ देखकर हैरान रह गई। उसे उम्मीद न थी। वह तो चुपके-चुपके शाही नौका से निकल जाना चाहती थी।

बल्लाल के सैनिक छाया की तरह साथ थे। दो सेवक और एक सेविका को छोड़ गया था, जो उसके आगे-पीछे डोल रहे थे। उनसे पीछा छुड़ाकर वह घर में घुसी। उसे यात्रा का सामान समेटना था। बाहर लोग डटे रहे। वे तट तक उसे छोड़ना चाहते थे। स्त्रियाँ उसे गले लगाना चाहती थीं। उसकी सखियाँ भी आ चुकी थीं। पार्वती एक कोने में खड़ी चुपके-चुपके सुबक रही थी।

सुशोभन और रजनी अंदर किसी काम में लगे थे। थोड़ी देर बाद तीनों बाहर आए। मीना की विदाई का समय आ चुका था। मीना ने सैनिकों को संकेत किया तो वे अंदर, आँगन में जाकर पोथियों वाले संदूक उठा-उठा कर रथ पर रखने लगे। मीना ने लाल रंग का लहँगा, चुनरी पहनी थी। कोई आभूषण नहीं, हाथ भी सूने थे।

भीड़ को चीरती हुई पार्वती आई, उसने मीना के दोनों हाथ पकड़े और रंगीन लहठियाँ पहना दीं। सूनी कलाइयाँ खिल उठीं। अपने साथ थोड़ा-सा पकवान लाई थी, अपने हाथों से बना कर। मीना ने देखा—छठ पूजा में चढ़ाया जाने वाला पकवान ठेकुआ था। उसे बहुत पसंद था, मैया को बनाना नहीं आता था। पार्वती उसके लिए अपने घर से बना कर भेजा करती थी।

नगर के सबसे प्रसिद्ध, कुशल हलवाई महादेव साहू हाथ में दो पोटलियाँ लिए खड़े थे। मीना के लहठी भरे हाथ में पकड़ाते हुए बोले, ''बेटी, तुझे ये दो मिठाइयाँ बहुत पसंद हैं। बचपन में तुम मेरी दूकान से उठा कर भाग जाया करती थीं। मैं चिल्लाता रहता, तू सुनती कहाँ थी। अपने साथ ले जाओ...लवंग लता और खाजा है।''

सुग्गी चाची कुछ औरतों के संग प्रकट हुईं।

''तुम मिथिला की धीया हो मीना। हमारी धीया अपने साथ संस्कार लेकर जाती है। तुम परायी हुईं, देस बदल जाएगा, रस्म-रिवाज मत बदलना अपना।''

''ये लो...''

चाची ने लाल रंग की पोटली पकड़ाई।

''इसमें बाँस का पंखा है, सावित्री की मूर्ति है, लाल धागा है, कलश है, मिट्टी का दीया है, सिंदूर है, कुमकुम-अक्षत और हल्दी है। सोलह शृंगार का सामान है। पीतल का पात्र है। हरेक बरस ज्येष्ठ मास की अमावस्या के दिन मुहूर्त देखकर वट-वृक्ष की पूजा करना। कथा सुनना, उसके बाद चने का बयना

निकालना, उस पर कुछ सिक्के रखकर अपनी सास महारानी जी को दे देना।''

सुग्गी चाची के साथ आई एक औरत ने समझाया—

''उस दिन ब्राह्मणों को दान करना—फल और वस्त्र।''

मीना भीगी आँखों से सब कुछ देख समझ रही थी।

''जानती हूँ चाची, वट-सावित्री की पूजा करने को कह रही हैं आप। यही देखते हुए तो इस मिट्टी में बड़ी हुई हूँ।''

सुग्गी चाची ने रुँधे गले से सुशोभन को आवाज़ लगाकर कहा— ''वटवृक्ष का पौधा दे दो, वहाँ लगा लेगी।''

वहाँ उपस्थित औरतों के कंठ फूटे—

हिलि लियौ मिलि लियौ

सखी हे बहिनपा

आजु धिया जाइयो बड़ी दूर...

बाट रे बटोहिया कि तूहो मोर भइया

हमरो सनेस नेने जाऊ...

यहाँ तक आते-आते सबकी हिचकियाँ बँध गई थीं। फिर कोई गा न सकी।

इधर मीना सबसे विदाई ले रही थी, उधर संदूक रथ पर रखे जा रहे थे। देखने वालों का कलेजा कसक रहा था। उनकी पोथियाँ लूट कर ले जाई जा रही थीं। सारी दुर्लभ पांडुलिपियाँ उन संदूकों में बंद थीं। किसी का साहस न हुआ कि वे संदूकों को रोक ले। मन मसोस कर लोग रह गए।

रथ पर बैठने से पहले रजनी ने उसे मिथिला के रिवाज के अनुसार लाल चुनरी में खोइंछा बाँध दिया। गले लगकर सब रो पड़े। वहाँ कारुणिक दृश्य उत्पन्न हो चुका था। सब लोग बिसुर रहे थे। उनकी राजनटी, उनकी प्रिय मीना, उनकी बेटी सदा के लिए बंग जा रही थी। क्या पता, लौटे न लौटे।

नौका पर चढ़ने से पहले पार्वती ने रोते हुए कहा, ''कोहबर का मलाल रह गया सखि। याद करना वहाँ...कौड़ी ज़रूर खेलना। हरा देना उसे...''

सखि की बात सुन मीना हँसते-रोते नौका पर सवार होने ही वाली थी कि अलबेली ने चुनरी का एक छोर पकड़ लिया।

''मुझे अपने संग ले चलो दीदिया...नहीं तो मुझे क्षमा करती जाओ। मैं

हूँ तुम्हारी अपराधी, सारी आग मेरी लगाई हुई है।''

मीना ने उसके पीछे खड़े भैरव को बुलाया, ''इसे घर ले जा। अब नट कला तुम दोनों के हवाले। देखना, कहीं लुप्त न होने पाए। किसी हाल में छोड़ना मत। तुम्हीं दोनों को सँभालना है। हम अपने कुल और इसे शरण देने वाली भूमि को कभी नीचा नहीं दिखाएँगे। वचन दे...प्राण देकर भी वचन निभाएँगे हम लोग।''

''सामा-चकेवा पर्व के दिन मुझे याद करना बहन...''

भैरव ने मुश्किल से अपने आँसू रोके और अलबेली को सँभालने लगा। अलबेली, मीना के पैरों से लिपट कर रोने लगी थी। जी कड़ा करके, निष्ठुर मीना नौका पर सवार हो गई। सब लोग पीछे छूट गए। सौमित्र सकुचाया-सा तट पर खड़ा रह गया। मुख से बोल न फूटे। उसकी देह निष्प्राण हो चुकी थी।

नगर पीछे छूट गया था, नौका नदी के जल को चीरती हुई बंग-प्रदेश की ओर बढ़ी चली जा रही थी। यात्रा लंबी थी। रास्ते में रात भी होने वाली थी।

नौका पर सारे सैनिक, सारे सवार सो गए। मीनाक्षी के लिए अलग प्रकोष्ठ बना हुआ था, जिसमें वह सो रही थी। नौका नदी के बीचोबीच चली जा रही थी। अचानक नदी के ऊपर बारिश होने लगी, आँधी के आसार नज़र आने लगे। आकाश में दामिनी बहुत दमक रही थी और बादल गरज रहे थे। नाविक इस बेमौसम की बरसात को लेकर चिंतित हो उठे। उन्हें किसी अनहोनी की आशंका हुई। उन्होंने सोए हुए सैनिकों को जगाया। नौका डगमगा रही थी। सभी चिंतित हो उठे थे। नदी का ऐसा भीषण रूप उन्होंने कभी देखा नहीं था। बंग-प्रदेश में सागर में ही ऐसा तूफ़ान देखा था। नदी का रूप भी इतना विकराल हो सकता है, किसी ने नहीं सोचा था। नौका नदी की लहरों पर इतने हिचकोले खा रही थी कि मशालें बार-बार जल-बुझ रही थीं। नौका के सारे सवार जग गए। अचानक सैनिकों के प्रमुख उत्तम कुमार को मीनाक्षी का ध्यान आया। वह भागा-भागा उसके प्रकोष्ठ तक गया। वह खुला पड़ा था। अंदर प्रकोष्ठ खाली था, मीना का कहीं अता-पता नहीं था। उत्तम कुमार के होश उड़ गए। कहाँ गई राजनटनी मीनाक्षी ?

वह चीखता-चिल्लाता पूरी नौका पर घूमता रहा। सारे सैनिक परेशान। उन्होंने सबसे पहले संदूक देखे, वहाँ कोई नहीं था। संदूक बंद पड़े थे। तो फिर

मीनाक्षी गई कहाँ। आसमान लील गया या नदी खा गई।

सारे सवार हैरान, परेशान। युवराज बल्लाल सेन का ख़ौफ़ उन्हें खाए जा रहा था। कहाँ ढूँढें उसे ?

किस मुँह से वे युवराज के सामने जाएँगे। उनका सबसे मूल्यवान उपहार उन्होंने गंवा दिया। उत्तम अपने सैनिकों पर गरजने लगा था। अचानक दामिनी दमकी, एक नाविक की निगाह दूर जाती हुई एक डोंगी पर पड़ी, वह चिल्ला उठा। दूसरा नाविक मशाल लेकर आया। दूर एक धुँधली-सी आकृति दीख रही थी जो नदी के भंवर से जूझ रही थी। जब तक वे कुछ समझते, छोटी-सी डोंगी नदी के गर्भ में समा गई।

सारे सैनिक, सारे नाविक हाहाकार कर उठे। सेवक, सेविकाएँ विलाप कर उठीं। राजनटनी मीनाक्षी नदी में समा गई। नदी उन्हें लील गई। एक लाल चुनर हवा के झोंके से उड़ती हुई आई और नौका पर गिर पड़ी। ''हाय...अब ये चुनरी लेकर बल्लाल सेन के पास कौन जाए। उन्हें यह दारुण खबर कौन सुनाए।''

नौका पर सुबह होने तक विलाप चलता रहा। सबको अपनी मौत सामने नज़र आ रही थी। दो सेविकाएँ नदी में डूब मरने को तैयार थीं जो अपनी स्वामिनी की रक्षा न कर सकीं। उत्तम कुमार विलाप करता रहा कि हाय किसी को जबरन देस छुड़ा कर ले जाने पर ऐसा ही होता है। जान दे देगा, मगर दूसरे देस की दासता स्वीकार नहीं करेगा। राजनटनी ने आत्महत्या इसी वजह से कर ली। हम सब उनके गुनहगार हैं। हम उन्हें बचा नहीं पाए। हमने उन्हें मरने दिया। वो कब निकल गई, पता ही नहीं चला।

काली अँधेरी, तूफ़ानी रात किसी तरह कटी और नौका बंग-प्रदेश के तट पर लगी। एक-एक कर सारे लोग मुर्दनी चेहरा लिए नौका से उतरते रहे। उनके पास अंतिम काम बचा था, किसी तरह पोथियों से भरे संदूक राजमहल में युवराज के पास पहुँचा दें। जहाँ वे बेसब्री से इसकी प्रतीक्षा कर रहे होंगे। प्रतीक्षा तो उन्हें राजनटनी की भी होगी।

उत्तम कुमार ने सोचा और मन में अपने बचाव के लिए तर्क ढूँढने लगा। हालाँकि वह अपने अनुभवों से जानता था कि किसी राजा को तर्कों से नहीं बहलाया जा सकता। उपाय क्या था। सच का बखान तो करना ही था।

उधर इन सबसे अनभिज्ञ दरबार सजा था। मिथिला जीत की खुशी में

उत्सव का माहौल था। दुर्गा पूजा की रौनक देखते बन रही थी। इस बार की पूजा विशेष थी, सबके लिए। बिना रक्तपात के युद्ध जीते गए, सैनिकों के परिवार हर्षोल्लास में डूब गए थे। विजयसेन को व्यग्रता से पोथियों वाले संदूकों का इंतज़ार था। दरबार खचाखच भरा था। महाराजाधिराज विजयसेन भरी सभा में गद्दी बल्लाल सेन को सौंपने की घोषणा करने वाले थे। बल्लाल सेन की वीरता का बखान करने के लिए राज्य के कई कवि बुलवा लिए गए थे। नौका से संदूक लेकर सैनिक सीधे सभा में ही पहुँचे थे। उनके पहुँचते ही चारों ओर से बल्लाल सेन का जयघोष होना प्रारंभ हुआ। बल्लाल विजय और प्रेम के मद में डूबे बैठे हुए थे कि सेनापति ने उन्हें समीप आकर कान में कुछ कहा। सुनते ही उनके चेहरे का सारा उल्लास जाता रहा। चेहरा वैसे ही स्याह पड़ गया जैसे नीले आकाश को घटाएँ घेर कर दिन को स्याह कर देती हैं। जैसे नदी के जल को रात का अँधेरा स्याह कर देता है। बल्लाल मतिसुन्न हो गए थे। उन्हें न कुछ दिखाई दे रहा था न सुनाई नहीं दे रहा था कि उनके पिताश्री क्या घोषणा कर रहे हैं। आँखों के आगे घना अँधेरा छाने लगा था, लगा, अभी मूर्च्छित होकर गिरने वाले हैं।

सभा में ज़ोरदार आवाज़ गूँजी, ''मैंने स्वयं जिस मिथिला को विजय करने की चेष्टा की तथा वहाँ के विद्वानों, पंडितों द्वारा लिखे गए ग्रंथों, उनकी मूल पांडुलिपियों को प्राप्त करने का प्रयत्न किया, वह पूरा न हो सका। मेरे स्वप्न अधूरे रह गए थे। वे अधूरे ही रहते, अगर मेरे योग्य, विद्वान पुत्र, आपके भावी राजा श्री बल्लाल सेन उसे पूरा न करते। हमारे पूर्वज कह गए हैं कि पिता के अधूरे कार्य उनकी संतानें पूर्ण करती हैं। मेरे पुत्र ने वो असाध्य कार्य पूर्ण कर दिया है। यह राजकुमार से राजा बनने की योग्यता की पहली परीक्षा थी, जिसमें वे पूर्णत सफल हुए हैं...''

बल्लाल को सुनाई देना बंद हो चुका था। सभा में करतल ध्वनियाँ गूँज रही थीं, सभासद साधु–साधु कर उठे थे।

कृपया संदूकों में रखी सामग्री दिखाएँ।

सभा के बीचोबीच संदूक रख दिए गए। एक-एक कर संदूकों से पोथियाँ निकाली जाने लगीं।

सब देखकर चौंक गए—उनमें एक भी पांडुलिपि नहीं निकली। सिर्फ़ भोज-पत्र और ताम्रपत्र रखे थे। कुछ पोथियाँ थीं, जो सामान्य-सी थीं। एक

संदूक खाली निकला। कुल पाँच बड़े संदूक थे। कुछ में खाली-खाली, अलिखित पोथियाँ थीं। लूटी गई पोथियाँ किसी संदूक में नहीं मिलीं। आखिर बचे संदूक को खोला गया। सभा में गहरी निराशा फैल गई थी। विजयसेन अत्यंत क्षुब्ध हो उठे थे। उन्हें यह बहुत अपमानजनक लग रहा था। भरी सभा में उनके स्वप्नों का परिहास किया जा रहा था। सैनिक बावरे हो उठे थे। उन्होंने तो अपने हाथों से संदूकों में पोथियाँ भरी थीं। सबको सुरक्षित राजनटनी मीनाक्षी के घर पर रखवाया था, जहाँ सैनिक भी पहरे पर थे। फिर क्या जादू हुआ कि पोथियाँ गायब हो गईं। मीनाक्षी नदी में समाते समय अकेली थीं, उनकी छोटी-सी डोंगी थी, उस पर इतनी पोथियाँ नहीं अट सकती थीं। न ही इतनी जल्दी वे अकेले ये सब कर सकती थीं। सैनिक हर पल पहरे पर थे। कोई स्त्री अकेले ये काम नहीं कर सकती थी। सब हैरान हो रहे थे।

आखिरी संदूक से कुछ आशाएँ बँधी थीं। तब तक बल्लाल सचेत हो चुके थे। उदास मुख बल्लाल ने अंतिम संदूक को देखा—

उसमें भोज-पत्रों के ढेर पर एक स्त्री-देह पड़ी थी, अधमरी-सी। उसमें चंद साँसें बची हुई थीं। उत्तम कुमार घबरा उठा। ये क्या हुआ...

''राजनटनी मीनाक्षी...!!

ज़ोर से चिल्लाया।

तो वो कौन थी, किसकी थी वो लाल चुनर जिसे सँभाल कर लाया था, बल्लाल सेन के सामने बतौर सबूत पेश करने के लिए?

''कोई जल लाओ...''

बल्लाल सेन ने आर्त्त स्वर में कहा। मीनाक्षी को संदूक से स्वयं निकाला, अपनी बाँहों में भर कर बिलख पड़ा। जीवन में पहली बार अपने रोने की आवाज़ सुनी। वह भूल गया कि भरी सभा में बैठा है जहाँ सबके स्वप्न ध्वस्त हो चुके हैं।

मीनाक्षी की साँसें रुक-रुक कर चल रही थीं।

''आँखें खोलो मीना...ईश्वर के लिए आँखें खोलो...मुझे देखो...मैं हूँ... तुम्हारा बल्लाल...''

बहुत मुश्किल से मीना ने आँखें खोलीं। उसके होंठ सूख कर पपड़िया गए थे। काया सूख गई थी। लाल रंग के लहँगे में वह दुल्हन की तरह लग रही थी।

''लो, यह जल पी लो मीना...मुँह खोलो, शीघ्र वैद्य को बुलाओ, तुम्हारी ये हालत किसने की मीनाक्षी, मैं उसे दंड दूँगा। मैं उसे मृत्यु दंड दूँगा। मुझे बताओ...बोलो मीना...बोलो...''

बल्लाल उसे झकझोर रहा था। उसके होंठ हौले-हौले हिल रहे थे। कुछ बोल न पा रही थी। बल्लाल लोकलाज भूल कर उसे अपनी बाँहों में भर कर बिलखने लगा। युवराज को इस तरह बिलखते देखकर महाराजा विजयसेन और सारी सभा अवाक् रह गई। ये क्या हुआ...किसी को कुछ समझ में नहीं आया।

बल्लाल के सीने से लिपटी हुई मीना ने धीमे से कहा, ''स्वामी, मैं आ गई। आपको मेरी देह से अनुराग था, सो मैं आ गई। पोथियाँ मैंने रातोंरात अपने बाबा और मैया के सहयोग से वहीं निकलवा ली थीं, इसके लिए मुझे माफ़ कर दें। मैं आपको तो धोखा दे सकती हूँ, अपनी मातृभूमि को नहीं। मैं खुद को सौंप सकती हूँ, अपने देस की धरोहर को नहीं...''

''जल पियो मीना...बाद में बातें करेंगे...''

बल्लाल ने उसके मुख में जल डालना चाहा। उसे पोथियों की तनिक भी परवाह न थी। वो मीना को जीवित देखना चाहता था। उसका प्रेम, उसकी जीवनरेखा मिटने के कगार पर थी। बल्लाल ज़ोर से चीखा, ''महामृत्युंजय का जाप प्रारंभ हो...''

सभा में उपस्थित पंडितों ने आज्ञा सुनते ही सस्वर जाप प्रारंभ कर दिया। ''ॐ...त्र्यंबकम यजा महे...'' से पूरा वातावरण गूँजने लगा।

मीना कुछ कहना चाहती थी। बल्लाल को अपने और करीब आने का संकेत किया।

''राजा के लिए युद्ध अनिवार्य होता है, किंतु किसी देश की सभ्यता और संस्कृति को नष्ट नहीं करना चाहिए...उससे उसकी पहचान मिट जाती है...मैंने मिथिला की पहचान बचाई है, अपनी मातृभूमि का कर्ज़ उतारा है...मैं सज़ा की भागी हूँ...मुझे ईश्वर ने सज़ा दे दी है...मैं चलूँगी, मुझे विदा करें युवराज...''

मीना के वाक्य टूट-टूट कर निकल रहे थे...''मैं प्राण दे सकती हूँ, पोथियाँ नहीं...''

‘‘जल ग्रहण करो मीनाक्षी...’’

बल्लाल विलाप कर उठे।

≈

मीना ने अपने होंठ ज़ोर से भींज लिए कि बल्लाल उसके मुख में जल न डाल दें।

‘‘मैं अपनी मातृभूमि के सिवा कहीं का अन्न-जल ग्रहण नहीं करूँगी मेरे मीत...मुझे क्षमा करिएगा, मैं आपका साथ न निभा सकी। आपके प्रेम का ऋण किसी और जन्म में...’’

‘‘मीना...मीना...जल पी लो...मेरे हाथ से जल पी लो...तुम ठीक हो जाओगी, तुम्हें कुछ नहीं होगा, वैद्य आता ही होगा, तुम्हें बचा लेंगे हम...तुम मुझे छोड़कर नहीं जा सकतीं...’’

मु..झे...वि...दा...करें...

बल्लाल पागलों की तरह पानी के छींटे मीना के चेहरे पर मारने लगा। सारी बंग-सभा विस्फारित नयनों से देख रही थी—चौड़ी रोमल छाती और भुजदंड पर बिजुरी-रेखा काँप कर ठिठक गई। सूई पटक सन्नाटे में सिर्फ़ बल्लाल का गगनभेदी विलाप गूँज रहा था।

पुस्तक संदर्भ सूची

1. उषाकिरण खान, *सिरजनहार*, भारतीय ज्ञानपीठ
2. दिनोनाथ धर, *बल्लाल चरित*
3. श्याम नारायण सिंह, *हिस्ट्री ऑफ़ तिरहुत*
4. हवलदार त्रिपाठी सहृदय, *बिहार की नदियाँ*, बिहार हिन्दी ग्रन्थ अकादमी

≈

मित्र जिनके बिना यह पुस्तक संभव नहीं थी

सदन झा, पंकज सुबीर, वंदना राग और कुमार सुशांत

❏❏❏